李直 评

那片土地

刘景侠　原著

李　直　评点

作家出版社

目 录
contents

写在《那片土地》前面

◆◆◆

那片土地，不是旷野的画面，也不是没有出口的出路，应该是出走的起点。如果有一片殷红，它不是牵扯着的历史，而是一抹丰盈的胸脯、一片巨大的奔涌的泥浆。那片土地上，有原生质在活动，在运送，在制作。

从那片被盐碱浸透了的土地拔步踏上征途，走进孤独，我听到了深沉而永恒的呼唤："是痛苦的面包，是盛满泪水的花瓶。"

在那片土地上，我有禁令："说点人话！"那片盐碱地上，被盐碱浸透的实物，是对我最大的恩典，连土壤都为阳光、为我营造纯粹的空间。我的名字就写在那片成熟的土地上。

我退回低处，向着坚硬的大地，无声地存在。月光下，带着灵魂寻找那些碎片，那里有我和你共享的粮食。

不是梗概的梗概

◆◆◆

我是不是一直想写？（《未来之书》）

是，几多时，几多回，我都想写《那片土地》。

我是不是非写不可？（《未来之书》）

是，非写不可。我感觉我身上总有一种说不清道不明的感觉，仿佛某种捉弄的游戏。所以，我不再考虑写小说的任何既定的规则法则，只是担心我的作品不够诗性、不够艺术。

走进你自己，是怎样的欲望驱使你写作？（《未来之书》）

我说不清楚，但我知道我有话要说，我非说不可，我非写不可。我不知道该跟谁说，我不知道以什么方式说，说给谁听。这时，听到一个伟大的人了不起的声音在回答我。

避开了我们所说的"自我"的孤独，进到另一种孤独，确切说无关任何个人的孤独、个人所在及结局。(《未来之书》)

布朗肖，你的回答很对，开口不为占有不为权力，不为了解不为拥有……我处在了一个茫然寻找的状态。

《那片土地》的确有话要说，"说给一个不似人的人听。"在书中，谁是那个不似人的人呢？是"我"，是"你"，也是一个叫聂平的人。

《那片土地》将发生在那片土地上的人撕成碎片，却能从中看清人与人之间的关系大体如何。能从中看清并想象得到人的生存方式、生活方式的原貌。

《那片土地》里，"我"和"你"，"我"和"聂平"，"我"和自己深情地倾诉，我们应该是一个人，我们又都是局外人，我们在倾诉中追怀，也在倾诉中回访，更在倾诉中叩问："我们都曾做了什么？""我们到底应该做什么？"那片土地承载着心灵的记录，承载着青春甩下的豪情，更承载着属于人的本真的语言。

要让我说出《那片土地》的故事梗概，我只能像小孩子一样胡乱画出一幅说不清道不明的图画：月光下，"我"

诞生在那片土地上，但我后来并不在场；"我"在那片土地上长大，但我并没有认同我与那片土地有什么关系，"我"在那片土地上曾经遇到了野狼的追逐，被咬伤了，血流在了那片土地上之后，"我"才认清那片土地与"我"的关系；"我"开始疗伤，为了还有可能在月光下在那片土地上继续行走，"我"必须在月光下疗伤，"我"开始打那片土地的主意，"我"打定了主意，"我"的主意达成了；"我"高出了那片土地，可是，"我"的肉体已经完全不在场了——"我"的精神，形而上的"我"，在骨髓里刻下的所有笔画，又都是那片土地上的文字。那些三亲六故、邻里乡亲、"五七战士""革命干群"，等等，无不勾勒出一段时代情缘与身心错杂的纠葛……

没办法，几次三番，写完了搁置丢弃，甚至丢弃了又写，我必须写，必须写《那片土地》。

我只剩下了月光下的一些碎片。那些碎片上留下的和失去的一样多，那些碎片对"我"、对"你"、对"聂平"是公道的。

那些碎片里有故事，有永远说不清道不明的故事，有"我"应该在场又无法在场的故事。我想听见"我"心中的话，我想托出心中那幅属于人的图画，我写作了《那片土地》。

　　这就是故事的梗概。一个即使说不清道不明，却也能隐隐约约、或明或暗，呈现出草蛇灰线般图景的梗概。

　　别逼我，我无法再写出别的梗概。

上 卷

◆◆◆

深秋的风，在北方是很硬的，因为它埋在人的心里，一经释放，不可阻挡。

你，变成了夕阳下的一抹符号，秋风里林中的一页纸，在那片稻田的坝埂上寻找。

掩埋不了的是过去，被隔断的是历史，过去就在眼前。

【批注：主人公聂平以第二人称"你"出场于深秋，于风中，于收割后的稻田里。"那片土地"与开辟"那片土地"的人，一同现身于夕阳中，预示着历史即将重现。这片现今已成为稻田的土地，在许多年前即聂平花样年华的那个时间，是寸草不生的盐碱滩。聂平带领着依附于这片土地上的农人，将它改造成了现在的类似于江南水乡的模样。小说的主人公聂平，即将故地重游。】

稻茬的根须在上面，这是谁家的？过日子的人家，这么早就将稻田翻过来，是要让太阳晒一晒，插秧泡田会更容易。

现在，听说是用拖拉机"旋地"了，这家还用畜力拉的犁杖翻地。

是池二姥爷家的。

我想告诉你，但你听不见，我们离得太远。

你叫我一块儿出来，我理解这不过是一句礼节性、规则性的套子话。你不需陪伴，我还是出来了。你在土坝的那一边，我在土坝的这一边，我看见你了，可是你并没有看见我，你在寻找。

【**批注：**聂平的灵魂也出场了。也可以说，聂平是带着灵魂一道寻访"那片土地"的。】

你的头一直看着脚底下。寻什么？稻谷早已进仓，稻草也早被粉碎，给养大牲口的人家做了饲料。寻什么？被风磨砺掉的一粒两粒的稻粒也应被埋在泥土下面，这片土地被犁过了。

你没抬头，当然不会看见我。我早就知道你不需要任何人。

其实，我是想和你走近，成为你倾听的对象，也趁机跟你做一次最彻底的交流。

我静默。

这时候我看见枕在山脊上的夕阳只留下一寸有余的边儿，红色。天地间的空气，白色。土地上缥缈着的是没有颜色的朦胧。

在你的身后，呈现出一片林子的影儿。

摄影的话，表情里应该也不是惆怅层面的那种惆怅，更不是为赋新词强说愁的那种做作的愁绪。

无法隔断的历史，捡拾不尽的过去，距离并没有阻断你我的沟通，我确实听到了，以至于一个叫聂平的人的倾诉。

突然，一团模糊的，不，稍显清晰的人影从我眼前的土坝上移过去。我抬起头，盯着他的背影。他应该是九伯，他走路很轻。

【批注：九伯也在同一时间来到了"那片土地"上。他是以"影子"的状貌出现的。他在改造盐碱滩、试种水稻这项浩大的工程里，是个起"前引""后推"作用的核心人物。现在，"舞台"（即那片土地）、灯光（即夕阳）、布景（即秋风）和人物（即九伯、聂平以及聂平的灵魂）这些戏剧的必备要素均已齐备，一场惊天动地的"大戏"可以启幕了。】

天都黑了，茫茫一片的土地，空寂、死寂，无粮无草、无树、无水的，九伯干什么去？寻找毛驴，拣干柴棒。我笑了，他不是纯粹意义的庄稼人，还没听说他勤恳像样地干过庄稼地里的活，这么晚了……

我知道，你崇拜他，你尊重他，九伯是你的堂伯。你说九伯身上有富贵人家的血脉，是一位王孙血脉滋润出来的英雄。

你读的书不少，还有几分语言癖。九伯是个农人，农人们不曾多给过九伯几句赞美的话。什么原因，你那么喜欢与九伯往来。我问过你，你说过，我明白，也不明白。

枕在山脊上的太阳倏忽间跳了下去，被红色的云霞淹没了。浓淡相宜的暗色调作为背景推出了你人物镜头庄严的美和优雅的韵味。这时，有一个特定的影像：你抬起头，远望，定格，与九伯轻而急地往前挪动的背影，交错而过。刹那间，九伯回头朝夕阳下落的方向瞧了一眼，手在额眉之间打着眼罩。准确地说，天边的色彩完全收在了九伯的眼睛里，当他眼光完全收回的时候，他也应该看见稻池埂上飘动着的那抹身影。或许，他在心里还轻轻地说了一句：谁？这么晚，大冷的天，在转悠啥？

你望着那身影，像是看见，或者没看见，心里是否滑过一种意识，住在这个村落里的人，日出而作，日落而息，这么晚，谁还往外跑，干什么去？

我看见的是，残阳如血的画。

你没有看我，压根儿没有看见我。此时，我的身影已向土坝的西边移动了，我在向你靠拢。

西天边的绚丽被青紫色独占了。作为剪影你已经很模糊了。

风不大，树梢上零星的叶子还是发出了声音。声音低沉，凄凉，还夹杂着欢快，好听。我努力地听，生命沉浸在以前没听过的旋律中。抚摸额头，抚摸山脊，抚摸心灵……

轻柔极了。

后来，我听到了大海的涛声，还看到了翻卷起来的吐着白沫的浪花。

夕阳根本不存在了。

屏幕上不见了九伯的身影，也根本没有你，更没有我。我或许成了幽灵，在九伯祖上的聂家树林子上空飘动。

听见的是：笑声，歌声，还有哭声……

聂家树林子北面，也有一条沙土堆成的堤坝，为防洪修建的。多少年月了，无从稽考。土坝的上面的确有沙土，还没有被日益升高的水位完全盐碱化。翻过这条土坝有一片水域，河水，算是吧，应该是老哈河的遗留物。河道改了，老哈河已经退到十里之外的地方。这片水还很深，如果在四川九寨沟，叫海子，什么长海呀，熊猫海呀。在这里叫什么呢？人们叫河滩。但是这里的水域也很宽，水也很漂亮，顺着沙土坝蜿蜒着。至于它在啥地方与老哈河汇集，农人们从来没人在意过。人们只对生长在这大片水域里的柳树墩感兴趣。夏天一到，大姑娘小媳妇们挽起裤腿下水，割下的一捆一捆柳条，撸去皮，就是一根一根如玉样的白条。她们将白条卖给柳编厂，换回现成的钱，塞进自己的腰包里，做零花钱，买些属于女人用的稀罕物。有的女人还在柳编厂工作，把柳条编制成筐、篮等各种物件摆设，出国贸易，能换不少钱。做个柳编女工，工资计件，收入不菲。

这片水域里长着很多芦苇和蒲草，在芦花飘、蒲棒飞的日子里，有一些稍显闲适的人来这里休闲。

你常来河滩边闲转。嘴里偶尔吟出几句诗文："兼葭苍苍，白露为霜。"

蓝紫色的云变淡消退之后，天上有了月光。我尾随着你过来。现在不是夏天，风硬，水凉。应该回去了。你不知道有我，看样子忘了天气的冷暖。你倚住沙坝边缘的一棵歪脖子老柳树出神，这棵柳树伤痕累累，斑迹重重，树干与枝条不成比例，有时，这棵树几乎是棵死树。

【批注："歪脖子老柳树"，时代的见证者，事件的目

击者，灵魂的证人。】

有人说，这是一棵从老村村口移过来的百年孤树，新农村修公路时，这棵树碍事，被移过来的。提议移栽老柳的人俞春伯后来做了北京某大学的一届校长，真正的大知识分子。走"五七"道路来到这个村落。这位满头白发的老者经常穿灰得发白的衣服，打着绑腿。瘦削的脸，眉宇间有读不懂的内容。有人说他经历过红军二万五千里长征。

这位老者在村落里待的时间不短，足有三四年，临走时，恋恋不舍。他给村落里的很多人送过礼物，我收到的礼物是 32 开的日记本，扉页上写了好多行字：

走"五七"道路，

来到柳村，

多少少年优秀，

育我良深……

这是一位诗人。

闲走时，我曾与他在那棵孤柳前相遇，独对老柳，情怀满满。当时，他说了很多话，阅历的原因，一时没有太明白，只记住了一句："还得好好读书，复习一下数理化，将来高考选拔人才，还是要考试的。"他送给我书，其中有在某次"批林批孔"会议上看过的摆在他面前的书，包着《红旗》杂志的封皮，却原来都是那些年月的禁书，《红楼梦》《红与黑》《巴黎圣母院》……他走后，这些书就像老哈河远去时留下的遗留物，成了我的精神食粮。

一个人的历史要由很多人帮助写成，确定地说，那位老者帮助我写过成长史。

他走的第二年春天，寄了一封信给我，问我家乡春天什么样了，还提到了土坎边那棵移栽的孤柳。我不会写诗，也无法描绘并没有发生什么变化的春天。隔了很久，我才回信，思忖再三，我去河滩把那棵老柳上刚刚冒出芽的柳枝剪了一截放在了信纸的一角上，并写上一句词：秋柳笑春风。便寄走了。

后来，我收到了一套高中数理化课本。

帮我写就历史的，确有这位老者。

不太清晰的月光泻在了你的后脑上。你低着头看水，你在水底看到了参差散落的楼房，一座刚刚建起的城市。

几十年前，几百年前，抑或当下，要么几十年后，几百年后，这里确实耸立着一座城市。后来，我问过你，那座城市里都有啥，你说城市该有的都有，唯独没有哈尔滨中央大街的欧式建筑，但有一座横贯东西的绸缎城，绸缎城的名号：聂氏绸缎。

【批注：此名号在小说中出现数次，下卷里出现时描写得极为翔实细切。绸缎，这种高档衣料，在小说里，已演化成一大隐喻，与"稻田""白米"相对应，也许是暗指富贵生活。】

其实，那个有月光的晚上，你到底都看到了什么，别人永远不知道，你说的或许并不真实。但，那天你的神情告诉我，淡定从容的背后有着鲜为人知的故事。一个不活在当下的人，我了解。可我知道，你是朴实的，是靠谱的，真朴实，真靠谱。你别希冀有人会给你贴切的定义。因为任何一种定义，对你来说都不合适。我也说不准确，但有一条，确定，你是恳切踏实的。

其实，那个晚上我是在哪里做的梦，我不知道，但我确定我做了梦。梦见你把一枚桃核种在土里，你挖坑的状态很笨拙，像蝉从地洞里往外爬那样笨拙。

【批注：梦的意象首次出现。"种桃"与"种稻"谐音。像"蝉"也是一种象征。蝉须入土十七年后才钻出来上树羽化，时间之长久令人咂舌。梦与现实遥相呼应，互相连通。】

你也是十七岁的蝉，在黑暗的地洞里待了十七年。在这个有月光的夜晚，为何不看风景，却来埋桃核？我说这里不适合种桃树，你也不是刘禹锡，"前度刘郎今又来"。我把桃核从土里扒出来，你生气了，夺过桃核背对着我，重挖坑，重埋桃核。我确定，那枚桃核是种下了。

埋下桃核的地方与孤柳相距不远，遥遥相对。

我知道，你是一个固执的种桃人。

河滩这片水浅的地方有人铺了石头，踩着石头可以过去。过去了是一片沙滩，沙滩上有这几棵那几棵的柳、柳墩子。有人曾把一段一段的柳树根杈再埋下去，遇上适量的水分，就有柳树长出来。听说你在这里栽过柳。

有时候，有的事传久了，就是传闻，一旦成为传闻，就因神秘而不真实。

研究大人物，是为写进历史；研究普通人物，是瘾头。

这么晚了，我不可能去追踪老哈河。我知道，我几乎没有离开过贯通南北的土坝的中轴线。我以为九伯会从这儿路过。我想告诉他，你回来了。应该有几十年的光景没有在这块土地上相见了，可是九伯不复回返。

我听见老哈河的水声了。声音很大，波浪滔天的感觉，这个季节上游也不会发洪水吧？声浪这么大，确实声浪很大。那一年夏天，波浪翻滚，我蹚过这条河，九伯在河的这一边看着我。到河中心时，只觉得两只脚踩不着地，有泥沙擦一下脚心就流过去了，水齐腰深，胸闷的感觉产生。随时有被洪水卷走的可能。

【**批注**：这是聂平多次历险中的一次——应该是首
次——几乎危及性命。而后，小说中还有多处显现
如此情形。死亡的临界感受是最考验人的意志的
场景。在大自然洪荒原始威力下，少女勇敢走向
彼岸，"英雄"色彩开始凸显。此处，也是"天灾"
的一次预演。】

两只眼睛始终盯着岸的那一边，那一边有个村落叫赢村，
赢村盛产药材，有地道的沙仁、草果仁，买回来给母亲治
肝病。

洪水滔天孤渡老哈河，九伯说我是英雄。英雄是九
伯，九伯仗义，常为他人主事。这么晚了，九伯过河到赢
村去有什么事？也去买药？好像没听说他的家人得什么重
病，他家什么人得重病我怎么会没听说呢？

隐约中，听到赢村那边传来锣鼓声。今年，赢村定是
大丰收，粮入仓了，唱小戏。赢村出戏子，一个小村落就
有三个小戏团。我曾涉河听过戏，什么《四郎探母》呀，
《窦娥冤》呀，《白金哥私访》呀，演得很热闹。演四郎、
白金哥的是你表叔，表叔扮相不错，常被台下未婚女子看
中。表叔家地主成分，是被歧视的对象。近四十岁时跟台
下一个偷偷相看他的大龄女子结婚了。你是戏迷，也属于

表叔的粉丝，表叔说你是《青春之歌》里林道静式的人物。叔侄两个人谈得拢，谈的多为理想情操、精神生活。表叔常为你说戏，戏中人物、戏中故事陪伴过你的青春年华。

生活如戏，戏如人生，说得倒也不错。

九伯去看戏了。这么想时，我笑出了声。九伯有好多嗜好，却没有看戏听书的嗜好，他是一个不相信戏文的人。可传闻，他倒真的有一个不良嗜好——扎一针，偶尔扎大烟。如果不是这一口，估计九伯可成了人物，不一般的人物。你离开这个村落的时候，帮助他戒掉了这个瘾，不知现在的九伯还用不用那玩意儿。九伯最怕你知道他扎大烟。

你写过剧本，很多人都知道。我扮过剧中的角色——老师。你并不是因为创作冲动写剧本，而是因为领导分配工作。

教育上反回潮，批判教师资产阶级世界观那段历史，想来人们还是不会忘怀的。杨莹写日记攻击教育："我是中国人，何必学英文。"人们都记得白卷先生上大学的事，选拔人才的高考制度一度瘫痪了。

10 20 ｜12 12 ｜12 12 ｜
夜幕　推出满　天星

这是幕后伴唱,剧中,为给反潮流逃学掏麻雀而摔断腿的学生取药,主人公涉河而过摔倒在冰川上的情景,我至今记得很清晰。

想到这儿,我抬头西望,你又回到稻池的坝埂上,此时的你只是一个剪影。黑色,修长,中长发,头稍倾,一直往前移动。

你在享受月光。

只可惜,你不是在春天里享受月光。

你在那边的坝埂上搜寻。搜寻什么呢?

你在搜寻 1974 年"《三上桃峰》事件"吗?人们欢天喜地组织起来的华北地区现代戏调演,折腾出一个"反革命"复辟的地方戏《三上桃峰》。当时各地都拿出自己的新剧目,参加调演评比。

你也算是个出类拔萃的人物,被领导选中,编写文艺节目,代表单位参加演出。你编写一个剧本,叫《送药》,反对学生不读书终日"反潮流",被定为"反反潮流"的"毒草"剧本。

其实,你已将那不算短暂的悲寥之事忘记了,只是刻在骨髓里的痕迹还无法被时光擦干净。

你,这个不会飞的雏鸟就享此殊荣——"毒草"剧本的剧作者,与《三上桃峰》相提并论,被批判,遭陷害,脊梁后面都是白眼。

【批注：二十世纪六七十年代，文化大革命在中国大
行其道，大量知识分子因一句话一部书一幕剧被批
斗、关押，甚至身陷囹圄直至含冤而死。聂平因写
下一个剧本而横遭迫害。这是又一次、也是另一种
"历险"。只不过这次不是天灾，而是人祸。两次
"磨难"是"天将降大任于斯人"的前兆。其中，
"天灾"是诱因，"人祸"是直接推手。聂平因此
暂别讲台，"荣任"生产队队长，开始了"治盐碱
试种水稻"的艰辛之旅。】

"能蹲监狱吗？蹲监狱可以看书吗？也可以写作吗？"

【批注：这是小说主人公聂平的话，是她向别人咨询
时说出来的。这是一个多么真纯的人，她有一颗多
么美好的心灵。她遭受陷害，可能身陷囹圄，也可
能会撞上不可测度的悲惨命运。可她不恐惧、不担
忧，而是问别人这么天真幼稚的问题。聂平，才是
自骨子里铸就的读书人。】

那段黑暗的日子里，我听到你最多的话就是这句，却
并没有从你的面容上读到更多的愁苦。我知道你最担心的
事有两件：一件是母亲为此担惊受怕会生病，另一件是有
了"毒草剧本作者"这个罪名，上大学的梦就会成为泡影，

一个有政治污点的人无法被推荐，推荐了也过不了政审这一关。

【**批注**：聂平本质上是个书生，是根本意义上的读书人。她的梦想是读大学。可因剧本被打成了"毒草"，上大学就没有希望了。于是她选择了一条更为艰难的道路——通过带领农民们改造盐碱地试种水稻来争取读书的机会。可以说，一切只为能够读书。这是一个书生，即一个读书人的抉择，也是那个时代中国知识分子的唯一选择。对照一下目下"厌学"的孩子们，可能会无语了。】

那个年代，中国是推荐上大学，不考试。

痛点鲜明，我深知你的痛楚，却无法劝慰。

说到无法劝慰，我想起一个人来。她叫戈华，后来回京做了《英报》编辑部的主编，戈华，也是位作家。

那也是个黄昏，我冥冥中听到两个人的声音："通知我去创作学习班，去吗？"

"去呀，去！"

"继续批判呢？"

"是批判，在哪儿也逃不脱！"

我佩服你的从容，更佩服母亲，她帮你打点行装时，是关心，是恐惧？虽然她脸色煞白，可嘴上却挂着满满的笑容，说得最多的是，"没事，几天就回来了"。送别时，风吹乱了她的短发，吹碎了泪花。

【**批注：**母亲出场了。她是聂平生活中的一个重要力量。作者把母亲这个形象塑造得坚强宽容甚至伟岸，描绘得动人心魄，实为当代小说里的奇崛之笔。可以说，这个母亲，已是一个典范，是中华民族母亲的终极标准。】

创作学习班上，你遇到赫赫有名的大作家戈华。她长长的白发让你读到了沉重，眉宇间深深的两道竖皱纹，让你顿生寒意。

"你来做什么，这里不是小晋庄活动，是学习文学创作的。"

"哦！知道。"

"你叫什么名字？"

"聂平。"

"你是聂平？"

戈华沉默。这是戈华最鲜明的表情。

把她的表情翻译成语言:资产阶级世界观顽固，与"反潮流"对抗的是你——这么一个年轻的小姑娘？

戈华也是走"五七"道路来到殷城县的。本次创作学习班由她主持。

你被关进了一间用夹皮墙取暖的宽敞屋子里，戈华让你重写剧本《送药》，题目不变，内容反其道而行，剧本要登在本县的《殷城文化》上。

明摆着，这位大作家要保护你，巧妙地为你翻过案来。她呵护你的表情里没有笑容。临行时，说了她的女儿小艾想写小说的事，她说，她从没让女儿动过笔。创作学习班期间，她破天荒地带你去了她在殷城的家，她想为你做顿饭吃，可满屋子都是烟，呛得你们泪流不止，只好到"大众饭店"里填饱肚子。

那一次经历后，你对我说，你知道了什么是责任，什么是使命。

尽管你一直怕戈华，可那位大师级的人物，用爱为你的心罩上了保温层。

一个人的历史要由很多人帮助写成，确切地说，帮你写成历史的人员名单中有一位叫戈华。就是叫戈华的这个人把一粒叫理想的种子深深地埋进了你的心里。

你，在你记忆的房里，有一个很长的名单，那些人中，有的虽然只一面之交，却铸就了你的成长。

九伯也在那一串人名里，他让你知道什么叫世面，什么是处事。

"不管世人如何褒贬他，哪怕他蹲了大狱，我依然看重他。"

这么多年，你待他为上宾，常以钱财接济，虽然你知道他拿了钱，也可能去扎大烟！可你从没有间断过对他的给予。

其中的缘故，说得清，也说不清。但我因此对你更怀了虔敬之心。

这个九伯，涉河而去，不知今晚回不回。我倒真的盼望他今晚能回，甚至，我很想拉你去他家吃上一顿狗肉，唠个通宵。

聂家树林，是老一辈这么叫下来的，早就是集体的树林了，至于为何还叫聂家树林，九伯讲得清楚。但讲得太清楚了，讲的遍数多了，也便没人记、没人听了。

聂家树林南面是个养猪场，曾经养了一群猪，都是"割资本主义尾巴"时从各家各户割来的，被圈养在一起。小猪仔白花花的皮肤，干巴巴也不长个，把上面配给的救济粮、麦麸子、秕棒子都吃得差不多了。人吃不上，却喂了猪，可猪还是一日日地死。还真是多亏了你，聂平。无知者无畏，你竟敢在一个中午把活着的猪挨个儿放逐，是谁家的就退回了谁家。包队干部知道时瞪眼发火，报到公社党委，还批你，说你这个年轻人，"毒草"剧作家帽子还没摘，就又带头"走资本主义道路"，犯路线错误。公社党委开了会，也犯了难，还咋批，咋撤？撤也是农民，不撤也是农民。更碍着手脚的是，你是一个新生事物，女孩子做生产队男人才能担当的队长，政治队长，一把手。全国有名的最小的官都排不上的官。怎么撤？别忘了，全国上下口口声声喊着的是千方百计扶植新生事物。你是新生事物！党委就这么一句话，包队干部回去，想办法扶持新生事物，不然，犯了路线错误，谁犯谁负责……

现在是深秋。今夜风不大，聂家树林南边的小猪场西南角的木板屋没有拆，没有倒。板屋的灶炉床铺还残留着原来的模样。我们是如何走进这间木屋的，神差鬼使。你问我，在跟谁说话。呵，时间太久远了，在心底太久的话，连自己都不知道为何没忘记，而且时间越久越清晰，越弥足珍贵。到时候了，心里藏不住那么多事，早抖搂出去，抖搂光了，落个心里干净。

你回柳村来，干什么？就是为了见一见九伯，还是有别的事？

别问我。你问我，我问谁？早就想来，该来。这段旅程非来不可，做个了断，做个了结。不然，好像欠了什么人，抑或什么人欠了我似的。牵牵绊绊，萦萦绕绕的，心不干净。非得到这里来，到这片地上来，才能弄个究竟。

【**批注**：小说行文至此，似乎说明了本意，即来到
这片土地上，追寻那段逝去的时光。这让我们想到
了普鲁斯特的《追忆似水年华》。只是普氏的回溯，
处所颇多，而聂平的回忆，全深埋在这片土地里。】

否则，谁能说明白？谁有那份闲心说明白？说明白了，你
能认为是说明白了吗？你自己当回事，别人谁会当回事？
谁还有工夫把它当回事？这是啥年代？经济时代、物质世
界。钱的问题很重要，你再跟人扯这种事，人家嘴上不
说，心里会骂你只会扯淡！

好，我开庭，我是法官。你知道你自己是谁吗？肩不
能担担，手不能提篮，生在农户家，可书迷了眼，一直读
书教书的你，知道一亩地播多少玉米种子吗？割谷子你会
开趟子打腰吗？说你五谷不分也不过分。什么力量让你敢
去要求，你要当第二队的生产队长？一想起来我就想说，
你胆肥，终日瞎想，想啥是啥。用时髦的话说，有想象
力，有创造力。可用柳村人的话说，就是胡整。

【**批注**：小说的社会背景来自柳村第二生产队的农
民，他们称聂平当队长种水稻是"胡整"。小说的
个人背景来自聂平本人。她虽生于农家，却不谙农
事，只会读书教书。小说核心事件的挑战和对抗由
此而生。此处，实为小说主体事件的重大引信，以

后的系列情节，均与此相关。】

你沉默。我听到的只有风声，我盼望传来脚步声，我希望是九伯的脚步声。只有见到他，非得见到他，你这一场几乎带有历史意义的旅行才有个尽头。否则，好日子不好好过，好日子过不好。吃面包，住高楼，憔悴容颜，发呆抑郁。我说服不了你，我连自己都说服不了，世上的怪事情有很多。有些病，医生治不了，治什么病用什么法。生命是个偶然的现象，不按规律办事，办不好。

我的意思是，等九伯。

后来，你走了。出了木屋，我跟随在你屁股后。我了解你，别走丢了。抑郁症，有轻度的，也有重症。你像是长了翅膀，大概是在飞。

小蚌河畔，我索到了你的魂。这时节，水少，更不会泥浪滔天。可你却说发洪水了，浪头太大了。快，快，拉住我，我听到我娘在河边叫我呢！

你说，我容易吗？我念这几年书容易吗？我娘，我娘为了拿得出我上学的学费，踩着冰碴过河，去卖掉那几把火烟；追着从鸡屁股眼儿抠出那几个鸡蛋，给弟弟煮一枚都舍不得，都卖了，钱塞给我。你忘了，那次蚌河发洪水，老娘就跑出离家十几里的地方来接我。根本听不清她喊的啥。我们村里有个金五成，比我高两级的大哥哥，抓着我的手、提着胳膊，才没淹死。过了河，娘拉着我的手，那顿哭……你知道吗，回去的路上，我什么也没说，就一句话：等着，老娘，我一定争气。书里，有黄金，我一定不用这里的黄土埋你，我要让你过上好日子，过上让你想都不敢想的好日子。

【**批注**：“书里有黄金”本是古语，可被作者引用在此处，并由聂平喊出来，有深意。其深意就在于聂平被剥夺了读书的权利。聂平听人说“书里有黄金”，也对此坚信不疑，却读不成书，也就是说明知哪里有黄金似乎也看见了黄金却取不来，无奈，苍凉，悲怆。】

呸，那也叫理想？可那就是我的理想！小蚌河发洪水的日子，拉着娘的手往家里走的路上，我用铁锹在我的心里挖了一个坑，种上了一枚桃核，那桃核的名字叫理想。

八百六十辈子的事，发了霉的话题，听得腻烦的故事，今夜听来，心颤动，眼睛也潮乎乎的。甭说了，我明白，明白！

明白，明白啥呀！明白的话，你就不会生出那么一堆事来害我了。你明白的也只是钱，你把褛树叶成习惯了，你早就忘记我种下的桃核了。这年月，明白别人的人我就没见过，明白自己都不能。现在的人有病了，自己有病，却说别人重症。这是个生病的年代，地里的庄稼上化肥多，绿叶上喷的农药多，转基因的玩意儿不少，想不得病也难，只能用属于自己的方法来对付生命里含着的毒素。我没病，我是健康人，别拿出假惺惺的一套，我没有病，不需要任何人来关心。

你的话不少。你可能真的病了，一般强调说自己没病的人都有病。

坐在蚌河边上，沉默。

我不再说话。

突然，你说河里有拖拉机。

快，拖拉机轱辘陷到泥里去了，快，到后边这个村子找个大拖拉机来拽一拽吧！唉，这个打井队，真的不讲信用，我说别往这里派"大三百"钻机了，这里的土质松散，立不住帮，已经打废一眼机井了。怎么又派"大三百"型钻机，你再支持我们，也不能这样支持呀，什么新生事物不新生事物的，打不出井，畦不上秧，误了农时，打不出粮，这七八十户几百口子人拎着口袋出门要饭吃呀！不管怎么说，以前一个劳动日还值五分钱，弄不好，误了农时，一分不值，还让社员干一天活倒搭钱吗？不明白为什么弄这事。明天，明天就进城，找你们打井队的队长去！

还说认识我大爷，一定支持我呢，扶持新生事物，怎么这么不从实际出发！

哎，听好了，打井队的师傅们，往回调头吧，我这就过去，和你们一起回打井队，"大三百"机器不行，来了也没用，别过来了，快，往回调头……

你喊什么呀，吓着村里的人！若惊动派出所的人，把你抓去，九伯也救不了你，他老了，面上的人不一定都熟。书念到哪儿去了，那两年生产队队长当的，男不男、女不女的，一点文雅劲都没有了，我真不明白，你这大学教授又是怎么当上的。大学校长瞎了眼，还是上苍回报你？我真不明白，大堆大堆的书都读到哪儿去了，怎么掩不住粗粝？你本是那么厌恶粗粝啊，为何一到关键时刻，你的粗粝就跑出来了？怎么搞的，真没想到，你被毁在那两年里……

【批注：至此，我们得知，聂平，上大学没成，却成了大学教授。由生产队队长一跃而为"高知"，命运之手真是太神奇了。其间的波谲诡怪，让人不得不费一番神思。】

对于我的生命来说，最有意义的是那两年，是那片泥土地，它让我明白面包的重要，它让我知道什么是意义，什么是价值，避免了没价值，避开了虚妄。我念过书，读过书，我有围墙里的老师，也有围墙外的老师。可是对我最有意义的老师是我娘，她是渊博的，她是美的，她的教学方法管用，她教育了我，跟她学的东西最多最多……

你们谁也不明白，她是一位导师，你吃过韭花炒鸡蛋吗？我吃过的最香的韭花炒鸡蛋是她炒的。那天，雪太大了，棉絮一样的雪，根本不是诗人的"故穿庭树作飞花"，是比梨花要美得多的雪。我是披了一身的雪花从地里奔回来的，稻田靴里装的全是泥水，大红上衣也成了泥做的。进了屋，我想往炕上一躺，不再起来，累坏了，累得想死，累得不想从炕上爬起来。是那位导师启迪了我。她从碗架子深处端出那碟炒鸡蛋，确定弟弟妹妹都上学去了，才敢端出来。一顿韭菜花炒鸡蛋，那得多少鸡蛋呀，鸡蛋卖了要称盐，要给孩子买书买本。她把炒鸡蛋放在炕桌上，便到园子里，从种白菜籽的畦子里，在还没有开花的白菜底部劈了几个白菜叶，洗干净，放在秫秸钉的盖帘上，放在我的身边，她便掀了门帘出去了。

她没有喊我。一句痛惜的话都没说，她从没埋怨过我。在她的眼里，我做的事都是对的，虽然，她对我干这个滑稽的事不明白，不理解，不感兴趣。周围人的嘲讽指责，什么"骡马上不了阵"等讥笑声，丝毫没影响她，只能让她更支持我，因为她确定她的女儿是对的。

不是任何人都能胜任母亲这个角色的，如果她也像我能当大学教授，她应该办一所母亲学校，并且立法规定，进过母亲学校的人才能领准生证。母亲决定民族的质量。

我的母亲，我的母亲！没有她，我不会从泥泞中成功地爬起来。我发过誓言，如果可能，我想为全世界的少女做一回母亲。在她们心灵最黑暗的时候，在她们最需要抚慰的时候，我把手放在她们的肩膀上，让她们眼前一亮，温馨沁入心脾。

我扯远了，我扯散了。我的声音有点大，我不知道我说了什么，我不知道该说什么。但我确实想找个人说点什么，我没有精神病，也没得抑郁症。你说对了，这一次，我是专程做这一趟旅行的，非做不可的旅行。虽然子粒入仓人已闲去，这片土地归于宁静。夕阳完全从山脊跳下去以后，整个世界是否还在浮躁，这片泥土地是否也在浮躁呢？

我能在这片泥土地上找回一生的安宁，难道不是件好事吗？你也说对了，我是想见一见九伯，不论他现如今什么样，我都要见见他。在他的家里住上几天，听他没边没沿地谈天说地，说得你愁云消散，说得你肩胛骨都会笑。一个没有理想的人，听他说话，会累，受益不多。为什么不做一个有理想的人呢？不是想做就能做的，父母基因里没有，母亲没教，老师没等产生理想就走上了讲台。那是你命不好，也没碰上几个有理想的人帮你写历史。九伯，我要感谢他，甚至感谢他的母亲，他母亲的母亲……让我遇见了九伯。大学教授也不一定就比九伯强。

你口若悬河，我倒真不敢说，你染了抑郁症了。

月色很好，月色真好。只是，九伯并没有回来。

我看见过一幅画。看清了。太阳很懒，拖着一层光晕从天空中爬过来。怎么连太阳都不愿行走？我想问一问那位画家。

胡同里一个光着脚丫的姑娘，嘴里含着一个铁皮口哨，吹得震天价响，她的眼神空洞。这幅画的怪异之处是，人物的举止行为与眉宇间雾一样的东西不协调。这幅画属于现代派，这幅画又幻化成一片沙滩，沙滩上放着一只小木船，乘坐这只小木船可以到海的那一边去吗？

两扇没关的木头门上有排列整齐的大铁钉，这门像故宫的门。故宫的门是红色的，钉是黄色的，金光闪闪。这两扇门有些朽落，门上的铁钉像是长锈了。

这是一幅刻在我记忆深处的画，是一幅使我得以永远保持一种高贵的模糊的画面。那两扇门，包括里面做了生产队办公室的正房、侧面一长排仓房、后面几进房子以及诸多跨院偏厦都是祖上的房子。"土地革命""大风暴"之后都充公了……

口哨声被风卷着，从东到西，从南到北，刮过生产队的八十多户人家，各家老的少的，男的女的，应该都听到了哨声，该出工的应该都从家里走出来了。

一小时后，生产队大门洞外，两扇故宫一样的大门外，站着两个人，一个是八爷，头发全白，脸色红润，嘴角泛着笑。

"那讲话嘞，该出来的也就出来了，不该出来的，恐怕也就出不来了。"

"那讲话嘞"，这是八爷的口头禅。八爷说这话是给新上任的队长听的。

绰号叫"八代"的人，二十岁以上的男性公民，看上去就十二岁的个头，侏儒症。有事没事常在场，他挨着那扇门，眨了两下眼。

这就是你荣升为生产队长的第一天。

【批注：聂平升任柳村第二生产队队长。第一天上任，号令三军，只"请动"了两个人。一个八十多岁，八爷，已丧失了劳动能力；一个侏儒症，"八代"，虽年轻，却没有劳动能力。几百亩上千亩盐碱地，由这三个人去改造成能生长水稻的良田，由

不毛之地变为江南水乡，长出绿油油的秧苗、产出银子般的大米，有可能吗？】

我听见耳朵里容下的是一片断裂之声，山川树木河流泥沙，一片接着一片的断裂之声。一只巨大的手伸到夜里去，将你的梦腰斩了，抽空了，整个人被抽空了。刚埋下去的那枚豆粒，没发芽就腐烂了。你几乎不敢相信做梦的功能了，你为何没哭呢？

可是有一天你哭了。那是一个长长的泥池，一排一排的麻秆被扔进去，泥池沿边放了几瓶老白干，"沤麻"。你扒过麻秆，也用扒下的麻搓过麻绳，还跟奶奶学过用麻绳纳鞋底，可是，你并不知道什么叫"沤麻"，当你吹完口哨往"沤麻"现场去的时候，你看到了"世界名画"：有站在水里的裸体男社员，见了你赶紧背过身去，有抓住裤腰裸着上身正往肚子里灌白酒的，他们根本没在乎有你，因为整个身子站在不断注入新水的池中几个小时，得靠这老白干发散热量，你正想转身却没转利索的时候，见一爷儿们裆里的东西正耷拉下来，脱下裤子就得出来，里面没有裤衩，或者说从老娘婆手里过来就没穿过那玩意儿。

【批注：聂平，一个尚未恋爱的年轻女子，受过良好的教育，一直从事教学工作（是极文明的一种职业），突然目睹如此原始荒蛮的场景，她定如指尖触到了利刃或烧红的铁块。她被割裂了，被烫伤了，而且还是深度的。这种伤，不仅伤及皮肉，更深深地伤到了内脏和心灵。这种伤痛，是缘于人类原始尊严和荣誉的那种。那么，读至此，作者让聂平也让所有的读者，见识了现实生活中那种狰狞。这个场景，与不毛之地盐碱滩一样，是大自然向人类龇了一下獠牙，亮了一次利爪。似乎在预警，在宣言：一场对峙即将开始。实际上，这又是小说的一处隐喻。凶悍，原始，荒蛮，已经排兵布阵，与人类的文明和梦想对抗了。】

"聂平，这里不需要你，回去！"

叫池二姥爷的大声地呼喊着，他还穿着利索地举着酒瓶子，并对池子里的裸躯们大声地骂了一句："操，蹲下！"

汉子们蹲下了腰身。

你反身跑走。

我听到了死人时才有的一阵号哭。九伯把你叫到他家，抓了一撮红茶末，为你沏茶，东扯葫芦西扯瓢地说起了祖上轶事，才使你将"名画"从脑子里洗出去。

那天夜里，你做了个梦。你躺在整片的豆芽上，翻身之后，把豆芽挖到筐里，挎在胳膊上往家里跑，还向人夸耀你发现了"黑豆芽"最多的地方，直到父亲举起巴掌，你才从梦中惊醒。

那不是荒生的黑豆芽，那是刚刚播下去的黑豆发芽了。

刚刚播下的黑豆发芽了，发芽了……

从那时开始，你已经是太会做梦的人了，而且长梦不醒，认为天下每一个芽都能长出参天大树。

说什么我都无法将昨天与今天衔在一起。贝克特的荒诞派是有本之木，艺术之所以荒诞，是因为生活确实荒诞。

我无法正视活生生的事实，无法正视活生生的就发生在身边的事实。然而，正是这零乱的不可理喻的生活让人不再痴顽。

夜色加浓。因为有月光，我看到轮廓了，这会儿，没有什么能超过坝埂对你的吸引力。

寻找什么，寻找带血的屠刀，寻找往昔的一面墙，很多时候，你总是看见那辆马车在黄昏中从你的眼前驰过。里面空无一人，载着黄昏的愁绪，还是载着在沙漠上睡了五千年的梦想。

其实，我应该喜欢这种氛围，可我是受害者，而且受害很深。

我盼望九伯今晚能回，结束这无边的寻找，无边的等待。

月光突然颤抖了一下，像是一双轻轻的蝉翼，刹那间，恍兮惚兮，恍惚之间，我听到了歌声："恍兮惚兮，其中有物；窈兮冥兮，其中有精。其精甚真，其中有信。自古及今，其名不去……"

这旋律被月光浸透了。一个只属于剪影的少女，少女的一只脚，不，两只脚深陷泥沼。那是刚泡好的稻池，新稻池，阴阳池，一面是新土，暄乎。陷进泥沼中的你也学着池二姥爷的样子，挥鞭赶牛，想拖平池子，可是泥已将胯淹没，拔出腿，站在坝埂上时，鞋只剩下一只。新鞋，奶奶用最好的麻搓的最好的绳，纳的最结实的鞋底，麻绳的针脚插着空，在鞋底上排列得比汉字在书本上还有文气。奶奶戴老花镜，也像你一样，做着梦，大概是少女的梦，为你做的一双新鞋。

你哭了，为了那双新鞋。

【批注：聂平的一只新鞋被稻池吞没了。那是慈爱的奶奶的精细手工。目下，在生活里，我们已经无法见到类似的服饰了。那么，这个场景，不仅委婉地显现了大自然的无情，也披露了人类在大自然面前的软弱无助。自然吞没了一只鞋——喻示着夺走了人类的一份财产——也暗喻可以或已经夺走了人类的一份爱。深层次理解，自然不仅可以收回她的馈赠，免除她的馈赠，还可以肆无忌惮地掠夺人类的劳动果实，包括小说下卷里描写的淹没稻田的洪水，都可成为一种鲜明的暗示。"天人合一"在这里被作者有意无意地质疑了一下，当然是极温婉极平和的，而且还是无声的。】

在这个稻池里，你在少女的梦里，种下了一只奶奶做的新鞋。那天，看见你哭的只有一个人，那就是九伯，他走到你身边，大声地喊了一句："起来！回去换换衣服，去找你九婶娘，她的衣服会合适你！"

九伯跳下稻池，大声地吆喝："驾，驾——"指挥着一头老黄牛，一口气拖完了足有一亩的稻池。这个阴阳池真正达到了寸水不露泥的水平，九伯从进水区的坝埂直角处拔下木橛，看了看，上面写着：五百分。

"小会计，过来，验池子，记上。五百分，五十斤粮，面袋子带着呢！"

九伯甩了一下腰间的面口袋，嘴角突然绽出了一丝微笑，那微笑稍有得意之色。他坐在坝埂上卷了一根烟，一边抽着烟，一边咂着嘴："这丫头，生错了，是个男儿，英雄料儿。"

【批注：九伯的话中有"是个男儿，英雄料儿"这样的句子，一下子让人想起了替父从军的花木兰、征战沙场的穆桂英，或许还有《红楼梦》里探春的影子。实的虚的女中豪杰全汇聚到了《那片土地》里，还全被作者倾注到了聂平身上。是否可以说，数千年来中国历史上的女性英豪一路征战到了《那片土地》里呢？只不过，史书上的、传说中的、故事里的女中豪杰，都是以人为对手的，而聂平则是要与大自然一决雌雄。可以断言，聂平，是作者精心勾勒出来的当代的女版夸父和大禹。】

几个月前的黄昏，一辆老牛车缓缓地开进生产队的大门洞，木头底、黑铁钉，大有皇宫气魄的两扇大门敞开了，几十双眼睛像是在山呼万岁一样盯着车上鼓鼓的麻袋，那里面装的是玉米粒，一个肩不能担担、手不能提篮的女孩子像变戏法一样变出来的粮食，能糊口、能收拢人心的粮食。

粮食是借来的，是打了"新生事物"的幌子借来的，苦春头借一斤玉米，秋天还一斤稻谷，白纸黑字，签字画了押。

没想到，这丫头竟有这一招。九伯是个英雄，他喜欢有胆有识的人，聂平读书钻故纸堆时，他并没有多么在意过那丫头，本来就是一个重男轻女的人。自从聂平破天荒当了生产队长，沿街把口哨吹得震天响，他就觉得这丫头有不一般的地方。到底为什么讲台不站、教书先生不当，泥一把水一把地出这个风头？他开始琢磨了。这丫头大门不出二门不迈的，大家遗风尚存、啃书咬嚼文字的人，葫芦里到底装了什么药？

有几次，九伯想过问，但他是一个往那一站就有架子，嘴不碎，不愿过问别人事的人。他只是一位堂伯，又不是亲伯父，几多回，话到嘴边也就咽了回去。

血色黄昏中的一车粮，他读出了点味道。

这一天，铁皮口哨只吹了一遍，而且是委派"八代"吹的，各家的棒劳动力就出门了。很快，小队院子里聚了六十多个男劳力。池二姥爷、八爷等几个不能扛麻袋又颇有威望的人都站在西墙的木头垛上。

【批注：对照前文聂平吹了一阵口哨只"聚"来了八爷和"八代"二人的那个场景，聂平的领导力开始升温了。"召将"的本领骤然凸显，与大自然对抗的实力开始攒聚。这是小说主体事件的又一处开端，类似于"芝麻开门"。而"芝麻"，则是牛车拉来的玉米粒。】

夕阳多彩的光晕把八爷头上的白楂儿都照红了，讲话的口头禅一次接一次地往外冒："那讲话嘞，那讲话嘞。"

【批注：八爷的口头禅，人物的标签，精神的商标。

类似于《西游记》里孙悟空的那句"皇帝轮流做，
明年到我家"，也有点像《红楼梦》里贾宝玉的"女
儿是水做的骨肉"。】

他是老共产党员，二十年前当过多任生产队长，种西
瓜为这个生产队置了第一辆大轱辘车。他是这个生产队的
爷儿，谁当生产队长，他虽没有能力完全说了算，但他坚
决持反对意见的话，大队干部，甚至公社干部都得掂量掂
量。这一次，聂平毛遂自荐当上生产队长，脑袋瓜子上还
顶了一顶"新生事物"的帽子，他没敢轻易发表意见，因
为他是个有党性的人，知道跟谁走，听谁的话，走哪条路
线。但据说他一连几天不能安睡，私下里开了家庭会，并
做了一系列的安排，到了秋天，实在不行就下黑龙江，奔
他二姑娘的表爷爷公公（即二姑娘丈夫的表爷爷）那儿去，
那边冷是冷，但地面宽，黑土地，咋也饿不死。把事情安
排好，让自己的两个儿子悄悄去找活路，一个去干黑包
工，一个去山那边挖甘草。甘草这药材卖上价了，挣几个
现钱，咋也能护持肚子，全家老少不用出去讨饭。

可是，他是有党性的。一个老党员，而且连年被评为
模范党员，又是队长的爷儿，不能让人看出他不支持"新
生事物"，所以，新队长上任第一天，听到口哨声，他就
放下饭碗，第一个来到生产队门前，成为按时点卯的好社

员，和"八代"一起站在队院门外的大门洞前等候命令。

私下里，听到各种呼声时，他也只有"那讲话嘞"这句开头语，配上嘴角往上翘时露出的笑，别的话一律没有实词，他是一个好党员。

今天，这个黄昏，他没用任何人扶持，健步踏上生产队院子的木头堆，看着棒小伙子往库房里扛粮食，看着会计在库房门口计数写字时的专注样，还有保管员拎着印版忽进忽出的得意劲儿，他也一下子得了什么大喜事似的得意起来。

"那讲话嘞，庄稼人图啥——吃上饭。三根肠子闲着两根半，咋干活？咋把大平小不平、坑坑包包的碱疤瘌地平得寸水不露泥？就是往地里点棒子籽，也扶不住犁杖。嗯，还是党委领导得好，新生事物好……"

"那讲话嘞……"

不知什么人带头笑了起来，笑得太阳被云掩住了，接着好像还有奇迹般的掌声。

"大家听好！"

好像今天才有生产队长，聂平这是头一天在社员面前，在各家各户说了算的当家人面前讲话。可是，庄稼人不管那一套，只有吵吵嚷嚷。高兴了吵吵嚷嚷，不高兴也吵吵嚷嚷，生气了，除吵吵嚷嚷还骂不绝声。

"操！"九伯一下跳到木头堆上，占据制高点，"吵吵个鸡巴，安静，安静！听聂队长讲话。"

掌声，真掌声，然后队院子里鸦雀无声。聂平也站到木头堆上，面向东，大伙面向西，脸被西天边的绚丽涂成红色。

"从明天开始，平稻池子，早晨出工时，拿着面口袋，十个工分分一斤粮，工分在山上记，粮食到库房门前领，一家子多少劳动力，一个户口本上的一起领粮。记住，十工分得一斤粮了！"

【批注："说人话"。这是聂平"伟大"的声音。她是作者着力塑造的一个立足于大地上由人间烟火哺育成长的人物，她脚踏大地，喊出来的才是只有人类才叫得出的声响。"干活""领粮"，是这一桥段中的两个中心词。在作者笔下，聂平已是降落在人间的神灵，人群的领袖。笔者认为，作者是位深谙小说写作内在玄机的作家，知道人类存在的深层密码。作者笔下的聂平，仅叫出了这两个平平常常的词，就与简·爱（《简·爱》的主人公）、李逵（《水浒传》里的人物）、晴雯（《红楼梦》里的人物）对标了。可以说，凭这一段言辞，便可判定作者是一个为"人"写作而且写出了"人"的作家。】

啥，队院子里如一锅烧沸了的开水。

"十工分，一斤粮啦！"

"干货！"

"明天，我们二胖也不去矿山捡矸子石（煤中发灰、硬如石头的煤块）了。"

"我也不上山挖甘草了，嚼着高粱面饼，喝口凉水，回来还得蹿稀……"

那个黄昏，第二生产队的院子像过年一样热闹，尤其那个叫"二舅母""二嫂子""二婶子"的温春华媳妇竟然大哭起来。人们问她咋了，她抽噎着说，自己那两个崽子就不用送人了。原来，几天前，他们一家合计，四个娃，要把两个送给黑龙江青岗县下面一个村落里的叔伯三姨家，她家没孩子。昨天晚上一家人煮了"剪子股"（野菜粥），一个跟着一个跑的那种，一边喝一边哭……

【批注：见识一下小说家笔下的贫困，是不是有点惊心动魄的感觉？】

九伯抽着烟，眼角湿润润的，不知为啥，他总觉得应该对聂平说点啥，说谢谢，他不太习惯说现成的话。自己在心里想，聂平不管为啥来当生产队长，总是做了件好事。有了粮食吃，不用饿死人了。这丫头，不是胡整，没给老聂家丢脸，自己这当叔伯的也不用怕人戳脊梁骨。从此，不管咋，也要常出工，扶持这丫头，为她撑点事，别让她倒下。

　　九伯的亲家于森是个木匠，十里八村出了名的木匠，卯榫活干得好，以前请他出工到生产队干活，他老大不乐意。可这次，聂平让他来生产队干活，他什么也没说，态度平和，还带着笑，不好听的话半句都没说，因为九伯，还是因为活计算工分还带了粮食？看着他扯锯的动作，路过的人心里都打了花鼓。

　　于木匠的脸长，上身长，稍有点水蛇腰，把一截木头放在凳子上，脚踩着，一只手上上下下地拉锯。有人好奇，不知于木匠拉这一块块的木块干啥用。这么简单的粗拉活怎么还支使这个于大木匠，刚出徒的半拉木匠就能干这活……人们也就想想罢了，并不放在心里。

　　两天的工夫，于木匠做了四筐头木头橛子，每个橛儿尺八长，两面都修成斜面。刚做时，每做完一个，于木匠都要仔细端详一下，看看这活有没有展现自己的最高技术，瞎没瞎自己的手艺。给他打下手的九伯见他太过仔细，说道："又不是给谁家姑娘打嫁妆箱柜，用不着加这么大仔细。"

　　"不行，咱们队长有文化，不能坏了事。往新生事物脸上抹黑，那要犯政治错误。"

九伯不无嘲讽地看了看他，蹲在地上卷纸烟，先卷一根递过去，然后自己叼着一根，腾出一只手从筐头里翻腾那些木头橛子，摸着一个大点、粗点的，举到眼前，端详着那两个斜面，自言自语地说："这丫头，兴得什么招儿，种稻子用这玩意儿？"于木匠说："咱们种大田惯了，哪知道种水田的故事，新生事物嘛。老九，别管那么多，让干啥就干啥，反正十个工分一斤粮，干好活，记了工分，领了粮完事。新官上任，怎么也得点自己那三把火，更何况你那侄女又是喝墨水长大的……"

九伯正要跟于木匠理论两句，被门洞子里走过来的几个人那嘻嘻哈哈的说笑声打断了。

前边走着的是聂平，跟着的有八爷、池二姥爷，还有一个干什么活都很有技巧的"地主羔子"（曾挨过批斗的地主子弟）周树礼。

"九伯，你也跟我们去！"聂平说着，就查那些木头橛子，然后示意池二姥爷和"地主羔子"周树礼把木头橛子往袋子里装。

九伯跟着聂平一行几人往白花花的碱地里走，八爷深一脚浅一脚地走，露出凡事都是带头人的骄傲自豪的笑，笑里总是泛起那种要看看笑话又不服气的意味。九伯用特殊的眼神瞥了一眼八爷，赶紧低头往前走。

大片的土地纵横交错，像猪被杀时四下挑开的猪腿一样，纵的是水渠，横的是坝埂。略高出地面的是进水渠，比池田低一点的是排水渠。

【批注：田野的真实再现，既非"诗意"，也无"美好"，而是真正的大自然本身，为人类提供生存基础条件的自然。小说至此，我们见识了作者的真诚和恳切。】

全体社员都出工了，可东三个、西五个地不成堆，清渠底的清渠底，拍坝埂的拍坝埂，不像往常那样挂着铁锹说起话来没完没了。九伯心里又一亮，琢磨着聂平这一阵子的做法还真灵。社员乖乖地干活，没有半句怨言。

可眼前这些木头橛子又是干什么的？九伯这么想着便看见聂平在一号进水渠的地头停下脚步，指着渠边的一个池子，比比画画地说了一阵子，然后问大家："平这个池子要几个工？"

"三十个。"

"四十个。"

"四十八个吧。"

"好，那就五十个工！"聂平从腋下扯过一个小黑塑料皮本，记上了一号渠西排一号池五百分，然后又从袋子里扯出一个木头橛，在两个斜面上分别写下了"500"分。写毕，让周树礼将木头橛砸在池子的角落里。

原来，白花花的碱地上的三百个稻池都画在了本本上，每个稻池都标了号。平整土地前，抓阄，记账，签字，验收后发条，然后记工分，取粮食。

【批注：没有形容词，不用修饰，不用限制，干干净净的动词和名词。这才是农民的生活。一颗干干净净的心，一双干干净净的手，一张朴实无华的脸，如一棵树，一棵草。】

这样种地，这样管社员，这样当队长，还真是头一回。

九伯咂着嘴，沉思良久。怪不得，怪不得，现在上工不用吹哨了。聂平不吹了，小"八代"也不替她吹了，人们羊拉屎一样，前前后后、陆陆续续地到自己该干活的地方去，不用催，也不用打头的生产委员喊着骂着监工了。

"这也行，会不会出事？"九伯知道这么干效率高，但凭着经验，他总觉得这不合以往规矩，这不弄到四九年前去了吗？走合作化的道路，农业合作社，就是消灭单干……他下决心不把这话说出来，如果不这么干，吃大锅饭，一群人聚到一起培坝埂，挖水渠，平整土地，种上水稻，得猴年马月。可这么做，说不定会犯点事，担心归担心，但不能说破，不能吓唬聂平。仗着胆，撑着吧！

那天的九伯心情沉重，聂平瞄了一眼九伯，想问点啥，却被请来的水稻技术员叫走了。

八爷往回走时，嘴里好像蹦出了几个字："本本主义，本本主义。"他还对九伯说："这行吗？你看这满地都是人，没人统一领着，你看，东一个木头橛，西一个木头橛的，真是小孩子过家家呀……"

九伯哼了一声，蹲下来，只管卷纸烟，斜扭着身子，用衣襟挡住东边的风，点了烟，一个人腾云驾雾地吧嗒嘴，故意落在后面，不接八爷的茬。心里狠狠地骂了一句："操，老鸡巴头子，做醋做酸了手。"

【批注：传神，写出了一个农民的真实"内在"。】

现在，我终于明白了，九伯是个掌舵的主事人。写就你聂平历史的人名单里确实该有他。

他是沙子一般平凡的人物。

这些陈芝麻烂谷子的事，在我心里怎么扎了根，我没想到。最近，我读了一部朋友写的小说《农事》，约我写了序，有几句话，我自己得意了一会儿：

农村联产承包责任制是体现中国改革开放的一种极抢眼的农村经济形式。老实话说，笔者在这种经济形式诞生的前夜，曾有过一段切肤之痛，曾实施过一系列创建性举措。今日读到《农事》，深觉里面的人物有血有肉，极其鲜活，大有呼之欲出之感。

《农事》作为并不独特的题材，却触及了一个特定的时间节点。四十年前，责任制的前夜，笔者不仅产生过设想，而且十分敏锐地实施过具有创建性的管理举措。今天，借为《农事》作序之机，说一句：《农事》表现的这种特定的漫长的农业生产方式，一定会牵引出另一种新的农业生产方式，并为农耕文化篇章的续写作出见证。

这部书引起了我的无限联想，读了这书，我竟生出了自夸自显欲。1974年，叫聂平的人把土地分割成块，让社员抓阄，以家庭为单位平整土地，以劳动结果记工分领粮食……

1978年，中国实行了家庭联产承包责任制，农户作为一个相对独立的经济实体，承包经营集体土地，自主地进行生产和经营。

想起了那些被周树礼砸在地里的木头橛，分人定额，不是联产承包责任制的雏形，不是新的生产方式诞生的前夜吗？聂平，文艺界里常说"前卫"，你也算前卫了。

我想，真诚到极点，无论何时都实事求是，这大概就可以靠近真理吧！我惊异于你的创造力。我也没想到，这片土地，这两年的生活，在你生活的长河里占据了那么重要的位置。历史怕沉淀，生活怕沉淀，沉淀之后的东西就凝固在记忆中了。

这么晚了，九伯应该是不回了，我们回吧！你往土坝这边靠拢，移动几步，又停下了。从这条坝埂走到那条坝埂，这条坝埂已不是那条坝埂，何苦呢，你到底在寻找什么？我知道，看似这么不真实的举措对于你却是非常真实的。遗失掉的东西，有时候永远也找不回来，同样，种下的东西永远也不会遗失。那个池子里埋着你的一只新鞋，那个木屋里珍藏着一大堆考古得来的瓦片。

那个晚上，我听到你心里说得最多的话是感谢，人活着总得感谢点什么。尤其应该感谢很多不如意，不如意的人遇到不如意的事，在那个非常时刻就会想出一个解救自己的办法——希望点什么，盼望点什么，这个希望盼望一旦变成生根的东西，就会有自己的名字——理想。我知道，你的理想就是在那个非常时刻扎下根的。然而，你并没想到，会扎在这片盐碱滩上。

你特别喜欢月夜，尤其是深秋的月夜，最好是看不清星星的月夜。那是一个特别的月夜，你一个人在一个空旷的院子里走，没有灯光，听不到钟声，看不见教师，听不到操场上爆发出的学生的喊叫声。对你来说，这应该是最美的校园，你想想出点什么办法，想在眼前搜出一条路来。不做老师，干什么去？做老师，一个"毒草"剧作者抬手动脚都要受到批判，受到监视，如果前面有灯光，短暂的沟坎也就罢了，可是前面一片茫然。在你先前的生命中，所有的、也是唯一的希望就是：被推荐上大学，受到高等教育。可这个愿望已完全归于死寂，因为你是"毒草"剧本的作者。如果不能上大学，对于当时的你，一切将是死寂的。

苦闷至极，是否也是出路呢？

学校与生产大队部几乎无墙可隔，一个黑影从学校的厕所里向操场方向移动。

"这么晚了，还不回家吗？"

当真吓人一跳。

在特定的时间，特定人物的出现将使人生出现特定转机。

被呼唤被救助的感觉是什么呢？伟大！有什么人让你感到过伟大？有的话，那一定是一个极为特别的历史时期。

你从那个黑影的手里得到过一本人物传记——《列宁传》，恍惚间，你似乎得到了一些勇气，从那以后，你便一口咬定，读人物传记可以让人生出勇气来。不，那个黑影从看不清的、叫嘴的地方曾喷出一句忠告："找个能改造资产阶级世界观的地方去寻找你要走的道。"黑影像是停滞不动，一会儿，又继续向前移动，突然又转回身："'新生事物'当老师的，听说过吗？N极S极，明白吗？负负得正，可不可以抵消呀？"

【批注：以"哲学"的大脑，用"哲学"的语言，点明了一种"哲学"。可以想见，"思辨"与"实在"，"神性"和"人性"在此处相融，不分彼此。此处，亦为小说的神来之笔。】

一串很特别的笑声在耳旁消失掉了，而且消失得无影无踪。

那个"干净"的年代，谁愿意惹上政治路线方面的错误呢！

深秋的夜晚，在坝埂上努力寻找的你，突然觉得历史是神秘的，记忆是神奇的，不要说戏剧中的矛盾巧合是作者有意创作出来的，生活这部天作的戏剧到处有巧合的机关，有时天衣无缝得让人叫绝。冲动生出剧本《送药》，你便成了"毒草"剧作者；奇思妙想，又一次冲动，嘴里含上铁皮口哨，光着脚丫从胡同里吹出来，这特定的举措便诞生了一种行为艺术——贴上了"新生事物"的标签。

月光下，不再有土地的厚重，不再有记忆长河中人物的穿梭，只有带着迷幻色彩的穿越，恍兮，惚兮，玄兮，妙兮，不可言，甚至无法心喻。

什么是目标？目标实现了怎么样？目标没实现又怎么样？盐碱，沃土，禾苗，稻谷，都是土末一般的存在。

你双手抱紧了脑袋，不再向前移动，坐在坝埂上，将头埋进双膝。

如果有哭声，那倒是绝好的事了。到了无法哭泣、不再有泪水的时候，那该坚强到什么程度了？死了一般的木滞，难道不该为之哭一场吗？

树的叶子在哭，大地抖动着双肩泣不成声，天上的星星一齐露出脸来，低头流泪，天地合一，哀哭不止……这便是人格魅力，令天地动容。

其实，我已无法走进你心里的那间屋子了，你到底要做些什么呢？有多少人对你不起吗？有多少事情让你终不原谅吗？

有时，把自己看得太重是不是不好？有哪一个人不把自己看重呢？大概只有母亲真的在充当母亲角色的时候吧！

确定，我感到了凉意，多么希望能结束点什么。结束点什么吧！我只寄希望于九伯了，希望他早一点出现在这条土坝上，去他家吃顿狗肉，听他说不着边际的天南地北，一笑了之。

《农事》的作者对我写的序击掌叫好，他认同了我的序，我也心安。但我怎么就不知道自己本是在那个环境里出生、生存过若干年的人呢？有些风俗，有些生活方式，恍如隔世。

我知道，骨子深处，不喜欢粗粝，不喜欢更接近原始的生活方式。原来，我的一个老师苛责得对：只想上天，不想入地。又有谁，只想入地不想上天呢？有吗？我不知道。

我在寒冷的梦中。梦在苛责我，在揭露我的隐私，在评议短长，褒贬好坏，在挑剔我的过失。这个无理的"闯入者"，絮絮不止，说着些不堪入耳的话。

虚伪，卑怯，自傲都是有的。想追寻万物之母，然而，是那样鄙视一些本不该鄙视的东西。

其实，我淘过大粪，也挑过大粪，可《农事》里的沈淑萍进了未过门的婆家，主动抢过粪勺，去淘大粪，咋让我觉得那么不堪入目呢？也罢，《农事》里对从事农业生产的农民刻画得生动呗。

《农事》唤起了我对那一串并不算长的日子的怀念。整地，播种，收割，样样都是经历过的呀，为何感觉那么遥远呢？也许《农事》的作者说得对，或许，缘于那一段生活的经历吧！

自私是分种类的，有一种自私，是怀着大无畏的精神，拿了自己之外的人的实际利益去做试验田，玩了一场罗曼蒂克，玩赢了，白得了一层胭粉，垫高了自己，踏上了一层梯台。输了呢，不但自己跌得粉身碎骨，还害得别人无葬身之地。

也许，不但能搜寻别人的过失，也能苛责己过，这该是一种醒悟；悔改，算作懂得自耻。然而，过了反倒不好！

很多事都有偶然性，如果不是读《农事》，不为之作序，你会这么急地专程走这一遭吗？会在月夜下池渠坝埂一遍一遍地搜寻吗？也许是会的，然而不会这么突然，不会专程匆匆而至，更不会这么深入。

这会儿，风不大，然而，夜朗，风凉。你的眼前尽是起伏飘动的薄膜，那是刚刚畦上的稻秧。秧苗出得不算齐，冒出了绿针似的芽，有的还顶着稻壳。薄膜上面雾一般的露水漫滑着聚集起来，变成露珠，"吧嗒"掉下来，在秧苗根部润化出一个湿点，一个，两个，三个……秧苗得到了滋润。

感谢，是得感谢。感谢九伯，感谢池二姥爷，感谢"地主羔子"，感谢那个消失得很快的黑影，甚至感谢我的二弟。

我的心被碰疼了一下。那一年，二弟他还未满十八周岁，就挑起连泥带秧重重的两个秧拖，足足有二百多斤。他的脊梁还不够硬朗，他的腰身骨骼还不够坚挺，他挑着两个秧拖从我眼前拔步时，我真怕他摔进灌满水的池田里呀。我多么想从他的肩上抢过重负自己担起来，我完全可以不把二弟他放在挑担的行列里，可如他一般大小的壮青年都在挑秧呀，那时的我还不知舞弊。那时的我正在为一个目标而战，弟弟也在战斗的行列里呀。

后来，他的身体一直不好，刚过半百就得了很重的病先我而去了。虽然我接替他在完成着使命，携手他的儿孙过日子，劳心劳力，相助相依，然而，总是为他的薄命时时揪心。今日，他的儿孙不在泥土中跋涉，像是沾了我的什么光，住在水泥丛林里，享受着城里人的舒适，然而，一切都不能抵手足相离之痛。

你想什么，你在寻找什么，我是知道的。寻找那些为了一个本来只属于你的目标而努力奋斗拼命跋涉的一群人，九伯，池二姥爷，"地主羔子""小八代"，八爷，还有二弟……这些你记得名字的人，至今，多半不在了，

【批注：小说《那片土地》的精髓，是"那一群人"（即离开人类物质活动和精神活动的人），对他们来说，土地已无意义。此段文字，将"土地"赋予了"精

神"，将其铸造成了丰碑。】

九伯还在。九伯还活在这片土地上，早已不做农事，他依然飘来飘去，似农非农。

让我不解的是，既已拔步而去，为何仍情系这片土地呢？像《农事》的作者在描摹着人特有的生存方式吗？应该不是。是对旱田变水田的巨大劳苦带给乡邻及亲人的巨大劳动负荷的忏悔吗？应该不是。是什么呢？是旱田改水田让人吃上白米饭，不再饿肚子的拯救百姓于水火的荣耀自得吗？既然早已拔步而去，为何还如此耿耿于怀，连自己都没有想到会萦系于心，终生不能忘怀呢？

如果有什么人，有意也好，无意也罢，将一枚种子种下去，沃土也好，薄地也罢——那没办法——是种子，就会发芽，发芽后自然扎根，开花，结果……

你确定种上了一枚种子，一枚梦的种子。自从那里的农人扔掉帽高粱，吃上了白米饭，人们便不停地赞美你，歌颂你的丰功伟绩，你就成了世上最大的一个梦幻家。

肩不能担担、手不能提篮的书生弱女子可以领一群农民成功除碱抗盐，种植清水稻。对于他人，只懂得品尝结果——白米饭的香味；对于你，衍生出来的是道理——梦可以成真，弥天大谎一般的梦。今天的你，在渠田上寻找的你，说出自己最想说的话，那个极为特别的、正常也不正常的年代，你在那片极度贫瘠的土地上，种下了梦，种下了一个大梦，种下了一个大梦的种子，这颗种子彻底改变了你。

你大梦不醒，沿途一直往下种，见了谁都说梦，但又不是痴人说梦，比痴人说梦有力量得多。因为你是摆着一副领袖风姿在说梦，那些一代比一代小、小得不能再小的人，坐在桌子前、椅子上，听你编梦、说梦，那种虔敬之状、那种执迷之形，令人感动。明白了，你为何要在这个有月亮的夜晚寻找不已，你在寻找梦生根的地方。

若不是那片贫瘠的土地，你怎么会相信什么梦都可以与现实有关呢？

打住吧，聂平，绸缎庄老板聂晋宇的孙女，年代不同，历史背景也早就换过。现在，每天成熟不成熟的商人都在市面上叫卖声一片，人们做的梦和你当年做的梦不同，梦的目标指向不同，你如此教唆后辈儿孙做梦，不怕亏着他们吗？

你从没怀疑过自己的价值标准，好汉！我知道你是宁死不屈的那种，唉，我早就在说服你了，你也并不排斥我这个说客。虽然你也讨厌我这个盲目闯入的说客，但你一直在听，可是，我是低能儿，无法说服你，该干啥干啥，你种你的梦。

这一回，我将说与九伯，看他这个天南地北故事缠着故事的人能否导引你？只是有一个障碍，不知道他能否逾越——一个农民和一个教授间的距离。

什么时候才能翻过这一页呢？翻过去吧。估计，这辈子翻不过去了。河滩水域里的蝌蚪都搬家了，你为何不让那些陈芝麻烂谷子消失呢？

你对着那片水出神，是在等九伯涉水踏入归途？你神情之专注、之宁静，使水中的影子少了些沧桑。水中的女孩很饱满，两个乳房圆润丰盈，那是洗浴中的姑娘。你描述水中的情景，竟然挨了姑娘一巴掌。

水中的姑娘的影子早已散乱，你也在这里洗过澡。你并不知道是否有人偷看，那天明明是你一个人独浴，可你总说身边还有一个女子，乳头粉嘟嘟的像花苞，因为你从小神情恍惚，有精神分裂症的迹象，很少有人能听明白你所描述的只有你自己才清楚的脉络，所以，你愿意听九伯讲故事说事情，别人说他说话不沾边，你却说他说的才是真实，是另一种真实。你说其实天上的仙女与农家的姑娘没什么不同，只有乳头的颜色不同。后来，经历了许多事情之后，我才明白，你一直活在天上，活在你见过的不吃不喝的仙女堆里。

那当然，你是苦的，我知道你的苦。可是，任何一种走法的路，都有其脚印，脚印是真实的，也有合理性。不必解释，不必假设，为什么不先迈左脚而要先迈右脚？只有迈的人，回到当时迈的时候才能说清楚。怎么迈，都是那几步，一切也都早已准备好了的。只要墓碑砸下去，哭声就起来，土堆就裂开。活不好的人是精神出了偏差。

此一时刻，我豁朗了些。你做这趟差不多有历史意义的旅行，带着些许的忧伤，带着大无畏的自信。干吗呀，讨要？向谁讨要？讨要点啥？或许来时并不十分清楚，这个晚上月色太好，地光闪耀，仙女也下了凡间，让你在五色光中开始了特殊的穿越，你开始向玉帝讨要，讨要不回的！玉帝不许再生出新的女儿。虽然中国计划生育政策有改变，但没有月经的女人无法再生育。我知道你，不喜欢开玩笑，你不会开玩笑，任什么玩笑也难以让你欣然一笑。

有些事，发生就发生了，错就错了，对就对了，一切都是为你准备好的，别太看重自己。青楼娼妇与良家贞女只有韭菜叶般的距离。

讨要什么呢？讨要那件酱褐色的的确良衬衣吗？其实，我一直给你留着，为你这个有恋旧癖的人留着。那件珍藏着的衬衫并没有因岁月的侵蚀变成灰烬，它的每一枚纽扣都在向你诉说着少女该有的雅致。可你，光着脚在坝埂上奔跑时的姿态是不雅致的;撸胳膊挽袖子,喊着"十八号渠九十八号池谁的,这里差得太多,快,返工"那是不雅致的。当什么人把英雄的标签贴上去的时候,雅致早就灰飞烟灭了。

一切缘于想得太多,太会想,也缘于想了就干,干了就成。

女儿家的柔弱不存在的时候,美就转化成另一种东西了,自我价值判断标准随即也发生了根本的变化。今天的你是带了另一套审美标准重返故地的。如果你放弃眼前所有的一切,彻底放弃现在的生活方式,重新回到排水渠边上来,重住在农舍里,也许就不再讨要。牺牲了一些、换来了一些之后,依然想要回从前所牺牲的那些枝枝杈杈,这未免太幼稚了,太固执了,太贪心了!

其实,我觉得这一回,我是能劝导你了,可是当我真的面对你那份比哭还要可怕的失落时,我说不出,也不想说了,谁人不会自悟呢?如到了棺材里还悟不了,那才是真英雄呢!那是对美的坚守。

【批注:坚守什么?坚守到什么时候?坚守到哪种境遇下?从未有人明确地、毫不犹豫地点明过。《那片土地》里,出现了这样一个终极判断:坚守美,坚守到坟墓里,不单单是临入棺材的那一刻,还要

把这份坚守带进棺材。决绝地、不犹疑地断言，似乎只有上帝才能这样表现。】

与你相守了这么多年，有很多的话说不出。如果真的能分裂，我不想再跟随下去。写小说的人可恶，编故事没边没沿，量事标准随心所欲，喜欢不得。所以，我家女儿若是与诗人谈恋爱，我一定发布宣言：倘与诗人结婚，你我老死不相往来。诗人的灵魂在爪哇国里，你长了翅膀也追不上他的踪迹，哪怕你卧病，他借给你买药的机会都可能随人去意大利，一两年后还会问你"痛不痛"。

"行了！打住！"

我的吼叫声来得突然，惊动了枝头上的鸟雀。

"行了，打住！"

整个林子，整片土地都一起喊叫。

我吓坏了你，也吓坏了自己。我跟着你一起哭起来，你终于失态。虽已不会笑，却会哭了。

哭声惊动了河滩的那片水域，小蝌蚪们也回来了，青蛙怎么会在这个时候叫成一片？

池田里绿油油的一片。两脚踩在稻池里，脚下一片断裂之声，分蘖，生新根。诗人请脚下留情，踩断根系会影响分蘖。老百姓要的是白米饭，不要诗句，请诗人脚下留情，不要到我们饭碗里作诗，我们的饭碗跟别的什么无关。

你哭声不止。我知道，除了九伯，无人能劝。

谛听，也是一种爱，爱着的听众能从哭声中听出宣泄，听出委屈，听出悔恨，更能听出无奈。

或许只有在这里，在这片泥土地上，你才能放声一哭，只有在这里，你干涸的眼窝里才会漾溢出不止的泪水。

无遮无拦的哭声，听出来了；无美无丑的宣泄，听出来了。"万物之母"般的存在方式——回到婴儿的时候。

【批注：忧伤，英雄的忧伤，第一次在文学作品里显现。聂平是英雄，但她忧伤，她哭，似婴儿般地哭。这才是英雄的哭泣。记住，英雄在忧伤时，竟然会表现出婴儿的悲泣。】

应该说，找到了吧！应该说，不虚此行了吧！

微信群里在炒卖《农事》，没想到微信的作用这么大，没想到《农事》有读者，我在群里推波助澜。写作是一个瘾头，对于有的人来说，写作就是生命存在的方式。其寂寥，其空落，写作之外的人不好理解。

我在村落里待了那么久，也算蹚过泥下过水，怎么没有《农事》里的感受呢？

因为你并没有生活其中，隔靴搔痒。

你呢？

身处其中时来不及想，至今还在土地上搜剔，还用说，那蹚泥下水的事还是深深地影响了人格结构的形成。

聂平不再回答我任何问题。她好像是坐在了坝埂上，盯着一池泥土异常入神。这池泥土曾经做秧床，把一池地分成若干小床，床宽八十厘米，长十米左右，床和床之间隔十五厘米，挖下二十厘米左右深的沟，被称为步道沟。床面的平整度要超过寸水不露泥的技术高度，床的边沿要整齐，而且要有力度。竹弓子插在两边，要禁得住，要撑住蒙在上面的塑料布遇风时左右上下飘摆时的力量。

池二姥爷家的池二丫确实是讲义气的主儿，她竟然挥动着泥抹子大声地说："不能招招架架，泥抹子往下压实，一抹子一抹子接好茬，不停地往下找，第二遍拉长抹！"听了她的话，一直没人接茬，只听一两声嘀咕："好像她是队长似的！"

"别忘了，她跟队长穿一条连裆裤子，好着呢！"

"队长那么个读书人，怎么瞧上那么个粗屎狗咧的……"

池二丫根本没听见别人在说她，把嘴贴在聂平耳边狠狠地说了一句："你得拿起架子来，不然，没人往心里去，都是想来混混，记十工分得一斤粮的。"

池二丫的性子急，嗓门高："刚才生产队屋子里可是看见了，稻籽都要冒锥儿了，露绿芽锥儿了，秧床做不好，芽长了落地不保秧，技术员的话你们不是没听见呀！出了事，插不了秧，一年白玩，明年就得要饭去！"

　　池二丫的一阵呼喊果真管用，人们不再说笑，低下头一抹子一抹子，抹得仔细起来。

　　【批注：农民说话了，农民行动了。"一年白玩，明年就得要饭去"；"低下头一抹子一抹子"，这不是神来之笔，而是由生活中实录来的并以传神的形式再现的。乡间农事，不是作诗。此处语词虽原始粗粝，但实在，有声有形。算是见识了作者观察体验生活的"真功夫"。】

　　其实，我很佩服你，在那种关键时刻，你为何又犯了恍惚？池二丫喊话的时候你在干啥？你在瞎想，这好好的土地为何切成年糕一样，切成了诗行，条条框框的，是农人们把诗写在这片泥土地上了。你又想到了稻花香里说丰年的事，甚至听到了饱满的稻粒在风中串响的声音。当然，你更想到了与你有关的事，到那时候，水田试验成功了，像池二丫这样的人多了，做农活一个顶你十个，你也就可以交差，恐怕也没人再敢说你资产阶级世界观了。你可以轻松被推荐上大学，在大学校园的林荫路上拿着一本诗集，慢慢地吟诵："再别康桥……"

　　【批注：鲜明的对比。农事与读书、农夫与书生、粗粝与雅致，在此处真切生动地对照了一次，如同一个在镜子里一个在镜子外，照出来的却有天壤之别。许多小说都会采用这种手法来"刺激"读者的感官，连《红楼梦》也不例外。比如将刘姥姥安放在大观园里，横躺在贾宝玉的床上，就是如此。】

"快点，那边，再跟上两抹子，那边的沿儿往下耷拉边了……"

池二丫的呼喊，让你的脸腾地红了。你从步道沟里走出来，沿着坝埂串走了一圈，挨池子走时，打开本，记上了谁人做了哪个池子，然后又叫来"地主羔子"、九伯、池二姥爷等一干"技术组"的人验收，还让外聘的技术员签字。记工分，开条，写明几斤粮食，庄稼人拿了条子，心落了地，正要脱靴子换下衣服，池二丫又喊了："不行，不行，队长，不能开条子，等畦完了秧，确保秧床没事，才能计分发粮……"

你瞧了瞧池二丫大红的脸蛋，盯着秧床，心想，这床已被验收合格，若是夜里来一场雨，冲损冲毁，这该给谁记上呢？但你没有把话说出来，池二丫在女社员中的威望很重要，你把开好的第一张条子揉碎扔进了步道沟里。人们没好气地看了池二丫一眼，穿上靴子，拎着抹子往土坝那边走去。讲究的人，头上裹了白的粉的红的围巾，围巾在风中一摆，又是一道特别的风景。

这些村落里的大姑娘小媳妇也是挺爱美的，水稻种成了，人们有吃的了，稻草打成帘子卖给砖厂，换回点钱来，把这些正年轻的姑娘小伙子打扮得水光溜滑的，多好呀！

我又想到了《农事》这部关于农村生活的书，总觉得它写的是原汁原味的庄稼人，比你眼前的这些庄稼人更像庄稼人。我终于明白了，你不是要务在这里的农人，你是想千方百计不做农人的农人。所以，你读《农事》会有陌生感。

做农事，你不像农人；做了大学教授，你又心想这片土地，逢人见事说自己是庄稼人。到底哪儿出了问题？说你四不像吧，倒也冤枉了你，在生活这条道上，你没迈过太空步，脚一直踩在大地上。现在月光下的你到底在想什么呢？我猜度，回校后，你会在课堂上给学生说点什么："种下了，种子！"

这我倒信了，在那片盐碱滩上，你种下了一颗种子，一颗让农人免吃帽高粱、能填饱肚子、不吃返销粮的种子，为你自己种下了一颗理想的种子。

你是一个爱做梦的人，只有我知道。在很多人的眼里，你是一个务实的人，一个有经济能力的人，家乡的人还认为你很有办事能力，他们并不知道你是一个把很多时间都用来做梦的人，是一个做梦没边儿，并且把梦种在有土有水的地方，能看见梦长成参天大树的人。

一直以来，你在打孩子们的主意，你想把梦种在更多孩子的脑子里，做一个种梦的人。拥有梦想能力的人会创造，能创造。能创新，才会解放自己；解放生产力，才能自由生活。

你正在种梦，不好好地做你的大学教授，与人创办私人学校。你说你做不了官，也不会做官，希望用做教育的方式，把意志、把梦想、把理念变成很多人的想法……

有时，我听你说梦，当然也心驰神往，比如创办真正的师范学院，让师院的老师本科五年制，有一年去走万里路，去体验工、农、商、学、兵的生活，脚踏实地"蹚泥下水"，在实际生活中磨砺想法，有真正的本领。这样，站在讲台上的教员从嘴里说出来的话才有指导意义。

我记得那也是一个有月亮的夜晚，你让我一夜无眠，给我编故事听，你说要给拿到师范硕士以上学位的教师配楼房，开最好的车，挣到全社会最高的工资，不允许他们八小时之外做任何兼职，让他们从外到里真的精神高贵，物质富足，一心一意地做教学，做教研，研究培养人才的规律，这样国家才会发展得更快，才能真正提高全民族素质。你还说，国家或社会应建立专门培养母亲的教育机构，接受专门教育、领了"母亲资格证"的人才可结婚生子……

你，爱国青年矣！真爱国……

可惜了！你不是国家教育部长！你只会乱想。

然而，这个有月光的夜晚，你在坝埂上或行或走，或立或坐，想得最多的到底是什么呢，就是那一个短语吗？"种下了，种子"？

枯燥，不真实。

真的发生过吗？麻木！

坚守，是什么意思？

到底是不是在现实世界里生活过的人？怎么如此看重自己，一丝一毫不肯放弃自己！痼疾在长寿人的脸上留下了什么呢？拼命燃烧的火苗，固执而单纯，单纯而固执的愚钝。

我惊奇了，惊奇于你对以往发生之事的执着。我不知道怎么说你才明白，每个时空里，每一瞬间得发生多少事情呀！说谁的故事更新奇，都是扯淡！

种子的发芽是真实的，稻种往外冒芽，才是最真实的。技术员也没办法，即便你降温，催芽床上无数粒鼓胀着的种子都等着射精，找到快感，谁也无法抑制这个内驱力。

柳村第二生产队的稻种进入促芽期，一切无法抑制。

柳村第二生产队为三百亩试验田做的秧床成功地坍塌了，昨夜一场暴雨，秧床的床边、床沿参差不齐，如锯齿一般，床面明显变窄，竹弓子无法插进去。步道沟成了一堆烂泥，坍塌后的步道沟几乎与床面持平。

上苍庄严宣告：秧床全面报废。

【批注：平静地告知失败，如看一场日出日落，如沐一次春风秋雨。对失败如此坦然的告知，让人不知不觉，淡然得如同一片枯叶飘落。这绝不是作者有意为之。我们知道，巨大的创痛和超凡的喜悦，都是无法抑制或改变的。那么，作者行文至此，对人生的际遇，已如小说中的人物一样，如看庭前春花秋月，如观天上云起云飞。】

催芽的稻种潇潇洒洒地快乐着自己，不做任何收敛，芽过长的稻种落地，出苗率低，秧苗不全，不健壮。

什么叫客观？不可逆转的方向，以它独有的方式存在就叫事实，就叫客观。

你再会做梦，没用，神也难以在两三天时间内平地做出比寸水不露泥的标准还高的秧床。

请来的水稻技术员落了话口，要请假回去一趟，说老婆病了！那天中午在木匠家吃派饭，大玉米芸豆粥，生产队碾好送去的一顿专门改善生活的饭，你也破天荒地去陪饭，听技术员请假的话一出口，你竟然噌地站起来，伸出手使劲捏住了技术员的硬胳膊，但他没叫。没想到，一着急上火生气就捏别人胳膊，成了你专有的动作。

【批注：两个动词"站"和"捏"，成就了一位语言大师。"站"的前面，加了个"噌"；"捏"的前面，加了个"使劲"；更重要的是，"捏"，竟成了专有动作。小说里对语言的如此应用，对一位作家来说，是风格；对小说中的人物来说，是性格。】

吓得技术员那顿饭都没吃好，从此压根儿不再提请假回家的事。他遇人便说，聂队长疯了！

那顿中午饭没吃几口，你去找了九伯，九伯皱一皱眉头，嘴角边也出了皱纹，一边从炕上往外挪蹭，下地穿鞋；一边从炕沿上拿起了帽子，扣在后脑勺上。

"天没有绝人之路，妈的，我去看看！"

其实，九伯也并没有什么主意，他默默地穿过生产队的门洞，顺着队屋子后边的土墙蹿过去，毫无目的地往北面地里走，他是着急了，也是头一次看他上火。

"祸不单行"，不是一个简单的现成的词组，也不是没大事时随便说说的概念，更不是说书先生一句叫板提神的开头语，是我想忘都忘不了的影像资料。

什么叫鹅毛大雪，那次我才见识，为何会有鹅毛般的雪片，也只有经历过一次，我才明白。气温渐暖的季节，刚刚下过雨，又骤然降下来的雪片才会缠缠绵绵黏黏糊糊的，一副牵扯着分不开的样子。什么"白雪却嫌春色晚，故穿庭树作飞花"，远没有穿庭院那样悠然文雅！那简直就是铺天盖地，前面飘雪花，后面化成水，地面一片泥泞，老百姓讲话，叫"搭不住蹄"。

对，搭不住蹄。地面一片泥泞，如沼泽一般，怎么可能重新做床！做秧床之外的田地，都被平整过，有的翻过土，八十厘米的床，能立住茬口？

眼下，只有找出一块被轧过的、硬实得能立住茬的地，连夜奋战才可能拼一拼，搭救那些稻种。不然稻种作废，重新催芽，也已误了插秧好季节。

九伯满地走，不是走，几乎是跑。他这个不太地道的庄稼人，能想出什么好办法？你并没有尾随九伯。没有商量，任何商量都是苍白的，上苍出的难题让人没法商量。

心里头的承受力是在承受了非人力所能承受的灾难之后才有的。每一次的承受，心脏都会生出皱纹，微笑的功能都会丧失一些。聂平，我明白你是从啥时候不会微笑的了。当"毒草"剧作者时的你还是会笑的，虽然笑得勉强。但在那次秧床坍塌，濒临灭顶的灾难之后，你离微笑的距离远了，你微笑的功能几乎消失了。

有神论对？无神论对？不可言语！

世界是神秘的，上帝出的考题有时让人无奈。所谓意志坚强，是应该有这个词的。也有人生过"意志坚强"这种婴儿，但得杂交，人种杂交。意志坚强这个词是可怕的，如果我有儿子，有人给他介绍女孩子时说，这是个意志坚强的女人，我会直唾其面"呸！"而后转身就走。女孩子，意志坚强，可怕！那意味生理美丧失，意味着丑陋隐约其中，在女性的词典里，不该有这个词——意志坚强。如果还有雕版印刷，我会把这四个字抠去，扔到垃圾堆里去。

【批注：决绝！不妥协、不留余地的决绝，是聂平的性格。当然，也应该是中华民族的性格。】

有一块场院地被雪抚摸着，那是一块秋天里用碌碡压过无数遍的硬地，唯有这块地，可以减少平整的成本。但又离那眼唯一的六寸管井远，水渠还没有修到这片地。

别无选择，挑沟挖渠，直取聂家树林边猪场里的那眼六寸井。

"地主羔子"，这个唯一具有小学文化程度且有一点技术的农民在这场抢秧床的生死战中立了大功，聂队长你这个数学学得不好的臭手也把"水平"研究透彻了。在这个场院地上南北东西挑出了十字步道沟，先把水引进水沟，哪高哪低，一眼就看清楚了，高处挖，低处填，自然就省了劳力，省了时间。

那一次拼死奋战，你像吃了死孩子的红了眼的狼，竟然大声呼叫："今明两日十工分，三斤粮，粮食一天一打！"

"十工分，三斤粮，一天一记工分，一天一打粮食。"

【**批注：**真正的"人话"！两句话，胜过一大车豪言壮语。只消这样一星半点的语句，只凭如此表现出来的人性本真，就会直达自然的核心。这才是最有力量的语言表达，直率，质朴，虎虎生风。这已不是"模仿自然"，而是直接搬来了自然本身。】

场院地上扔土、培埂的人，帽子上是雪，头巾上是雪，可脸上是水，雪水顺着额头流下来，眼睛杀得慌，嘴里是咸的。池家二丫头的屁股渗出了殷红，一撅腚就露出来，你踢她一脚，让她回家换换裤子。"谁家没女人，谁不知道那是咋回事，换什么换！"

【**批注：**回归自然，重返本真。通过眼睛看见的一切，通过嘴里尝到的一切，将人的原始本性鲜明生动地描摹了出来。原来，自然是一种无法言表也无

073

以复加的美，带有原生质的根性状貌。人，到本性
处，是美。这用不着描述。直接表现，最有力量。】

你发愣的一瞬，知道了什么是最真，更明白了你将怎
样演变成另一种人，连你自己都无法正视的新的人物形
象。管他什么形象，大声喊叫，不在乎衣饰，凡事把目标
盯死，脸上悄悄地藏上准确、刻薄、狰狞的神色。

就是那一回，两天，两个大半宿，挑灯夜战，推出新
秧床，撒上稻种，撒上鸡粪，插上稻弓子，蒙上塑料膜，
看着白色的薄膜在风中鼓动摇摆，你想出的绝对不是"如
白色的船帆"的词句，而是，搭个帐篷，派几个人驻守，
夜里别让风吹走了薄膜……

就在那一个一个农时不等人的紧逼的关头，你从没再
想为什么做了这个"新生事物"，也没有庄户人顾得上去
悄悄说几句串口话，聂家姑娘为啥不站讲台来种地……

所以，我说，人投入地做了什么事时，关于什么动
因，关于什么好人、坏人的话题是无暇思考的。抢秧床，
挑灯夜战到非人力所能承受的时候，聂平才成了社员，才
成了庄稼人、棒劳力，才让人觉出队长的威严，社员不再
敢不听黄毛丫头的话，好像还有人以此教育自家孩子："好
好念书啊，书里有黄金，你看人家聂平丫头，多有本事，
多有能力呀！"

一切皆有可能，梦变为现实，也完全是可能的。

当然，我知道，你是把"梦可能成真"当成普遍真理了，自从在那片贫瘠的土地上种了一个弥天大谎一般的梦之后，你把这世界看得具体了，看小了，你好像以为，随便到什么地方都可以种梦，随便见什么人都可以在人家的小脑袋里种梦。

我也不得不承认，梦的魔性。

世上事皆有回报，老百姓说得好，不是不报时候未到。

有人为你惋惜，替你诅咒运数不公，你没能如期上大学，受了苦，遭了罪。现在的我，反倒说你读了最好的大学，你得到了最好的回报。你没变成一团雾气飘在林梢随风散去，要感谢母亲和那片土地。

其实我总想写点什么，不，总想写出一本让人惊叹的作品，琢磨过不少技巧。没人看着的空间里，曾悄悄地跟世界大腕国际高手掰过腕子。想一想，人的狂妄，该用什么词语来形容呢？今天，我想好了，我就这样写下去，不再顾及小说的众多因素，诸多技巧；也不去琢磨到底写故事好，还是淡化情节好；到底是现代派意识流好，还是传统小说好。不必了，你母亲生下你，你就是个绝版，她是创新的。你有写的念头，按着心里愿望的流淌描绘下去，写下去，就是创新的。

【批注：读之，略显突兀，但又情在理中。可以想
见，聂平、我、你，三个人中，必有一个是小说
家本人，而且还是个卓越的小说家。不仅要叙写
一个人，一件事，一种情怀，更重要的，是要传
递一种自信。此处，应为小说家叫好，为"绝版"
二字叫好。】

有一只毛毛虫掉在了我的头上，槐树的黄色花瓣落得
我满头都是，我被打扮了，姣美不再与我无关。

笔握在我手上，我写下很多话，无论写下了什么，说
出了什么，大概都如梦中呓语，我希望把梦种下去，种到
世界每一个角落里。

那一年九伯郑重其事地问你，为什么要蹚泥下水干这
个看上去是个笑话的事，你哭了，可没说真话。你只是
说，非干不可，必须得干。现在我替你解释一句，你的骨
子里藏了梦的基因，不做梦，你活不了，以各种各样的方
式，写梦，说梦，做梦。

我又听到你的哭声。到底为什么？如果你找出一个人
来，告诉我他没有无奈；如果你能说谁的人生，他自己认
为是完美的，我就不骂你矫情。

强大的人，活得安全些，但有时会觉得更孤独，真正

的美也是因为孤独。

我知道，有些人怕活得安生，非要到黄河的源头去，非要到唐古拉山脉去发呆几天寻找所谓的答案不可。那天我也凑热闹去了，在昆仑山脉和唐古拉山脉间跋涉，我见到了"堂吉诃德"，然而，我没有找到任何答案，险些精神错乱。你在月夜里寻找，你能告诉我你到底在寻找什么吗？痕迹是肯定有的，无痕，是你我和你我之外的人都想追求的。无痕，刘姥姥醉闯大观园，睡在贾宝玉床上，没污脏床榻吗？若不是袭人解救，不会留下痕迹吗？

生活中谁不苦，谁没哭过，然而到舞台上为何哭不出来？不是任何人站在那儿一想到苦事眼泪就成串往下流。

我说，你之所以不安生，是不认识自己，更不了解别人，没事找事，不哭做什么？我若是男生，坚决不娶你；我若是你，坚决不嫁任何人。

呸！

这个世界上的事，太潦草，绕来绕去没有边际，有好多回，我想从这个世界上销声匿迹，但人活着不能太卑琐，太自私。种了一圈的梦倒没弄个全尸。我错了，我发誓，绝不，一定做个爱别人的人。

在土坝上这一边的我，这会儿完全迷失了，是不是错过了九伯，也不好说。清醒之后，倒是觉得一个黑影从身边过去了，好像脚还被刮了一下，好像没骂什么粗话。但一定发声了，好像从小学校园的那个厕所里跑出来的黑影。

"这么晚了，不回家吗？"

好像又说了这话，恍兮，惚兮，精神上出岔了。我担心你会出岔，更加盼望九伯快些回来。

这一回，我是下了最后的决心，一定跟你决裂。从你的脑子里、心脏里走出来，从你的阴影里走出来。不再那么乱七八糟一大堆，什么责任使命，不知道自己是谁。

不知道为什么要枝枝杈杈没完没了，阴阳没有边界。没意思！

太自爱了，没意思。太不知道自己是谁，不真实。不真实，虚伪，这些令你不齿的臭狗屎为何都粘在你的身上！

贝克特，我不懂他，也读不懂他的作品，可又生出喜欢之情，竟到他的故事里去玩耍。罗伯－格里耶这样的人拉着你的手爱慕不已，然而，无论如何你无法了解他们，只是被那些人搞得不知东南西北，昏暗模糊一片。

醒悟吧，如果世界上没那些人，清静。没了谁，地球都转，种地，吃饭，娶妻生子……这是根本。你崇拜九伯，大概如此，可他明白的事你不明白，你回来见他，想弄明白，我看够呛。这辈子，你达不到那个高度，你翻不过那墙去。确定自己存在的位置，是最好的解脱办法。

"为什么不服气？"

"没有不服气！"

"你真的有病了？"

"压根儿就没去过医院！"

"精神分裂，抑郁症！"

"你爱说啥说啥！"

"你说，你到底想干啥？"

"呸！呸！呸！"

【批注：极有可能，绝大多数人，都未曾体察过灵魂的存在，与灵魂对话的概率可能是零。在此处，我们却见识了人与自己灵魂的交谈。它们之间不是争辩，不是一决高下，不为某一观点正误。而是一种平心静气的交谈。从中，我们似乎得知了，交谈是世间最美的美事之一。尤其与灵魂交谈，更是如此。】

我们不该打架，可是，我们的争吵太频繁了。我后悔，不该跟你这种形态的躯壳搅在一起，然而，这是令神仙都没办法的事，早已血肉模糊，分离不得，一经扯开皮肉，就都不复存在了。

不是我不珍惜你，你自己应该珍惜自己，没必要想那么多，再大公无私也是个自私的人，有时候自私并承认自私，就行了。

对不起，风有点硬，天不温和，九伯也不回，我失去了耐性。我不愿在伤口上撒盐，只是，唉！怎么这样别扭，别扭的结节怎么都拴在你的汗毛上了。

见了九伯，我一定让他评个理，指出一条阳关大道。我当他的面，发一道誓言，我要走我的道，按我的活法活。从此跟你没关，你跟你自己去算旧账，我不受这份罪了。有吃有喝，不用吃返销粮、嚼帽高粱饼，为何不潇洒。奇了怪了，你光着脚在坝埂上跑，"十八号进水渠，五号池子……""十工分，三斤粮！"蓬头赤脚的你还真如一束阳光明亮灿烂。哲学家，"三大批判""两大批判"的，把哪个哲学家从地上㧐起来，给你讲一堂明白课，让你明白！你是至死不明白，至死不渝。

地有埂，田有垄，梦这个东西有多么好，飘飘忽忽，缠缠绕绕的。好了，好了，我说得够多了，牢骚发给谁呀！吵得头都有点晕了。

聂家树林的猪场里突然跑出一个小猪崽来，挺精神，身上的白癣没有了，这么多麦麸子都让它吃了，养足了精神，谁家的猪崽，爱谁谁，跑到谁家是谁家！

看过种子冒芽吗？看过正在催芽状态的稻种了吗？从稻谷壳里冒出来，不，挤出来，拱出来，钻出来……说不准，总之是露出了一点点比针尖大一点的白。这些躺在温床上的东西，早已忘记自己原本不过是一粒稻而已。今天，站在已经开始催芽的种子的温床边，我的脑子里竟然不着边际地胡思乱想起来，"少年听雨歌楼上，红烛昏罗帐。"怎么竟把这诗给了这一床的种子。勃发的生命力，来自身体内部的张力，属于最原始的骚动，没办法，就是美，美得让人脸红心跳，甚至无所措手足。

【批注：可以断言，《那片土地》遵循了这样的组合规律：植物的芽＋一句古诗＋一点想象，只用这样一个组合，物与人、人与情、未来与当下、想象与现实，就在盐碱地的阳光下交融了。看似只是逝去的一瞬，却在历史长河中定格为永恒。】

我记得，当时，那位水稻技术员很奇怪地看了你好几次，怎么说，他也不知道你为何涨红了脸，而且不像着急的样。我也奇怪，你的闲心那么大！秧床被冲毁了，而稻种催芽的状态无法抑制，不可能一下冷却下来，这些种子不准时着床，就意味着一切报废。即使秧床抢修出来，再重新泡种催芽，也要误了农时。误了畦秧时间，意味着什么？你大梦破灭成为笑谈事小，七八十户人挨饿事大。他们会骂声不止，说不定还会遇上哪个吃生米的砸破你家的窗棂……

后果可怕，你怎么还扯到诗情画意上去了。我真想骂你几句，作践土地，作践等饭吃的庄稼人，你胡思乱想当了"毒草"剧作者也就罢了，怎么在这么个节骨眼上还胡思乱想不着边际活在梦中呀！从容镇定吗？可谈不上，你不是这样的人。

现在终于明白了，文人不可执政，文人不可担当历史重任，只配胡想。名优奇伶，几百年前曹雪芹就说了。以前，我看你，活在温文的梦中，灵秀美妙。现在我有些讨厌了，什么时候了，你还在做梦，拿别人吃饭的事闹着玩吗？

我真想捶胸顿足哭喊一通："世上只有吃饭难！"你醒醒吧，这里需要种下种子，不需要种梦。

是个谜。人，有时是个谜。

深秋的风，在北方是很硬的。现在，凄凉的感觉是有了，你在田渠坝埂上徘徊着，寻觅着，着了迷一般。

【批注：重返小说的开头，再现那个经典意象即"深秋的风"。作家在此处做了一次重要提醒，让读者明白小说的文脉走向。】

"我娘怎么会生我这样一个人？"

没听错的话，我听到了这句话。这个年岁，这种时日，还发感慨？找答案？你真的没病吗？

我想把你从坝埂上拉走，甚至想背起你来就跑，往村东边的火车站跑，赶上末班车，把你载回城，如果实在不行，去安定医院测一测指标，看一看你的抑郁程度，看是不是重症。

事情过去那么久了，那么久了。燃烧灵魂般的焦躁，焚烧躯体时的痛，无论如何是体会不到了。但今天一粒放大了的稻种被风裹到我的眼前，一点白，变成萌动着还不算颜色的些许绿意，芽儿，是实在的芽儿。芽儿这个东西是可怕的，萌出芽的种子的力是可怕的。一旦着床，一旦在心中着床，无法阻挡它疯长的趋势。

我知道，从那一瞬间开始，一枚我从没见过的种子着床了，那一次着床改变了我以后的活法，那次着床，改变了我从娘胎出来以后应该有的形状，我被那枚种子的力量驱使着，痴迷而坚定地在一条陌生的路上行走。

走着的是一条不归路。

还好，种子刚刚着床时，并不懂得今后将要遇到的成长环境会十分残酷，也正是从那时开始，绸缎庄老板聂晋宇的后代发生了巨大的变化。

说起来，当时，我真的为你惋惜。头发上都是泥点子，那本来就是作废了的秧床，你竟然连一双水稻靴都不穿，一个人挥舞着泥抹子，在步道沟里跋涉，强行恢复原状，想把毁容的床边抹好。北方的春天是寒冷的，光一个料峭无法形容。那水和好的泥汤是扎骨的，娇惯中长大的你真的没感觉到那种凉是不可忍受的吗？堂吉诃德与风车打把式，一个根本不懂得庄稼活的女孩儿，在那步道沟里挣扎，含义到底是什么，当时是真的能说清，现在是真的说不清。这一辈子，一个人会做很多说不清道理的事儿，苦难缘此而生，辉煌也缘此而生。

【批注：至理名言。一辈子，几十年，一个人会做很多说不清道理的事。苦难缘此而生，辉煌也缘此而生。严格地说，世上本无道理，道理都是事后的"发现"，而"发现"的道理，又无法指导未知的生活，这正应了那句俗语：昨天的太阳晒不干今天的湿衣裳。对此，也只能说出这样一句话：一个人，如果他是正确的，那么，他做的事，肯定也是正确的。】

愤愤的，执着的，毫无科学精神的，无序地宣战的姿态。上苍是在成全你，还是在惩罚你？大概，霸道劲是在那个天地都将设置绝人之路的特殊时代、特殊时刻形成的。

你被风刮倒了，斜着身子栽在后面的秧床上，应该是

左肘先着地的。你首先意识到的是姑姑从天津寄过来的涤
卡上衣被弄脏了。然后便要起身，可欲起未起之时，一只
手的三个半指头进入泥里了，臂肘陷进去了。挣扎愈烈，
陷得愈深，半面的头发被泥粘实了。好在这不是沼泽地，
否则，在仙鹤陷进去的时候，喂仙鹤的小姑娘也将葬身
泥沼。

【批注：美，在人的意识和行为中究竟占据着怎
样的位置？此一段中，小说家给出了标准答案。
美高于生命，更高于行为和意识。衣饰和发式，
都是美的范畴，在此时此处明朗地凸显了出来。
聂平爱美！在聂平和聂平们的生命里，美，高
于一切。这一表达，是不是作者对唯物主义观
点的一点微妙背离？】

大概是有人，或者有很多人看见你变成了泥人。当
时，那个生产队有一个漂亮媳妇，是从辽宁北票市嫁到这
个村落里来的，大概是被那个陈氏男子用花言巧语骗来
的，嫁来没几天，竟一连几顿没吃饭。后来想往回奔已不
能了，肚子大了，就要生孩子……她疯了。经常半裸体在
街上走，一边微笑一边唱，一边唱一边走，她疯了！而变
成泥人的你几乎如她一样，在九伯看来，你可能是疯了。
那天九伯把你拉到了他的家，强行让婶子换去了你的衣

服，逼着你喝了一碗姜汤，还让你吃狗肉……他说，不能让你母亲看到你这副德行，怕的是你母亲着急生病。

疯与不疯有时只差一韭菜叶。

疯狂的状态，癫狂状态。在扑向目标的前夜，在无奈之时，在根本不知道路在哪儿而偏偏脚正在路上的时候，在暗夜里根本不知道脚往哪里迈的时候，心生魔鬼一般地悲愤又固执地呼喊着英雄口号的时候便是疯子的状态。九伯认为你疯了，比北票嫁过来的陈家疯媳妇还严重的疯子。

为什么没有真疯，疯成病人？大概是夜航中依然有很近又依然很远的光的闪烁吧。或者说，人在怀抱着一个像堂吉诃德一样的梦想向世界宣战的同时，把心贴在大众温饱这个细胞上，又切实为一群人的吃饭问题而焚心、焦心的时候，德行培补了精神，你没有疯掉。于是，后来你又成了一个种梦的人，挥舞着德行的旗帜，蜕变成纯真的孩童，到处种梦，到处用精神培补功德。你这个种梦人种得辛苦，种得快乐，种得忘乎所以。当你发现亏盈不足慰的时候，笑不是笑，哭不是哭，于是求助哲学家康德，康德说德行很重要，你便反躬自省，终日向着一个"暗夜"里的黑影进军，挑战。吾不能言，吾不能哭，吾不能笑。当然，我不能再搜剔你的过失，我不能无理地闯入，闯入你的梦中。

风确实很凉，哭声很高。

也许，这哭声是我在梦中听见的。为何常常听到哭声，痛吗？应该不知道痛了呀，已经不允许再有痛了，已经开始修行了呀。为什么还感觉到痛呢？修行，修，修，这应是一个痛苦的过程，我也无权褒贬你的好坏，但，哭声，我是真的听到了，石黑一雄说得对，"无法慰藉"，绝对无法慰藉，能慰藉这种苦痛的人从来没有见过。

有一个难题，我解不开，你很自私，因为你的心灵不能进入。

"呸！"

若是把文学创作的创造力放到极物质的生产方式或生活方式的运行中，要么是可笑的，要么是可怕的。这种运行转化过程一旦获得成功，这种成功的持有人是可怕的，不中用的。曾读过一篇文章，叫《南瓜的力量》，麻省理工学院做了一个实验，本来能承受五百磅力的小南瓜，用铁圈箍住它，硬是让它承受了五千磅的压力，迫使这个小南瓜把根向四面八方延伸，最终占有了整个花园的营养资源。再打开小南瓜看，只剩下粗糙的坚韧牢固的层层纤维，根本无法食用。所以，聂平，如果我是男人，我不能要你，因为你无法慰藉。用精神培补过的德行早已拥有了超乎寻常的力量，"有容乃大"，一颗无从慰藉的心已坚硬。

我觉得我不对，我对不起你，我没能慰藉你，我明白了九伯，也明白了你。为什么连九伯曾扎大烟这个你不该容忍的习惯都容忍了？九伯"天方夜谭"一般的见识，适时地在你泥沼般的心里注入了让你感到安慰、觉得安全的药液，你的历史也便有了九伯帮助写成的痕迹。

因为你，聂平，我不敢改变初衷，哪怕力不从心，我也要写作，以前，一抬笔，我便觉出愚拙，怕有辱写作人的集体荣誉，怕有辱读者的耳朵。但今夜，这个有风的夜晚，我对天说，为了你，为了慰藉你那颗固执的心，我决定不金盆洗手，不再计较语言功夫不够，不再未动笔就考虑技巧题材结构如何另类……见石黑一雄的小说获奖，我便爱不释手，捶胸顿足一阵，其实我也想这么干的。于是摇头自毁，一阵全盘否定，而后再全盘肯定……这体现了一个写作人的不成熟。为什么不成熟？功利，功利。想了却夙愿，也是功利。功利在，怎么会写好，怎么会有所谓的创新呢？千万个握笔的人，就有千万颗心，千万颗心想的是千万种话，想说什么便说什么，怎么也有一句会说准，说出真话，而这句真话就对读者有了作用。水稻技术员能在温床上催出种芽，真话也能催生跟德行有关的种芽。爱催不催，什么叫意义，没意义，只不过是习惯了这么生活而已，想写什么就写什么吧。有人读，是书，没人读就是垃圾，制造垃圾的又不光你一个人。那么多顾虑，欲法何曾法，写书的过程中也难免伸出骗子的脸，不是我搜剔你的瑕疵，别想了，认识能力至此，把认识到的、把愿意干的、想干的干了，就是了。

我听到了狗叫，谁得了狂犬病？不知什么时候，我躲进了聂家树林边上猪场的木屋里。

我的心其实已经静下来了，可是这一阵紧似一阵的狗叫，害得我心脏往里抠着疼。到底是你得了狂犬病，还是我得了狂犬病，还是我们都得了狂犬病？本来不是一个爱得狂犬病的族类，为何吠吠不止？

我想得出了边际。我想的和你想的不一样。你在渠田坝埂捋的是稻穗，辨识哪棵是稗草。你在品味着胜利者的英雄气概，我在琢磨到底谁欠了我的，我在琢磨种梦者和狂犬病的差异。其实，我有点容不了你。从前，我可怜过你，怜爱过你，歌咏过你，认为你苦累艰难。实在对不起了，现在，我容不了你，容不了你。我不喜欢狂犬病，我认为你是得了狂犬病。我已没有引导你的原动力、原热情，因为你早就不用别人引领，或许讨厌任何人引领，甚至想引领任何人，像从前的我一样，搜剔很多看得见的人的过失，褒贬知晓的人的好坏，程度有增无减。我觉得你得注意，否则，染上狂犬病，真的很可怕。不，或许，是我得了狂犬病。

这一刻，归于宁静，风停了。杨树林里也没有什么动静，我早把在渠田坝埂上寻找的你甩到脑后，剩下我一个好清净。我想想点什么，反倒想不起什么。起因，经过，都成了过眼烟云。树林还在，猪场残存着断垣，木屋破旧，有坍塌的痕迹。青春的时光跟蜘蛛网粘在了一起，剥离不得。也许这也是第六十七次织成的又被抛弃的网，也许织成这张网的蜘蛛就充当过英格兰国王的老师呢！

除了这个坝埂，这木屋，这狗叫声，就没有更有印象的事了吗？也许是没有了。这里，种子着过床，这里离那片秧床不远，这里让人记起了什么是机缘巧合的逼迫，这里有人卖过梦。《卖梦的人》，有一个红袋子，也有一个黑袋子，有一个超级大的噩梦缠绕着你，也有一个令人满意的梦引诱过你。因为有人知道你会买梦，卖梦的人才有了第一个顾客，梦让你备受折磨，也让你品尝过满意的滋味，而后，你就靠梦起家，成了种梦的人。

今天，你故地重游，又想种梦还是只为寻梦呢？我已经习惯了你，了解了你，应该不再有那么多耐性在意你的胡说八道。我想逃进这座小木屋清净一下，不再琢磨功过、意义、价值，就是听听风声，听听猪叫，哪怕是狗叫。得没得狂犬病，跟我没关系，反正不用从人嘴里夺粮，都去吃秕棒子，吃麦麸子，吃发给人的救济粮。猪长白癣也跟我无关。唉，说不定，这个木屋里就有那群猪留下的癣菌……

反正，此刻，有坍塌痕迹的木屋里就我一个人，不必想奋斗、想成功，更不必担心饿不饿死人的事，也不用再小心翼翼包裹我的梦，更不用担心有人揭穿我这梦后面的私心杂念。这地方太小了，又谁也不属于，更何况这是暗夜，即使你想把杨树林的落叶搂占下来，也不中用，太黑，你没带搂叶的耙。赶紧，倚住破败的墙上面的木板壁，赶紧闭上眼，听风声，听水声，听猪叫，听狗吠……

请到木屋来，做一丝风，做一头猪，做一条狗……

我不再理那个在渠田坝埂上搜寻的人，也不再盼望九伯早些回来，或许已经错过了，或许他涉河而去又"天方夜谭"去了。

经常过得不心安理得吗？今晚过得心安理得吗？没有荒废时光，没有荒废时光之后再去玩耍，是否就可以心安理得了？写完作业的孩子，下楼找伙伴看一回蚂蚁上树难道不该心安理得吗？

或许，根本不存在心安理得，被这些想法紧箍着，无法心安理得。

对于这片土地，我应该说心安理得。对于我，现在，我听见了从地里跑出的一个声音：心安理得。因为，那片土地给了我真实，教我明白吃面包是第一件事。它是我刚出生时给我第一口奶水的母亲，没有它，我可能是一个百无一用的人，不，百无一用是有用，我比百无一用还百无一用。这片土地对于我，我对于这片土地，应该是心安理得。

这片土地给予我的和我母亲给予我的一样多，应该说这不是一句诗，不是那句"啊，大地，母亲"，我这句是有特指的，"那片土地"。我觉得，不知从什么时候起，我成了有神论者，上苍为了教育我，在我身上惹出了诸多是是非非，让我老老实实把脚踩在让我一贯鄙视的泥土里。我无法在《红楼梦》龙吟细细、凤尾森森的潇湘馆里闲走，更无法欣赏那绿窗纱，也没有时间为林黛玉的焚烧诗稿、喷血而亡去悼念去哀伤了。眼前只有那个敲着铜盆到我家窗下大声喊叫"队长，快想想办法吧，饿死人了"的面如菜色的叫"二舅母"的人。

【批注：特殊的信号，画龙点睛之笔。这是绝对的"一手信息"，不容人不相信。即便说给鬼，鬼也会确信不疑。读《那片土地》，处处可见这样的

"真"。此处，亦为一证据耳。】

《红楼梦》中无论哪一房随便从牙缝里挤一点就能让很多人充饥解饱啊！刘姥姥把装上车的那些财物赏一点也好啊，也不至于让藏在仓房屋门板上想小睡一会儿、求清净的我面对那向我讨饱的人无言以对。时至今日，我哪里敢握着一沓钞票、华车豪宅满眼满心地得意呢？步行，坐公交，有时也心不能安。

躲在屋子里，对谁的心灵进行道德审判呢？配对谁？只配对自己。你不用嘲弄我，我说不清，你也说不清。唉，真是令人讨厌，想躲在这间根本无人问津的小木屋里，想心安理得一回都耳根不清净。

我知道，这么多年，你因"面包"这两个字，因"世上只有读书好，人间唯独吃饭难"，因那敲着铜盆喊叫"想想办法吧，饿死人了"的妇人的一张脸，常常不能心安理得。可不可以把你和那位追伤鞍骡的陈策（注解：洪迈《容斋随笔》里的故事，是一个"诚不欺人""己所不欲勿施于人"的典故）放在一个天平上，我不知道，但我知道你是一个儒家之书读得并不多却被儒家墨水浸透了的人。那是因为跟你有基因关系的虽并未授读孔孟书却极懂孔孟之道的祖上人，在未见你之前就给你派了太傅一般的老师，对你进行了胎教。

别美化什么人，尤其别美化自己。我怕我的族人有自恋症。你终于在那一边奚落我了。你指使风敲这间木屋的窗，连你的声音都裹扯过来，不许标榜自己！你是谁？

为什么要苛责我呀？为什么还允许自己如此苛责自己呀？从此，改了吧，改了这毛病吧！贾宝玉改不了，我也改不了，时不时的，见谁近了，便苛责于人！干吗不允许与你走近的人有斑渍呢？人，生活在垃圾里，甚至还有带着垃圾活着的人，怎么会没有斑渍呢？还是不生斑渍的好吧！

不要说我的族人怯懦、笃厚，你可从另一面看到他们的偏执和霸道。他们是我的族人，我很像他们，忌恨浅薄如同鄙视妓女，更歧视那些如妓女一般用色彩文饰过的躯壳。背都被压弯了，被使命和责任压弯的。为何不痛不苦或者痛了苦了还执着不已自得其乐呢？我只能说，我就出生在这个氏族部落，祖上印在屁股上的胎记比文的图案更入腠理。

这片土地上埋着我的一只新鞋，也留下我本想粉饰自己、模糊功过的踪迹，再也没有什么比这片土地更为真实的了。我擦不净文在身上的花纹，我做的一切都应与我的姓氏匹配，我是那么酷爱这个姓氏。所以，我应该受到鄙视吗？我应该永远地不得轻松吗？

风不再敲打木屋的窗棂，我也不想再望一望外面的天空，星星出全了没有？月是否在亏盈变幻？那片绿色的禾苗分蘖之声也不再那么亲切地抚摸我的胸膛。当然，你被罕见的无霜期短的现象所侵害、即将失去叫意义的东西，也不再对我有意义。

请让我安宁，我像逃犯一样隐匿其中，想讨一时清净，想从此消灭"意义"和沾着"意义"的脓疮一样的东西。请留情于我，我不需要高尚，不需要使命和责任，我甚至不需要有个姓名，甚至连人的属性也想忘了。别来烦我，我要像壁虎一般贴在这面墙上。然而，我非常怯弱，我大脑里的那块斑，太重了。都怪这片土地，不该把那颗种子埋得太深，不该接受那么上等的肥料，让这枚种子连同我的胳膊一样生长。魔高一尺，道高一丈。

躲都躲不起了，这枚种子真的发芽了，谁种下的，别怨别悔，种下了，就是种下了！

那片土地一片死寂，一躺就是千万年，其实，它不在乎在它身上都发生了什么故事，哪片土地没发生点什么故事呢？

太把自己当真，太把什么事儿都当真的也不光你一个人。人也只有把自己当真才成其为人，人也正因为有自以为是的毛病才成其为人。

聂平，我没想到的是，这片土地并没有给你脸上贴过什么金。你奋斗两年，这里的人吃上了白米饭，不再吃返销粮，高考制度恢复了，你堂堂正正地考上了大学而后一路阳光。而你为何如此地情系于此呢？

你早已不再是一个抒情诗人。这片土地已经教会你把脚踩在狗屎堆里，赞美的歌不会让你得意，诽谤之神色之言语也无法让你感觉到中心词的前缀后缀的含蓄及影射。因为在那片土地上行走的你不止一次地看到饥肠辘辘之人的哀伤。尤其那片黄泥，钻井台底下的那片黄泥，险些成为你的葬身之地。抹不好帮的井筒成了你不褪色的记忆……还有什么比为了某个念头可以赴死更壮烈更真实的吗？活着，比以前更好地活着，享受着人应该享受的待遇，说着无关紧要的苦痛有吃有喝地活，这不已经是很好的事了吗？

那高高耸立的井架，像鬼怪一样的打井台，操盘手是一个永远微笑的人，好像捏他一把都不会叫都不会哭。确确实实，是个男人，可嘴角微笑时印出的纹路倒像个俊娘儿们。他一直说着劝慰着："这回没事了，'大三百'也能抹帮，这眼井一定能成功，怎么说这都是第四回了，坍了三回，再打不成，我们打井队丢了脸事小，不支持'新生事物'事大，队长被撤职……"

"唪"，"砰"，钻头与钻杆脱节，井底下的黄泥旋涡没有立刻归于平静，钻头应该被埋在二十米之下了。

"注意，往左，往右。"

那个俊娘儿们般的操盘手腮上依然擦了胭脂般的粉红，嘴角两边的纹路上依然挂着笑，他应该是天生的笑面，要么本该是女胎，染色体中途变化才成了男胎。他为何不知道着急，不会生出着急的神态？他不停地指挥着助手，不停转动着机器，调试着旋转方向，让钻杆对上钻头。最后，他竟然让池二姥爷趴在钻机台的底部，去握那钻杆，试图凭着心的感悟让那钻杆找到钻头……他的镇定自若自会让人生出信任他的念头。最终，钻杆通过在烂泥浆中的探索，找到了钻头，操盘"娘儿们"重新启动机器，钻头继续向下旋转钻探，再钻下二十米，就可以找到抽不干的水位了，插秧也就可以成为合乎农时的事实了。

人们的想象力、艺术家的创作力，都应该是依据生活现实本身的。故事的巧合一点不比生活中的奇巧更玄妙。那片土地上的事，那两年旱田变水田的历程，让我开了眼界，我觉出电影艺术的合理性、可能性。因为，只要闭上眼睛，回忆的功能生成，那些事就如电影一般浮现于眼前。某人要成一件事情，必有什么障碍生成，然后生出千方百计，克服困难，同时必有君子相助，或天公作美，成全事体，造就英雄，垂名千古……

那片土地，不，用梁晓声的话叫作"那片神奇的土地"，给你以千万种神秘的思考。我以为，任何人都可能导演生活，什么张艺谋呀、冯小刚呀，也算不上了不得，你也不用佩服得五体投地，如果你能导演生活，那么，你一定会"捣"豆腐、导电影。孩童般的纯真、稚子瞬间的念头都是创造，将其活生生地托出来，都是艺术品。导演不但应该脚踩狗屎，更应该长期幽禁在无烟火的深宫中。

不瞒你说，就是那片土地衍生出来的事，让我多次推倒过我们民族的创作理论——艺术高于生活。有时艺术还不如生活呢，把曾经发生过的事件复制到舞台上是何等不容易呀，能做到者是艺术家。要不，找个刚发丧过至亲的人，你让他到舞台上把悲痛哀哭出来，何其艰难！大概，这就是所谓的艺术功力吧。现在的手机微信，随时会将天底下的新鲜事展示于人前，害得写小说的人十分无奈，不意识流，不荒诞，怎么办？你的所有想象都归于回忆，任何回忆都归于古旧，不变形？不撕碎？没有办法！

其实，现在的我很无奈，很吃力，就像当年你的稻种催了芽，秧床却毁了；秧苗长出来，地也平整了，却因为井打不出来没法插秧一样。诸多的天灾人祸，是人力无法左右的。我之所以跟随你故地重游，任凭凉得有点刺骨的风扎着我的脊梁，还在这儿等九伯，我多想复制还原那片土地上发生的一切事呀，虽然不新鲜，但那些十分奇巧玄妙的事确实藏了一些哲学家逻辑不出来的真理，可以让人明白点啥，可以治狂犬病，可以治疗社会上传染着的浮躁病。

我是谁？可惜，我不是张艺谋，更不是石黑一雄，连当年的你也不是，甚至，我连把一枚种子举起来让人辨识的能力都没有，只能看着你在田渠坝埂上搜寻，做思考状，做忧伤状。如果能把剪影拍出来，拍一回特写也行呀，可我又没扛摄像机，手机的很多功能我也不懂，微信中留下的零零散散的几张图片，也是人不像人、鬼不像鬼。我知道，我是个凡事说不明白的人，我几十年就记住这一件事，这片土地上的事。这片土地上一共持续两年的事，我竟几乎用了大半生——只想说明白它，给你、给我一个交代，给走到我身边的人一个说明，给买我梦的人一点启发，这起码可算作我来世上一遭做的事。看现在这状态，很难做到了。那些影像只能留存在你一个人的底片上，我无力将藏在那儿的那一丁点儿真实托出来，就像托出明天的太阳一样托出来，点亮几个买我梦的人的心路。

其实，你并不了解我，卖梦给别人时，我是功利的。

捡拾这片土地上的时光和夙愿，难道不也是功利的吗？我怎么可能回到十二岁之前，怎么可能回到生命之初，怎么可能再现曾在这片盐碱滩上种稻种梦时的单纯和勇敢呢？更何况，那么单纯傻气地为民出力不也掩藏着功利吗？摘下"毒草"作者的帽子，这算不算功利？皆为名来，皆为利往，无处逃脱。

你常骂我，要审判什么人的心灵，要做什么心灵深处的道德审判，其实是应该有这样的审判者的。石黑一雄的《浮世画家》里，卖房者还要对购房者进行调查，考查完购房人的道德水准，打了及格分才心安理得地将房子卖出去呢！其实道德水准是一个民族是否兴旺的基准。可我审判谁？但，最起码，我可以审判一下我自己，如能审判公允，判词写得鲜活，合乎生存法则，能昭示出生存方式的公理，难道不也同于以往种植水稻以解人温饱吗？解决精神的饥渴，有时并不比解决果腹之难更容易！我常常想，人，都吃饱了，需要什么呢？有了安全感以后最需要什么呢？快乐呀！读一本好小说，听一曲绝妙的音乐，看一场引领飞翔的电影……寻找万物之母呀，彼此问一问，从哪里来，要到哪里去呀！

我想把发生在那片土地上的不连缀又奇异得天衣无缝的事情本身托出来，或许人们很喜欢，官喜欢，商喜欢，农民工人更喜欢。如服了一剂镇痛药似的，全身舒服健康地又过一天，你觉得怎么样呢，不好吗？

我听到了笑声，你难得一笑，笑总比哭好。当然，木屋的木板墙没有颤动。你对我痴笑的内涵我全部了解，这片土地只为果腹而存在，不是你痴心妄想的地方，你月亮底下做多少梦，这片土地也绝不会接受你的"媚眼"。这片土地是实实在在的客观，最讨厌做梦的人，当然最不喜欢功利来这儿找座位。你当年在这片土地上裁裁剪剪，不也是腋下挟了功利心吗？你摇了摇头，你的笑声越发有震撼力了。

"哈哈哈——"

"哈哈哈——"

你笑过之后，一字一顿地对我说："我虽为摆脱苦难而做梦，但我的梦做成了。我圆了我的梦，更圆了几百口人乃至成千上万人的梦，各家各户不再饿肚子了。为了圆这个梦所遭受的苦痛、磨难已为做梦的功利心付足了成本。这片土地，这片土地上的人根本没在意过，也不知道我的什么功利心，他们只知道我不是骗子，我没说谎，我熬过无霜期短之后又苦熬，苦熬时，早就忘了自己是谁。"你笑得得意，从嘴角上喷出一口唾沫。

【批注：此段话中，有一个短语"我不是骗子"。这是经典中的经典，金句中的金句。试问这个世界，有几个人敢出此言？当然指的是由衷地、不做作地、纯粹地喊出这个短语，也就是不骗人地叫出"我不是骗子"。恐怕很少有这样的人，或者，这样的人干脆早就绝迹了。或许有人质疑，"我不是骗子"竟会有那么大的价值？事实是，在特殊的时代背景下：茫茫人海，攘攘红尘，男女老少，士农工商，那个与你并行的，如若不是骗子，说明你确实三生有幸。】

"哼，说到什么做到什么，做了对人无害，做成了只对人有益，明白吗？别吹牛，别说不着边际的话，这片土地不喜欢……"

你下边说的一些话，我已感到陌生，好像是池二姥爷在教训人。哦，聂平，确实你恋着这片土地，是，你成了这片土地的主人，听这声音，我觉得你是一个真正的庄稼人。庄稼人，一个当了大学教授的庄稼人，一个专门种梦卖梦的庄稼人。

生存的世界里，有人有技术，有人无技术。

生活的世界里，有人有艺术色彩，有人无艺术色彩。

做事的群体里，有人有创造力，有人无创造力。

应该教育好女孩，教育好母亲，应该办好学校，把学校办好，让人有创造力，让生活有色彩，让生存的世界充满美意。

其实，让你心里翻腾的这股激流已经穿过我的血管。打住吧，聂平，狗的狂犬病，会伤人；人，要是得了狂想症，会伤害自己。

繁星闪烁。今晚，天上的星星很繁密，小的时候，我会眯上眼睛躲在门后，然后再睁开眼睛跑到门外去数星星，数着数着，数多了；数着数着，数丢了……数星星，很美，现在的孩子还数星星吗？作业太多了，补习班太多了，孩子们没有周六周日，太可怜了。大学毕业的孩子多半奔一个字去——钱。

二十年过去了，真是太漫长了，我质问自己，当时，你为何没有去教育局数星星，你捧着一摞课本，那上面写着的是关于语文教改的梦。然而，你因现实主义者的斥责而却步了。你是谁呀，一场教材的革命有那么容易？那得需要多少人力物力呀，是一个三四线城市的教育局能承担得了的使命吗？尊敬的聂平，这是教育，不是那片泥土，不是那片稻田地！

你在田渠坝埂上寻找什么？遗失的创造力，还是褪色的激情，还是一份关于民族的责任感？你在若干年的朦胧中藏了些鄙视自己的念头之后开始认同自己了，在那片泥土地上，你是有些创造力的。不，那片泥土地给了你衍生创造力的土壤，那片泥土地为你提供了实证性，那片泥土地允许你把在极偶然的时机因极偶然的动因产生的种子播种下去，培补了你贫瘠的心理要素，使你相信，一切皆有可能。

可怜的人，你想得没边儿了。这里，依然是这片泥土地，可你，已不是那片泥土地上的你了。这片泥土地释放的芳香依旧，可是它背负的使命不再与君同。

应该多么感谢这片土地呀，它让你在它上面肆意践踏，泼洒颜料，它让你把心里的激流向它倾泻，它成全着你那不为人知的念头，它为你创造了修正历史的条件。虽然，那些修正，当你修正完之后已毫无作用，历史已经进入新时代，修正已不如不修正正确了。然而，这一段颠三倒四的过程，让你认知了土地的魅力，认知了生存在土地上的人们的真实心思。你好像被他们当作衣食父母，你在被感激的时候偷偷抹掉了惭愧……

【批注：这是一段思辨，表白得却像一首诗。土地的纯粹和厚重、土地的原始和质朴、土地的温润和真挚，皆在其中。本部小说虽题为"那片土地"，可实际上，这里的"土地"于文中，已不再是可耕种

能收获粮食的一种生产资料，而是一个象征，一抹
情思，一个认知，一种思想，更是对人世的反向
观照。于人类的文明来说，小说中的"那片土地"，
不仅能生长庄稼，还能产生艺术，生发思想，挥洒
情感。】

明白人的心思确实不是一件容易的事。你来这片泥土
地上搜寻，不但搜剔过失，也想在搜寻存在的痕迹中发现
新种子扎根的地方。已经被你自己用泥土封了几多层的心
田为何又冒出一个新芽儿。狂想症——

你要做什么呀？你说的话让风传过来了，你要重新做
一席秧床，播撒创造力的种子，为创造力的萌动催芽，然
而，这不再是八十厘米宽的一个秧床所能解决的问题，也
不是顶着鹅毛大雪对抗着泥泞创制新秧床的工程了。你不
再有召集一群饥民为十工分得一斤粮而战的权力，你只能
空想一番，或许上苍会再一次降大任于你……为让这枚种
子着床，你已经奋斗了三十年，在小小范围内实操独战，
然而，并不见金稻穗的串响，并不见稻谷成熟粮满仓。却
原来，这一片泥土是最能成全你想法的地方，它允许你的
一枚种子着床，它向世人毫无夸张地昭示：旱田改水田，
种清水稻，完全不用河水，在北方是能成功的，而且已
经成功。盐碱地被改造成功！这件小事对一个民族来说，

不，对于稍微大点的范围来说，又算得了什么？可对于你这个极微弱的个体的人来说，其作用和意义连你自己都无法描述准确。

月光下，我见你一次又一次地低头膜拜，躬身施礼，感谢这片土地是那样地包容了你，包容了你的横冲直撞，包容了你的自以为是，包容了你准备不足的一往无前，包容了一个个体极个性的挥洒自如，包容了一个偶得狂想症的人的肆意驰骋。除了母亲谁会允许你如此呢？

【批注：此处对土地的认知，由感性上升为理性，由诗歌华丽转身为哲学。原本，在人类的物质生活和精神生活里，土地是获取生存基本材料的依持，也是可以信赖可以依靠的基本条件。但在《那片土地》里，却与人类的某种行为——极特殊的个别行为——超越于基本生存以上的、诗意的、艺术的、哲思的精神行为产生了联结。这也是小说《那片土地》对小说创作发展的一个巨大贡献。】

你几乎想趴在地上吻一吻那真实的泥土，你这一反常态的举措，如果让九伯见了，他一定会为你担心，以为你精神上真出了问题，他一定嘱我带你去安定医院。

我仰望天空，环顾四周，并不见九伯的影子。他确实不曾在这条土坝上出现，可直觉告诉我，今晚，他肯定会回来。如果他不回，我觉得你的这一场内心独白、心理演讲无法掩上帷幕。

我很感动，不，我头一次被你打动，但，我不曾哭，也不曾笑，更不曾评说。因为无法评说。你只是一个如稻粒大小的个体，只不过是被上苍催了芽，并且在这片泥土上生根、重结籽粒的生命。你在向我描述什么呢？个体生命的卑微弱小，个体生命的微不足道。个体生命一旦被包容被确认被宠爱，得以洋洋洒洒地发芽、生根、结果，那么，那段偶然的个人成长史、私人体验史，难道不应该感谢吗？感谢母亲的孕育，更应该感谢为你孕育舞台的土地。

就是那个有月光的夜晚，你诚挚地嘱咐我，让我学会感谢，尤其要感谢那片教我学习创造、认同创造的土地。是它，成全了我一个个体人的恣意汪洋。那片土地参与了我的成长史，那片土地是帮助我写就历史的一个不可小视的要素。

我因一时间的感动，懂得了神圣，沉下心来，向西瞭望，看不见土地的边缘，向东更无法望穿最后一片稻池的影像。倏忽间，天地间变成一眼没有直径、没有半径的水井，水柱喷涌，满管的水，这是在无数次塌方之后打成的第一眼井。水星的甜味沾在了睫毛上，水柱击打着我的脊梁，奏起的是生命的交响乐。上天喷洒的是生命之水，是洗涤心灵的圣水，面对着造型特异的白菊花，什么毒草呀、鲜花呀，什么个人前途、私人得失呀，都失去了原本的色彩，愉悦从头到脚地穿流，像是千万把无形的玉白色的梳子将自己的脊梁梳个精光，白色的骨髓也变成水柱、水花，洋洋洒洒地挥发。这无边无沿的舞台，这无声无色的演奏，让人觉得不存在的存在是一种宁静，一种真喜悦。创造，创造之美是这样的。没有，有。为了一个目标，目标又变得毫无意义，这是什么呢？是每一个个体的人对万物之母应有的回报。

【批注：这是一段让人费解的心理剖白，任谁也无法读懂。也许，读懂它的，只有聂平一个人。将读者无法读懂的语句毫无顾忌地写入小说中，是一种大胆，是一种莽撞，更是一种纯真、一种质朴。只有怀了一颗赤子之心之人，才会有此举动。一定是聂平打动了作者，而作者此时又无法读懂自己，所以那个不明白自己是谁、自己为什么如此行为的作者，在一种特定的激越中，留下了这段诗一般谜一样的语言。】

此刻，你想的，我应该是懂了的；但离开这片土地后，我会不会又糊涂了呢？你拉我来这里，我明白，你是想剥夺我身上正存在着并想向前无限延伸的光环。

站在苍穹之下，我突然觉出了自身的神秘。可能，诋毁的话会减少一些。也可能，会收回对你以前的怜悯甚至怜爱之心。我要洗手净心而后直视月光下存在着的你，哪怕偶然一窥，窥见肉体里裹扯着的圣洁，也是我该有的享受。我们总是希望自己多了解一些什么，客观世界、某种运行着的规律。其实，能了解自己就够了。这一刻，我对你的了解多了许多，活到老学到老；活到老，了解到老。人，能有意识地经常扪心自问，也是件幸事，了解自己是一道没有解的几何题。

能在月色中见到你，能明白你这趟旅行的用意，我收获了喜悦之情。我不再急躁，也不再催促。心念会给你定数，任你在当年泥泞坎坷中留下的痕迹里搜寻。搜寻到的，无论是过失，还是伟绩，都不是坏事。你可以认识一回自己，给自己一个中肯的定义。在后面的生命的运转中，不再忧伤，不再抑郁，不再得意，不再缺憾，真正成为万物之母怀抱中的草迹花影，岂不是好事？

我企盼着，等待着。

如果九伯这个时候回来，正好。

我向你靠近，我说，我想写本书。你说，为啥？我说，不知道为啥。

"那你可以写了。准备写什么？"

"不知道。"

"那就写吧！"

人们都在彼此学习，人类都在彼此学习。大师的作用也是有的。大师，是非存在不可的，但大师把人引向深渊。

这个世界，丑的，美的；残疾的，健全的；黑暗的，光明的……你敢让谁不存在呢？谁都有一个存在的角落。人们都在不同的角落里存在过。当然，每个人都会有自己的感受，绝对不会有两片相同的树叶。

你说，你现在很理性；我说，土埋脖颈，应该理性。你说，理性不只是跟岁月有关，也跟经历有关，跟思维方式有关；我说，这些话我已听不进去了，而且很多人的话我也听不了了，包括那些我特崇拜的房客，我也不再对他们花更多的时间了，因为我有话要说，我非得说出来不可。我不再认为自己人微言轻。

你笑了，笑得空气都变暖和了。我问你笑啥，你便又"咯咯"怪笑起来。我决定不理你，自顾自地构思起来，我决定写本书，平生只写一本书，要写得不同凡响。你好像洞察了我的自恋情结，要么就是看出了我的褊狭，说，不会不同凡响，哪来的不同凡响，都是些文人们臆造出来的不同凡响。母亲每一次生育才是不同凡响，生出来的每个生命都是创新。没事，去生孩子吧，不论贫穷富贵，风雨雷电，孩子都以飞跃的方式变化着、成长着。天下真正不同凡响的是母亲，其他，都多余了。

我的思路被你打断了。我开始不喜欢你，又一次产生与你分离的念头。

沉默，如这死寂的夜晚。在死寂的夜晚，在这不为人知的夜晚，得演化出多少不为人知的事呀。我突然问你，那天，那个小学校园里出现的那位，后来送你《列宁传》的黑影在做什么？你说，不知道，听说他得了严重的病，说不定已经死了。我听出了你的无动于衷。为啥？你说不知道。或许，人们总是跟历史中的每一天一样都选择了遗忘的状态。你说，如果还能偶然提起、想到，这可能就是一种对往事的祭奠吧！生身父母故去了，又怎么样？"亲戚或余悲，他人亦已歌。"你说，那你又要求我什么？你又想要求人什么呢？

"又要求人什么呢？"

我不再与你对话，只有沉默，如果这个世界是这样的，那我们纵横交错做的事，又为了什么？

"为了什么？"不该问为了什么。

我没问你，你为什么要说呀！我不喜欢你的世故，我觉得你变得世故了。这片土地不曾教你世故，你混蛋！

茫然，我茫然四顾，这片土地上的人在哪儿？从前这片土地上的人都到哪儿去了呢？八爷，去了，到那边世界去了。池二姥爷伤妻之后也死了。"地主羔子"还在，在经营寿衣店，老伴去了之后又娶了一个，在靠新农村新马路边上建了三间并不高大的砖房，靠扎纸活为生，倒是坦然安实。

池家二丫头远嫁了，有好几次，我生出念头，去她婆家见见她，若是需要，若是可能，我要赠予她些什么。可是我能赠予什么呢？能赠予她如她赠予我的金子一般的心吗？恐怕不能了。谁能料得到呢？

头年，我去了一趟 B 县，专程去的，去见那位最后给我们打成机井、送电焊机的师傅，费了很大的劲，一波三折，在一个跟他的专业风马牛不相及的机构见了他，我是怀了虔诚之心，情怀满满的。我想约他去一个小酒馆或小咖啡店坐一坐，叙叙旧，缅怀一下跟那片神奇的土地有关的事，跟决定那片土地命运的人们有关的事，跟几次推倒重来的打井有关的事，或许对我这颗发木的心有些救治的作用。可是我想错了。

初见时的情景让我惊呆了，他与几个人从楼梯下来，我十分不确信地盯着那个个子很高、满脸肌肉松弛、有一点点他的痕迹的人形，试探着问道："吕师傅？"

"哦，——"半天，他才叫出我的姓氏。

完全不与来时同的心境让我张了几张的嘴颤动了一下，努力微笑，也不知道像不像笑。

终于剩下了我和吕师傅。我们没有坐下的地方，也无法坐下，来不及看到共同熟悉的过去，只是问了问现状，都说些安好的话。我并没有说请他去酒馆坐坐的话，他也没有露出尽地主之谊的话，我们分别了。

好像根本没见一样地分别了……

记忆深处，那座山阴影下的月色，已经来不及回想。我坐上他的车以后，他的那份无所措手足的神秘窘态，我记忆犹新。应该说，那个坐在司机位置上的男人是英俊的，他在快到村口的交叉路上停下了车，像是说了一句这样的话："这次的井再打不成，你想怎么样？"还说了："你不该做这样的事。"

"遭罪！"

他是我的什么人？什么也不是。事中，事后，包括打井工地，包括我与他同去打井队拉焊割机的途中，都感受到了一种没有接触的体温，一个男性对一个女性的喜欢和怜爱。虽然，当时的我，还来不及、还不可能、还顾不上去流连性别间的情感，但我已享受到了独有的美妙。脸红心跳之后有说不尽的喜悦，确切地说，那份美妙在备受蹂蹦备感艰辛的日子里，起了一些鼓舞的作用，我的记忆中，它，没有消失。

所以，在我命运有转机的时候，我怀了感激之心去访他，并且准备了一堆感恩的话，就像去母亲坟前烧纸准备祭品一样，神圣，妥帖，细致，周到，忧伤而又虔诚。没想到……

没想到，一切不如我所构置描画的。所以，我明白了你，人们多半是存在于一种对往事有意无意的祭奠中。或许，除两性情爱之外的其他情分基本呈现出一望了之的状态。

我要写本书，写什么呢，写这些不该忘、想忘也忘不了的事，一种游丝一般的情怀——这片殷切而神秘的土地。那还用得着去思考与流派与趋势与时代与主题有关的问题吗？我是我母亲生出来的，我确信，我即使是一棵草，狗尾巴草，也是独特的。

当然，我还听到了你的嗤笑，不屑一顾的嗤笑。笑意之外，是想把我当场击毙，让我放下屠刀，有什么意思，世界以它本来的面目存在着。写它甚用，好好活着就足够了。

看你在月光下搜寻，我想回击你几句，不好好活着，来这田渠坝埂上搜寻什么，好好活着足够了。

"哈哈！"

我听见了一阵狂笑。

我听见了一阵怪笑。

聂家树林被震出一阵乌鸦的叫声。

夜里，乌鸦，是什么来路？

小木屋被震得快坍塌了。

泥土地一片呜咽之声。

岂不曾笑，岂不曾哭？

我知道我说出来的话，并不一定有人爱听。因为有时你也不爱听。

我一抬头，不见了你的踪影。我追寻过去。迈腿的速度很快，比白天行走还快，终于，看到你了。在看你之前，先看到了一册书、一幅画。也只有我能在这一遍一遍看到的时候，体会到新意。

那是一个直径足有四五十米的锅底形的坑。我很奇怪，这么久了，也没有人将这坑填平。这里本是平川，本是水浇地，不填平种庄稼可惜了。有意让它不平，还是填平它需要付出的成本太高？

有意留着这个锅底坑，有什么意义吗？在我的感觉中农民不需要什么特别的意义。如果说有意义的话，今天，你来了，便是意义！

　　这是钻了三次都没成功的那眼废井，那几个原生态存在的水泥管就是见证。"大三百"钻机两次疯狂之后，井壁均已塌帮坍方，大队书记想出一招，搬来大队部的存货——水泥管，用吊车开动"大三百"钻机，人工和机械配合，一层一层下管，将钢管镶在其中，避免塌帮，果然效验，只是上面的井头，粗大的钢管悬在离地三米高的地方不肯进尺了。在最危急的时候，人们的才智总是会被激发出来。到底什么人想出如此绝妙的招数，你已经想不起来了。只是那加大倍数的铁秤砣，犹如丛林中的莽兽一般在你眼前晃动，吊车将铁秤砣吊到几十米的空中，对准裸露在地面的钢管"嗵——砰，嗵——砰"地锤砸。在立起的"绞架"的两侧，各分出一条黝黑的绳索，绳索的两侧集结一串手掌。

　　"一，二——三！"

　　【批注：劳动场面的再现——肯定是再现。我们有理由相信，此情此景一定曾真实地发生在"那片土地"上。作者使用了借来的词"绞架"，那么，结于其上的两条黝黑的绳索自然就成了绞索。取来这两个与死亡相关的象征物，将其夹杂在充满希望的、激昂的、生命力强劲的人类生产活动里，自然，那种狰狞的意味就氤氲起来了，就凸显出来了。可见，人类的生存，绝对是处在一种危险的境地中，在一种风险极大的环境里。"绳索的两侧集结一串手掌"，"一，二——三！"劳动的双手、劳动的号子，历历在目，声声入耳，分明是在向大自然争取一分两分生存下去的可能。】

"一，二——三！"

《诗经》里就有的劳动号子在这些饥民的口中唱响。在那晚唱中，听出欢乐的、听出希望的是谁？不用说，你这个种梦者，你这个肆意闯入者。那一瞬间，你是否呼出一缕得意的气息？在人们根本无法注意的空间里，你是否又进入了梦境？说来这片土地是宽厚的，这片土地上的农人是宽厚的，根本没见着一丝半缕的可行性报告，就允许你这个闯入者将这片土地胡乱裁剪，这简直是一种暴行，施暴者还被誉为英雄。

诗情画意也可以种下去，文学作品的魅力总是在人猝不及防的时候大放异彩。

那是一个神奇的夜晚，就像那个人工无法设计的早晨，在大雨冲破秧床之后的早晨，天公降雪，鹅毛大雪，纷纷扬扬的大雪。就在人们握住大绳，在机械力的配合下，高喊着劳动号子砸井的时候，雨点抢下来。不多时，就大雨倾盆了。更奇怪的是，没有人擅自离开那条大绳，没有人感到寒冷和不可忍受。

"一，二——三！"

"一，二——三！"

【批注：天公不作美，大雨倾盆。露天作业恰逢暴雨，分明是大自然和人类成心作对。实际上，从某种意义上看，人类的存在——尤其以农耕为主业的中华民族的存在，似乎一直如此。与其说大自然要考验考验人类，倒不如说大自然在某种程度上是极吝啬的。你畦稻秧，它降雪；你钻井，它大雨倾盆。人类求得一口饭食——仅为饱腹——竟如此艰难。所以，《那片土地》这部小说，从仅仅求得生存的这一个维度上，艺术化地展现了自然与人类的争执和绞扯。】

人的情怀一旦被渲染，人的积极性一旦被调动，人们的精神力量就像温床上被催了芽的种子，内驱力无法抑制。夏衍先生说得对，世上什么力量最大，不是金刚，不是……世上力量最大的是种子。如果说我佩服你的话，佩服从彼时开始，学会将种子埋进土地，使其生根发芽……如果你的身上有什么可取之处，那么，种梦、卖梦是你最大的本领。

那个神奇的夜晚，你在靠左侧的那条绳子的最末端，你的劲儿不大，但你的声音最响亮，你一会儿随人群一起一伏地拽住大绳，消耗着青春的能量，一会儿跑到两条大绳中间，调动着大家的音量。

"一，二——三！"

"一，二——三！"

声音嘶哑，几乎是号叫。像死了人时的号叫。

【批注：夜晚、叫喊、拽大绳，在这里，可以体察到这三个要素。但是，还能够隐隐地辨出号叫，"死了人时的号叫"这样的信息。我们完全有理由相信，这一切都是真实的，都曾发生过。人类为何发出号叫？而且是死了人时的号叫？那绝不是浪漫的想象，而是一种真实情感的表达。尽管语言和情绪都属于"虚无"那个范畴，但在那片仅仅有人，除人以外一无所有的土地上，语言和激情以及希望，已经幻化为一种巨大而无形的力量。请你细品：一，二——三！一，二——三！这是不是力量？】

大雨几乎是从天上往下泼了，人们不得不时时腾出一只手来抹脸上的水。你无法再喊出号子，只有附着在大绳的尾部，使出自己微薄的力量。你从自己脸上抹掉的不仅是雨水，还有泪水。

天公作践，为什么？天无绝人之路，也是真的吗？
你不敢再想，也无法再想起什么。

【**批注：**我们中国人一向崇尚天人合一。可是，小说
《那片土地》却对此进行了大胆的、温婉的质疑。
而且，这种质疑，用的不是语言与思想，用的是情
感和行动。那无法喊出的号子、那永远抹不尽的泪
水、那无法进行下去的力不能支的艰辛劳作，质疑
了这个千古不变的论断。在人类那钢浇铁铸的行为
面前，在花岗岩般的事实一样的情感面前，语言和
思想都是苍白的。这种无需语言符号质疑的质疑，
在此却愈加铿锵有声。】

那个夜晚，有一双手是温暖的，有一副手臂是粗鲁而
有力的。那个前来送焊机准备接井头的师傅，他把你的手
从绳子上用力揶开，推你离开，说着"去工棚待一会儿"
的话，自己代替你的位置，重新大声地呼喊起来。

"一，二——三！"

"一，二——三！"

雨声淹没了呼喊声，雨声浇灭了最后一缕灯光，天上再
次出现星光时，已是第二天黎明，打井现场一片狼藉，留下
了几节歪斜着没派上用场的水泥管，还有那像怪兽一样无
法砸下去的钢管和那用不着安也根本无法安上的井头……

井残了，同时废了一块土地，直径四五十米的锅底样的坑地。那里埋下的只是无法探其奥秘的梦幻一般怪异的想法，谁也无法推演功过的几十天的奋战。

"大三百"钻机在这片土地上彻底失败。

一整天，生产队院里院外一片死寂。铁皮口哨声始终没响起。家家户户都像在办丧事。井打不成，土地整得再平，水稻种植也无法成功，抢播旱田也过了农时，即使播下去也照样"出勤一天，工分不值几分钱"。农人们跟随爱做梦的毛丫头强装笑颜做的这场梦将彻底破灭。

【批注：吹铁皮口哨、钻井、水稻种植，这样的一系列词汇，一直是小说《那片土地》的标签，分列在"梦"这个总标签下面。以上这一桥段描摹了"梦断"之后的惨烈场景，惊心动魄，震天撼地。它与抢畦稻秧、深夜钻井同样震人心魄。在古今中外无数文学经典中，"梦断"几乎是表现悲壮的首选，《那片土地》也不例外。只是此书中的"梦断"只是"中断"，而不是"了断"，"中断"之后，梦还将继续。那么，可不可以说，这是一场拥有"物质材料"的大梦呢？】

一整天，你和所有的人一样倒头睡下去。你依然选择了睡在装杂物的屋子里的那扇门板上。想躲避任何找你的人，甚至想把耳朵塞上棉花拒绝任何声音。

如果可以穿越时空，重回那个喊着号子的夜晚，你会说什么呢？

【批注：睡在门板上，不见人，不听声，绝缘世事和人事，那是要干什么呢？解除疲惫和困倦吗？这，应该是属于表层解读。在深层上认知此事，应该是又去做梦了，去梦中寻找真理和实现真理的路径了。据说，包拯如果遇上复杂案件，就倒头沉睡，去梦中寻找真相。我们有理由怀疑，孙悟空去阴间修改阳寿，系梦中所为。耳闻的民间故事中，亦有这样一则。主人公叫王化，他做了一个梦，遇见了一个武林高手，教了他一套拳脚。醒来后，他发现自己竟学会了这套绝世武功。后来，他为国效力，立了大功。】

我无法问询，你无法回答。上苍想教训什么人的话，绝不会客气。你不该出生在那个早已败落的旧贵族的大四合院里，那里不吉利。你虽未曾见识过那些女人四体不勤五谷不分、裹着小脚大门不出二门不迈的优雅，却从沿袭的叙述中传承了那份优雅。冥冥之中，你向往着张嘴吃饭、伸手穿衣，还可以随时驱使仆佣的生活方式。想得太心切了，上苍用它独有的方式，为你设置了一个又一个屏障，让你有诸多不得已而为之的理由，走上了今天被人美其名曰奋斗的路，你的优雅梦幻随着"大三百"钻机的失败而彻底失败的时候，你变成了另一个人。

【批注：这一桥段让我们见识了聂平的精神姿态和文化外观。却原来，这个向盐碱滩索要白米饭的女孩子，是个内心优雅的精神贵族。而那个呼号着、拼搏着、抗争着的聂平，是其文化外观。此种外观与那个内在相较，天壤之别，黑白分明，冰火两重天。难道，这不正是世界本质的个体写照吗？】

月亮突然穿过浮云，变得明亮了许多。我想离你再近些，我不想再戳穿痛点，也不再搜剔过失，更不能对你表示怜惜之情。因为你早就不需要任何怜惜。因为你早就知道这个世界有时是无情的，有时是荒谬的，来自生命个体之外的怜惜毫无价值。所以你是一个难以面对的人，有时，我想与你分离，重新拾起原来的蒙昧，当一个"蒙蒙"的女孩。

我不时往土坝那边看了几眼，一个人影也没有。确定，九伯没有回来。

发生过的真实远比回忆的镜头鲜活，当然也比写在纸上的生动。

　　为什么非要描述那不见经传的一片土地和一段历史？好像不写明白就无法向什么人交代似的。

　　你往大坝这边移步的声音十分清晰，当你也随我在土坝上坐下的时候，我知道你想跟我说点什么。于是，我们又开始了一段并不冗长的对话。

　　"为什么这般眷恋这片土地？我知道，你本来不喜欢粗粝。"

　　"可我一头栽进粗粝，再也没有回过头来。"

　　"后悔吗？"

　　"没办法后悔。"

　　沉默让风都凝固了，你似乎很粗野地大声问我：

　　"我得到了什么？"

　　"得到了该得到的一切，甚至高出了你最初的期望值。"

　　"我失去了什么？"

　　"失去了，失去了……从此，你不再是女人……"

　　【批注：这是一场自己与自己灵魂的对话。其中的所有话语，肯定是真话，毋庸置疑。现实里，许多人言不由衷，作家中，也有人写下了不实之词。都是惯常的现象，可以理解。唯独自己与自己灵魂的对话，无法掺假。在说真话、写真话这方面，《那片土地》堪称典范。从对话的内容上辨识，也应该是真话。比如最后那一句"你不再是女人"，便可作为实证。现实改变了性别。与伍尔芙的小说《奥兰多》正好相反，同为女性小说家，伍尔芙在小说中将男人化身为女人，而《那片土地》则将女人变为男人。不能说《奥兰多》和《那片土地》哪个进步哪个退步，我们只能说，《那片土地》里的聂平所面对的现实，坚硬，惨烈，无情，不可通融，不能商量。细想，哪个有梦想的人、哪个实现了梦想的人，会缺少这样的经历呢？】

月亮钻进浮云，星星也不再眨眼睛。土坝在颤动，我害怕了，我不该说出心底的真话。

看着你走去，重新走向土坝西边的渠田坝埂，开始了你无边的寻找。我缄口，发誓不再多说任何一句话。

我在想，你确实得了顽疾，历史回顾狂想症，我固执地认为，应该永远让你缺面包吃，或者让你真正沦为一个庄稼人，那就落地不做梦，成为一个幸福的人了。

这回，见九伯，我想求他说服你，要么放下手中的笔，举着手中的耙；要么放下手中的耙，握着手中的笔。否则，这片土地不会再宽容你。

在这片土地上的行走，只有短短两年，为何让你如此耿耿于怀。看你这情形，这种没齿不忘，远远胜于不果的恋情。对了，关于恋爱，并非有人明白你，今晚宁静，趁着等九伯的工夫，我们探讨一下爱情如何？看你这镶着花边的忧伤，或许，你还有比对这片土地更深的情怀？巧极了，我并没有问你，你倒问起我来。

"你知道我真正的事业曾经是什么吗？"

我一时不知说什么才对。后来你告诉我，原来令你疯狂追求的事业是爱情。我问你是否爱过谁，你的头摇得拨浪鼓一般。你说你见过最好的男人，一个叫朱镕基，一个叫克林顿，还有一个无户籍的人物——小说《红记》中绸缎庄的老板聂晋宇。聂晋宇不是你的族人、你的曾祖吗？你也只是"咯咯"地怪笑。你说，认同、赞誉什么男人又不会触犯道德标准，你何必对我的心灵进行道德审判呢，这又判不了什么刑，因为法典上没设立相类似的罪名。

你果断地终止了这个话题，看得出你对与人谈论爱情丝毫不感兴趣，也许怕亵渎神圣。你只是一阵又一阵"咯咯"地笑。

"嚓嚓"，脚步声，我回头向河滩方向望去，确实有人朝这边走来，咳嗽声越来越清晰了。鞋踏地的声音有些重，走路不利索，近了，一看果然不是九伯，应该是个陌生人，陌生人绕着圈走过去了。走出不远，他又回过头来瞧了一瞧。瞧什么呢？

月下，踽踽独行，是会令人感到奇怪的。我想催促你离开这里，回到村里去。可我自己竟也迈不开步，这片土地上埋了磁石，让人不忍离开。

好长一段时间，我没接到你的信号。我无法判断你此刻的思维历程。

也罢，放开缰绳，自由驰骋。想明白了，抒发够了，发泄够了，将历史珍藏于博物馆里，留下一个物质的人，就足够了。

为什么要写作？自恋，自爱？

石黑一雄挺好，他站在一个特别的高度，用公允的心来审视战争给日本民族带来的不可言状的忧伤，他是一个有辨别能力、有良知的好作家。

"呀，用你来说吗？你是谁？"

我是一个跋涉者，康德说经验先于知识，这么说，我也应该是一个有知识的人。上苍曾让我匍匐在地进行各种各样的体验，从而把我从无知的圈子里划出来。这片土地，确实值得怀念，我明白了你。真纯不一定诞生在干净的土壤里，什么东西可以保鲜真纯，主要看在什么时空里种下什么种子，真纯的种子一旦种下，无论如何没法不真纯。

夜的静谧将我送进了两山之间，月光依然皎洁，海拔不高的两山隐隐相对。人称它"夹皮山"，我和同学摆脱了一条精悍的狼，来到"夹皮山"中间，放慢了脚步。好险，险些成了狼的口中餐，不知那狼是怜悯我们的柔弱，还是嫌我们未成年、皮肉太少，还是那一刻它患了严重白内障，视力减弱到零。我和同学屏息敛气迈着猫步跃过了与狼在一条线上的那段土坎，回头瞅了几眼之后，不受大脑支配地一阵疯跑，确认脱险之后才发现肩上背的炒面口袋嘴开了，赶紧猫下腰来，浑身散了架子似的走到了"夹皮山"，根本无法确定"夹皮山"是不是安全，只是脚再也不能迈出去了，瘫坐在地上！

【批注：极限的体验，峰值的感受，"无我"的纯粹感受，全在这一桥段里。当生命受到威胁时，人的潜能是无穷的。聂平年幼时的经历，契入了小说中。与治碱害、钻井、种水稻无关，却猝然闯入。细细探究，反复品味，那饥饿、那挫败、那绝望、那困兽犹斗，与两个年幼女孩儿遇见饿狼，从本质上看，没有什么区别，都是对生命的严重威胁。鲁迅小说《祝福》中，祥林嫂的儿子阿毛就是被狼叼去填了肚皮的。印度的狼衔了人类的婴孩，把他养大，人称狼孩。《那片土地》《祝福》里的狼，见了

人类的婴孩，却没有如此温和，而是捕之，吞之，权作午餐。】

好在是白天，有的是时间，太阳落山前指定能到达寄宿的学校。

要怪也只有怪自己，磨蹭得太久，没有赶上大部队，我们两个最小的落在了后头，不然的话，即使遇狼也不会吓得如此魂飞魄散呀！

从此，"夹皮山"给我留下了抹不掉的记忆。这是我生命的栖息地，是救命的港湾。它在我危急的时刻，给了我一个怀抱，我并不觉得它阴森，哪怕是远远地瞄上它一眼，也觉得那两山对峙的样子很神气。

"夹皮山"往北，大约三五里远，是一条新修的公路。这条公路修筑之后，去县城就不用穿"夹皮山"绕行了。但是，只要在公路上望见它，我总会驻足沉思一会儿，或者隔窗遥望，硬是从记忆里搜出些美妙，搜出些深刻的东西来。

那是一个只有星星没有月亮的深夜，我从县城往回赶路。因为没有赶上末班车，因为我手里拎着两摞装血清的纸盒，因为生产队的马，一匹枣红马——比人都英俊的枣红马得了破伤风。

那是寒冬腊月天，枣红马帅气的长尾巴，英姿飒爽的鬃尾被贴根剪掉，剪干净了。据说，马失了鬃尾容易得破伤风。谁穷急了眼为得几个钱剪去马的鬃尾？九伯在马圈前后看过脚印，他断定是前任生产队长和会计干的。因为新旧接任时查过账，里面有两三笔账不清楚，其中一笔就涉及这匹枣红马买进的价格。要么是直奔旱田改水田的主题太心切，要么是来源于你家族人做事一贯笃厚，抑或是书生气作怪，你没有继续将账目查下去，而是把那一堆纸片贴上封条存了起来。尽管如此，卸任的队长和会计还是极憎恨你这个"新生事物"，大概想不出更好的办法做最彻底的报复，便剪了生产队里唯一值钱的枣红马的鬃尾。这事惊动了公安派出所，还派人来破案。九伯的话你认为十分有道理，便最终不了了之。得了破伤风的枣红马让人顿生怜爱之心，那一次，你求了人情，托了同学的二舅的三小子在医院买了人用血清，因为兽医站的兽用血清不够。

从县医院取出血清的你，喜悦萦上心头，可是，太阳西落，末班车也已发走。住上一宿，第二天返回公社兽医站，说不定那四肢僵立、两耳像竹签一样的枣红马就不再需要这些血清了。你曾问过我，现在，在什么情况下才可能从县城到公社徒步九十里地孤身一人夜行军？据我的了解和判断，只有一个人——母亲。否则，你这个身子骨孱弱、胆子很小、黑了天不敢出屋的人怎么可能独走夜路呢？

出了县城，你应该是搭了一段马车，马车在离城十几里远的地方分岔了。你便拎着药往前走，夜幕拉开时，你听到了肚子的叫声，感到了已经两顿没吃上饭的人才会感到的疲乏。在任何时候，只要还有目标，哪怕是一个微小的目标——救治一匹马的性命，不让生产队社员寒心，不失人心——也足以让你振奋起来。饥饿感慢慢地退却了。

【批注: 此处表现出了一种预兆。小说进入了一个舒缓期。从抢修秧床、深夜打井和抢畦稻秧中挣脱出来，开始叙述饿肚子走夜路的情节。可是，务请各位记住，这是一个还没超过二十岁的年轻女子，已有两顿饭没吃，还得深夜孤身长行。看似事小，类乎闲笔，其实内隐重大玄机。】

公路两边埋有距离匀称的界石。脚实在不能再高出地面，你就卡在界石上歇一歇。偶一回头，模糊朦胧的是发青发黑的混沌的影子，星光之下，那片将自己标出林木又不与天空相接的略显起伏的影像是山，是"夹皮山"。"夹皮山"这个词一蹦，那匹精悍的狼也弓着身子在土沟坎里出现了！

"啊！"

叫声划破了长空，恐惧带来的夸张式的无名之状把不远处驶来的汽车吓着了。

一辆卡车"吱"的一声在你面前停下来，你越发慌乱，满地寻找那摞摔出去很远的血清。

司机探出头来看了一眼，大概轻骂了一句"神经病！"便毫不犹豫地把车开走了。但停车的一瞬应该满怀了怜悯之心的。

你看不到车后面的尘土烟气，但你闻到了尾气，汽油味重洗了你的脑子，你觉得是闻到了人味，你还活着，没有被狼叼走。

你没有后悔，没向汽车司机求救，去坐他的车。你是让狼吓怕了，怕被真的狼伤害。

就在魂飞魄散之时，你真想挥一挥手，拦住一辆看上去安全的车辆。公路上的车并不多，少之又少，也无法从车的铁皮上确定哪辆车是安全的。

身心俱疲，此刻的人不用查字典就能解释得清楚。然而，潜意识提醒你，那匹英俊的枣红马危在旦夕，它的嘶鸣是那样好听啊！

走吧，即使挪也行，每挪一步，都离目标近一步呀。不用怀疑，只要行动，就会接近目标。

【批注：真实，真切，真诚，总之，此处一个小小

的桥段，彰显了这样一句话：怎一个真字了得。人
的具体行为表现出来的"真"，大多可信。而语言、
文字、绘画、表演及雕塑和音乐中的"真"，却让
人犹疑。但在此处，"真"，赫然在目，直击内心，
不容人怀疑。虽然在表面上看，只是对聂平的心理
描写，却细如发丝，锋如利刃。】

坚韧是从那个暗夜开始的，性别是从那个暗夜开始变
换的。聂氏家族的娇女子出了大门，也出了二门，而且在
这样无助的暗夜遭受蹂躏、被强奸是怎么样的令人惊悚
呢？那个暗夜里，你或许问过自己了。

到底是什么让你如此疯狂而执着呢——成功，旱田改
水田成功，抛掉资产阶级世界观，摘掉"毒草"剧作者的
"桂冠"，洗清灵魂，通过政审，能被推荐上大学……

选拔人才制度的改变衍生出了很多动人的故事。

我记不得那么多了，根本忘记了是你挥手拦了车，还
是军车上的首长看见了滞留路边的你，就在黎明前最黑暗
的那一段时间，在离公社兽医站只有几里地远的公路上，
那辆军车上的两个人将一个快冻僵了的女孩子抬上了车，
你无法再顾忌是否安全。

一个有年月记载的暗夜，一个并不十分久远的暗夜，
一个女孩子为公家的一匹英俊的枣红马夜行九十里，用生

命购买了治疗破伤风的血清。

骇人听闻，却又十分真实。

【批注：真实就是真实本身，无需更多的言辞解释。对于一部长篇小说而言，真实的传达是直接的，甚至是粗悍的或根本就是不讲方式的。只为一匹马，就会不顾个人安危，这个让人不能相信也无法相信的真实，注释了真实的本身。】

我能明白这个寒冷的有月光的夜晚，你为何如此痴迷地在田渠坝埂上搜寻了。搜寻一个妙龄女子的恋情，与那片土地，与那匹俊美的枣红马，与一枚种子、一个目标……

我想到了那部诺贝尔文学奖获奖作品《我是女兵，也是女人》，一个无法再走向战场的女兵，一个无法再回归家庭的女人。

还有那个不能食用的承受五千磅压力的南瓜……

雾气萦绕很美，寓言很美。太阳也很美，现实也很美。可触摸性的美。

这一次，我决定，不再描述那浇灌兰花的花洒，也不去关心那如碎钻一般被阳光折射后的水珠。我想把藏在山谷里的兰花捧回家。

这个有月亮的夜晚，每一缕空气都是我小心翼翼地呵护着的心理脉络，我怕那个拳头大小的器官起皱。这一次，是你燃起了跟我对话的愿望。

你说你那些血清果然管用了，枣红马的两耳不再像竹签，四腿不再僵立，你把自己的棉衣披在它的背上，把米粥搓碎了给它吃。破伤风病伤其脾胃，喂了粗食会胀破肠子。

遵医嘱，不敢有半点差池。你的一双手搓红了，肿肿胀胀的，没人看见，也就没人心疼。然而，一个永不消失的心疼让你自己包裹得好好的，一直藏在心里。不知什么时候就拿出来忧伤一回，好像什么人欠了你，永远还不清一样，你对自己不依不饶到如今。

那天晚上，马吃饱了，需要溜达溜达，兽医说还是禁不住寒冷的折腾，你将它牵到公社办公地点的走廊里，那走廊是有门的，当然也没有说这个原本住着公社干部的走廊是不可以进大型动物的，无所谓请求也无所谓批准。无知者无畏，无私者无畏，天下是大家的，你总是以为一心为公，公当为我心。现在想起来，你是挺有勇气的，没有任何概念的你是多么有勇气呀。

回忆一下，用现代家伙什拍摄此时此刻的话，应该是这样的画面：

一个灵秀美丽的姑娘牵着一匹英俊的枣红马，在一道并不宽敞的走廊里慢慢行走，行将恢复的马不慎失了前蹄，前腿跪了下去，任你怎么提拽，它都无法靠你的提携重新站立起来。当时的你很后悔。夜走县城买血清，好不容易脱险的枣红马千万别再出闪失，别出闪失……

【批注：马是人类的帮手也是宠物。战争、商旅、农耕和交通都用得到它。也有的马因此名垂青史，如赤兔、昭陵八骏、汗血宝马，等等。现在，又有一匹马进入了人类文明的视野，它出现在长篇小说《那片土地》里。虽然，它只是一匹拉犁拉车偶被乘骑的民马，但因患一场病，与小说主人公产生了联系而进入了人类的眼帘和心灵。以往历史里面的人与马，都是马如何救助主人，而今，却是人类中的一分子舍命救助一匹枣红马——它恰与关羽的坐骑赤兔同一色系。但是，二者的命运却大不相同。乾坤倒转，东水西流，历史以相对的方式、相反的方向在《那片土地》里重演。作者在此处暗示，也许，人类的生活，已与逝去的历史有些不同了。】

英雄救美的事出现了，一双有力的手架住枣红马的腿胯，枣红马一激灵站了起来，还"咴"地叫了一声。这叫声让你兴奋得脸上有了血色。

那双有力的手就长在那个黑影的胳膊上，他和你相视一笑，亲昵地说道："当老师的，真不错！"

【批注：这是一串连环的系列的意象。枣红马——救助马的人——帮助救马者的人。这是世间最温暖的一幕。在秧床垮塌、钻井失败、深夜孤行之后，《那片土地》的作者，以最简捷的笔触向人们展示了世间的美好。仅仅是一双手的一用力，仅仅是一个黑影的一句招呼，就把人世间的美好、温暖和真情厚意都表达出来了。这一切都不是素描般精雕细刻的，全是笔走龙蛇般大写意的和信手泼墨式的渲染的。却真切、直接而有力地冲击了中枢神经。】

你想抬头仔细看一眼这个送你《列宁传》的人的脸，但没等抬起头，你就随着马的缰绳走出了那狭窄的走廊，"黑影"也随你往外走。关于为买血清救枣红马夜走县城的消息早已不胫而走，"黑影"也早已知晓，听他的口气，十分钦佩。陪你往兽医站走时，他说了几句赞美的话，只是你没有记住具体的语词，也并没有在意话中的含义。

快到兽医站门口时，"黑影"笑了笑，洁白的八颗牙露出来。停了好一会儿，说了下边的话。

"让生产队来一个社员，换换你吧！"

这话像是从九伯嘴里说出来才合适。

"还想看传记吗？"

你牵着马回兽医站时，眼里有泪花闪烁，擦了好几次都没有擦干，你来不及给那眼泪定义。现在想起来，有几分温暖，想祭奠一下，却连祭品都没带来。

每个人都微不足道。谁也没有办法控制什么。做什么，不做什么；要啥样的生活，不要啥样的生活。

今晚，当你跟我说这事的时候，我感到自己的无力。隐隐地有一种冲动，如果有来世，我要报答你，我要做一匹俊美的枣红马，在你十八岁的时候走到你身边，从你父亲的手里接过你，把你护送到用茅草、用木板搭建的别墅里，让你大门不出，二门不迈，任你狂想不已……

可是我想告诉你："你见过谁实现了完美的生活预设吗？不必预设完美了。"这是一个作家毫不客气地对我说过的一句话。自己完美吗，你自己完美吗？我不能，也不敢，更不舍得将这话说给你。其实，我们每一个人都无法配受完美，只有一个比心大 N 倍的时空是人力所不及、无所不能的。如果冷冻功能完全适用的话，适时地将自己冷冻起来，再适时地解冻，在该享受月光的夜晚享受月光，多好！

但今晚，月色很好，有我相陪，你尽情地享受月光吧！我不催你，不扰你，也不做心灵的道德审判。你配享受完美，因为你早已配受这份光荣，你已经学会了完美，学会了宁静。

即使九伯这会儿回来，我也不让他打扰，让他和我一起陪你享受这月光。

其实，此时的你并没有享受这月光，你在悼念那枣红马，就在你跟池二姥爷换班回去的第三天，枣红马死了，两肋胀满，吃了粗食，破肠而亡。在池二姥爷扎了"强痛定"之后打呼噜时，枣红马停止了呼吸，英雄地倒在地上。

那匹枣红马的尸体并没被扔在荒郊野外，你用大轱辘车将枣红马的尸体装在车上的时候，哭出了声。悲泣之状令天地动容。

赶在路上，下雪了。下得有点失真，一路上，你心里只涌动着一个意念：不可信任。为达成目标，终须相信自己。就是在那个没有情意的残冬，你生命里埋下了"不可信任"。我明白，你开始怀疑这个世界。从那以后，除了你的知心朋友——你母亲以外，你不再信任任何人。以后的日子里池二姥爷对你充满了愧疚，可你从没有多看他一眼，再没有信任过他，或者说，你决定不再信任任何人。

【批注：**"不再信任"**！这是《那片土地》的一处卡口。主人公聂平因枣红马死亡而失去了对世间所有人所有事的信任。这说明，她开始成长了。对世界，她开始以自己的目光和心智去判断了。失败和挫折都没有使她产生出这种念头，一匹马的离世，却改变了她对世界的态度。这说明，人的成长，源于某事，源于某种特定的时刻。】

枣红马辞世的消息很快就传出去了，就在你们拉着马尸走出兽医站大门口时，遇见了"黑影"，他将一本《秦始皇传》递给你，你接过书时没能说出任何一句话，连抬眼也没顾上，感动被不吉祥的云压得很重。

"当老师的，别哭了，明年秋收，再买一匹枣红马，我帮你选一匹比这匹还英俊的……"

他是谁，他也是上苍派来的？他是一匹枣红马，英俊的枣红马，是枣红马幻化而成的"影子"，你的心像是被一双手抚摸了一下，觉得太阳的温暖在你的身上涌动。虽然没有太阳，但你觉得雪花有色彩，粉的，金的，空中花园，五彩缤纷，你开始做梦了，梦可以止痛呀。从那时开始，你让梦紧紧跟随，让它与你不离不弃。从此，你又摇身一变，变成了种梦的人，后来你又成了一个卖梦的人。

你是何等不起眼的人呀，为何，我一定要把你连同那片土地锁在我的记忆中呢？事必有因果。没办法！

应该说，在漫长的年月里，我对时间、对时令不敏感。树叶绿了，又黄了。雪花，雨水，一切都不那么敏感。更无从说谛听鸟鸣了。

那年的四月里，我见过一种鸟，小巧，头很小，嘴尖但依然小巧。翅膀的羽毛是雅致的，你盯着它看时，心早就忘了初衷——看秧床上的苗出得齐不齐。上午九十点钟了，掀开两侧塑料薄膜的边，间隔地敞开一个一个的洞，放放风。黄昏到来温度降低时，再把薄膜放下来，掖好，恢复床内温度，练一练秧苗对室外温度的适应性，等插秧时用铁锹将它们铲到木制秧拖上，移栽到田地里……

有了盼头，心闲了一点，偷来一片云。蓝天白云下，我好像放大了自己，放大了自己的满足与愉悦。我像是走在古森林里，走在大学校园的林荫路上，什么都想，什么都没想，愉悦着自己。

小鸟的两只脚纤细，跳跳蹦蹦地走到秧床的那一边去，像是试着学跳四小天鹅的舞蹈，自悦时的纤尘不染，目不斜视的娇媚自宠，甚是让人怜爱。玩吧，有我在，不会有什么人伤害你们。放风的社员们还没走到这边的秧床地里来，两边的塑料薄膜不会被掀起来，你不会感受到外面的一丝料峭，你们尽情地自视高贵吧。

小鸟就要走到秧床的那一边了，"啾啾"，我噘着嘴叫它们，唤它们向我这边走，可是它们没有在乎我的爱意，它们以为适合它们品尝美的世界不在这里，它们向往的玄妙在别处，它们想冲破那边的薄膜飞出去，可那边堵头的膜还没有人揭开，冲不出去的。我得意地笑一下，身子向前倾的时候，鞋尖被渠里的水浸湿了。哇，我赶紧低头伸手去抓进水口的草坯子，险些失去平衡，掉到进水渠里去。

"啾啾，啾啾"……

鸟在叫了，不是鸟叫，是人在叫。那边塑料薄膜的堵头被掀开了，一双手在往这边赶那几只黄口小鸟，小鸟如四小天鹅一般跳起来，向我这边跑跳着，快接近我这边时，我也"啾啾"地叫着，往那一边撵。鸟乐坏了，我也乐坏了。我回到了小学校园里，不，回到了奶奶的怀抱里，奶声奶气地叫着、笑着，等着一个冲劲快摔倒时扑进奶奶的怀里，等奶奶一双手摩挲，"乖，乖，别跑，别摔倒……"

【批注：读到这里，完全可以带出一个词——柔美。实际上，这个桥段表现了人与人之间、人与鸟之间的一个小游戏。游戏进入小说并不少见，《红楼梦》里就有多次呈现。放风筝，钓鱼，摸骨牌，比比皆是。可那都是人为的，都是人与人之间为了欢娱刻意做出来的。人和大自然的某一要素一同游戏，而且配合得天衣无缝，在小说中极其少见。大自然向人类显出了一丝温情、一抹笑意。在这里，我敢保证，这不是作者的匠心或玄机，而是"天成"的文章由其"妙手"偶然获取。在文学艺术作品中，由直觉草率获取的美，比刻意打造的，不知要美上多少倍。比如此处，黄口小鸟误入塑料棚，聂平恰好遇上，恰又有一人同时出现在秧床的另一侧。这些游戏要素出现的时机和相互间的配合如此齐全而恰当，非人力所为，实乃天意也。】

望着小鸟来回颠跑时，我也说这样的话了吗？应该是说了，我听得清清楚楚。是我说的吗？或许，这声音是从秧床的那一边传过来的？

"当老师的，高兴喽！"

那"黑影"的声音。怎么会在这儿？绝对不是幻觉，也不是偷听。我看见了，他在笑，两排白牙很明显，很确定。我没有走过去，他也没有走过来，他满满的笑意，我满满的欢快，甚至想问一问他读那本传记时有什么想法。其实，很想和他交流几句，因为我确定，那段日子里见过的人，他应该是有文化、有思想的，也有些说不明白的智慧。我想说"书我看完了，想还给你，可是不在身边"，奇怪的是，什么话也没说出来，话一句接一句地在嘴边排队，可哪一句也没用上。等我准备从进水渠这一边往排水渠那一边走的时候，有一队人从西边走过来，朝排水渠这边走来。他们有人陪同，有承包我们生产队的公社干部"蓝裤裆"，还有大队支部书记。他们开始异常关心旱田改水田的实验工程，我听见他们说的话十分正式，笑声也特别自信，他们也许根本没有看见我，我从田埂往进水渠那边走。

刚才在塑料薄膜堵头那边"啾啾"地撵鸟的声音渐入耳朵："形势不错，刚才我看了，秧苗出苗率很齐，胜利在望……"

"成功在望……"

当我大步小步又跃过几排进水渠的时候，我听到有人说我，叫我："那不是聂队长吗？那丫头蛮不错，吃了不少苦呀。快叫住她。"

"聂队长……"

他们确定走远了的我根本没听见，便说着笑着离开，往抢做新秧床的场院地那边走，那里停着几辆吉普车，车上面蒙着军用车演习时有掩蔽作用的绿网络。我回头时，看见正往车里钻的那道"黑影"。

这是三级领导干部下来巡视，初步摸底，看看"新生事物"扶持方面的工作成效。

离插秧的日子近了,鸟都在报告喜讯了。人,哪有不高兴的呢?第二生产队社员眉眼是笑的,秋天可以吃到白米饭。不是只有过年才吃一顿,而是每天都可以吃一顿,甚至吃三顿。你更高兴,高兴的是足可以摘掉"毒草"剧作者的"桂冠",大学的林荫路离你近了。那群人,额间绽放花朵,眉宇间堆叠欣喜。响应号召,扶持"新生事物"成功,改变农村落后面貌,政绩辉煌,说不定还会有人从此幸运,官高一品,晋爵升级。

你不该生出这些跟你无关的念头。本是一个平和的人吧,什么时候学会了尖酸刻薄?抨击时政是顶顶没有用的。"毒草"剧本的前前后后不至于改变性情,其实,那个赶鸟的日子,你的心情本是愉悦的,几乎是一种依在万物之母怀抱里的享受。难道你在怨那一群惊了"四小天鹅"的巡视人群吗?怎么可以那么小气。我知道,你本是没有资格清高的,但那个明媚的春日的上午有一张证书从天上掉下来,把"清高"两个大字涂得愈加清晰。

走在那片土地上,在那个干干净净的年龄,看到的、吃到的、体验着的丝丝缕缕,把你雕琢把你重塑了。你的笑更少了,笑得不再那么没有来由了。被定为"毒草"剧本作者个把月后的一个晚上,你被同事叫到家里吃饭,饭桌边坐着的就是文教局那个发现"毒草"、将其定名为"毒草"，也想捞稻草的人，那张面孔几乎比达·芬奇的"蒙娜丽莎"还受人瞩目。

他是那么殷勤呀，大会小会第一个斥责批判"毒草"剧作者的人怎么会露出那样喜欢的神情，甚至还说是远房亲戚，让我叫他表叔。

"我们知道，你是有想法有造就的人，我们也考虑了，不能让《送药》断送你的前程，再说《送药》也不是你本意所为，没有四五十岁，资产阶级世界观怎么可能那么顽固呢……"

那张嘴脸轮廓不清，边界不清，像是癌瘤的 B 超图。他眨眼又笑时，是那样不像人的面孔。几分钟工夫，便直奔主题了，他说为《送药》谱曲的钟老师在"文革"中是被批的"右派"，恢复工作之后也是组织观察慎用的人物。

初听有点迷茫，静下心一想，他是在说《送药》是钟老师一手炮制的，钟老师是一个鼓动青年教师犯罪的教唆犯……

帮我洗清罪名，为我指出明路，天上掉下的好表叔呀！这个地方，张三连着李四，七连八连能连出几层亲戚来不为怪，裙子上面有带子也纯属正常。我的命咋这么好，运有转机？四面楚歌、终生被戳脊梁的囚徒可以出狱

146

啦，确为欣喜之事啊。

你知道吗，那个晚上，杯盘上桌的声音，"表叔"赞美夸奖套近乎的嬉笑之状，我都有感觉，但当我低头时，看见的是京剧样板戏《红灯记》中叛徒王连举的典型形象，亚里士多德骂杜鹃鸟"卑怯"的词也一同旋出来，还有什么人说杜鹃鸟位列鸟中十大骗子榜首的话，也一起甩到"表叔"没毛的头顶上……

狰狞，怪诞，一阵嘈杂的笑声。"咯咯"，怪笑，是我的。

我怪笑着从同事的家里跑出来，没顾得上推敲同事约我去赴宴的来龙去脉，同事虽与那位"表叔"沾亲带故，然，同事是有良知的人，大概也是可怜我吧，无法多知，也无法多想。只知道做狗太卑怯，只知道母亲的词典里没有卑怯……

这一不算磊落的画幕不该在我那么年轻，至少不该在我世界观还没有完全形成的时候出现，那幕画卷硬是把"怀疑"，把怀疑这个世界的念头定格在我心脏的隔膜上。硬是让一个年轻人背着那么重的负荷走了那么多山路。

【批注：此处又是一个卡口。或许是主人公聂平命运多舛，或许，世界原本就有荒唐反转的一面，或许，苍天有意造就一个清醒而明白的人。总之，聂

平的怀疑是她成熟的重要一步。不单单是际遇的乖
张，更是命运有幸让她早早识破了世界的本来面
目。这也是《那片土地》对世界、对时代的贡献。】

这个明媚的上午，秧床边、田渠坝埂上巡视者们轻巧
的话语和不由衷的笑声让我脊梁透着凉意。接着，大雪纷
飞时几百个社员抢修秧床的画面，瓢泼大雨中用铁锤击打
井头的壮举，重叠出现在一幅画面上，让人不知说什么
才好。

时至今日，我变成了路盲，在一个空间里稍微待久，
出得门来就不辨旧时的路，不知哪条才是回家的路。

【批注：实际上，对于纷繁的大千世界，所有的人都
是路盲，都不知下一步该走向何方——尽管已有无
数圣贤智者指明了该走的路。但人们一旦举步，便
发现那路变成了"从来的地方来，到去的地方去"
的那种路。反思过往，有些人会夸夸其谈，而言及
未来，却都悄然噤声。《那片土地》的作者，在此
处将这种哲学引入了小说。】

我是多么怀念那秧床上的几只小鸟呀，它们呼唤我那
正在消失的年轻的心，"四小天鹅"的舞姿让我在自然而
然中恢复笑的功能。

任何安排都是有"逻辑性"的，跟制度、跟什么别的

好像都没有关系。任何体制下，都有毫毛无损的人，也有体无完肤的符号。

你问我在做什么，我说我可能正在将生活散文化。

我想提醒你，花一些时间各家各户串串门。但我知道你此行没列这个计划。我是想去的。聂三娘的家我想去看看，聂三伯去了，聂三娘虽有病，还活得挺好，我觉得好。她的身上带着女人的一些好东西，美的东西。听说，她父亲是方圆几百里有名的中医，母亲也出身名门。她嫁给三伯是因为聂家的家世，三伯祖上田产多，三伯的曾祖、我族中的先人，是这一带有威望的人物。兵匪从这个村落里路过都要下马，收枪，默默走过，大事小情人物场上，三伯的曾祖更为举足轻重。我见过三伯曾祖的画像，灰长棉袍，黑短袄，闪着光泽的瓜皮帽，握在手里的拄棍也挺有威风。

三娘完全依着贵族范儿在聂家行事，可她那一招并不受待见。三伯母亲是个使唤丫头出身，小的时候应该是打谷茬的，见了三娘的笑不露齿和莲步轻移，常说："做给谁看，不中用。"三伯的母亲嫁的是一个贵族败落前夜的大烟鬼，靠偷粮换鸦片抽，被他祖父、也就是三伯的曾祖父乱棍打死，三伯娘几个被赶到离家园很远的树林里居住，三伯母亲过的是挖野菜煮粗粮的庄户人家的苦日子，三伯的母亲对带着贵族气的三娘压根儿就生不出好感来。人啊，无不在各个阶层上打下不同阶级的烙印，生活方式不同的人行事自然是不同的。

三伯读了点书，相貌不俗，三娘嫁过来时早已是新中国合作社时期，三伯一家没过上什么贵族日子，却也被定为地主成分，"风暴"（"土地革命"）以后家里彻底一贫如洗，三娘只为这一贵族后裔的名头就愿意嫁过来。嫁过来后的日子里她低眉顺眼，对并不懂得爱意的三伯总是笑脸相迎，尊父敬母、三从四德一样也没少。

对这位三娘，我小的时候喜欢，长大了也说不上有什么特殊的好感，但看了她，再看周围的所谓"妇女"，所谓"娘儿们"，就觉得她们眼皮上都生了皱。三娘才是个女人，逢人先微笑，笑语盈盈，柔和温顺，每每相见，总觉得三伯好命。

如果明天，心情还如今晚，我一定去见见她。都八十岁高龄了，细致劲儿一点不减。那么多年，我除了劈面相逢，并不曾有机会与她对坐、与她交谈，可她作为一个人物形象始终在我记忆中保存，她是个好女人，从里到外都流溢着传统文化的标准女人。

我听见了，听见你在那边田渠池埂上的嗤笑。甬说，你确实应该去拜见一下三娘，或许，她会给你一些启示。

母亲生前和三娘关系好，能看出往来之间有默契。对于我，奇怪是有的，雷厉风行的母亲怎么会与三娘走得那么近？也许通达是她们的共同点，对于三娘，母亲总是敞开心扉的；对于母亲，三娘一直以其为导师。当然，在这个村落里，还有其他女人把母亲作为导师去依赖、去追随。

我知道，我是想她了，想那个跟我做过朋友、给我做过导师的母亲。我很需要她，此夜，月色好，若有她同行，她会把埋在我心里的很多结打开，讲哲学的大学教授都不如她，他们的故事远没有她的故事顺耳鲜活多层次。

对，就是那个隐在两山之后又之后，冲过有狼假寐的沟坝又穿过对峙的"夹皮山"之后又之后的地方，有一所初中寄宿学校，我在那里读书时，母亲去看过我一次。那次，她穿了一条蓝裤子，和我的那条一样的颜色，一样的款式，那年月，好像不曾流行过母子服。我们的政治老师也是我的班主任，山东大学毕业的女大学生，姓陈，说话声音稍显粗重，她接待了我的母亲。母亲走后的一段放学时间里，她把我叫到她的办公室，问我生活上有什么困难，有特殊困难可以找她。后来，她在一次非常顺其自然的时机给了我三元钱。上课下课，只要碰上我，都给我特别的微笑，那种爱意是诗一般的东西，但有时让我觉得有谜一样的东西解不开，直到很长时间以后，放暑假临走的前一天，她陪我往校门外走时，突然问我："你母亲对你怎么样？"

我说："挺好呀，母亲很严厉，但特别讲道理。"

"哦——"她意味深长的笑让我大吃一惊。

"是亲妈妈吗？"

"哈哈哈！"

一直以来的谜解开了，我的班主任以为我母亲是继母，主要原因是那蓝色的裤子，还有爽朗的笑声，母亲显得太年轻了。在陈老师的判断里要么是我姐姐，要么是继母……

母亲一直是年轻的，现在想来，她比我这个喝过很多墨水的人强多了，她也直爽，但她那种直爽是智慧的，她能站在挺高的境界把俗世间的一些事处理得很好，让人们那样地喜欢她、依赖她，乃至服从她。在她面前，很多人深感自愧不如。确实，我更深感自愧不如。

多想见一见她呀，在这个月色很好的夜晚她能走出来，坐在这条土坝上，母女二人，敞开胸怀，像从前那样，没边没沿地闲扯一通，分析现象，说不定我心上沾着的这层灰尘就会被掸掉了。

她不再见我，也许是不愿意见我。我到灵界那边看父

亲的时候，一次也没见过她，只是知道，在那边，她和
父亲不再续夫妻缘分，是另一种生活方式、另一种生活状
态了。

"你生活得还好吗？"我看了看月亮，只是想托月亮，
问一问，捎个口信，带个好。也想让她知道，我没有母亲
的日子好寂寞呀！

【批注：浪漫的风格跃然纸上。让我们想到了《红楼
梦》，想到了《简·爱》，想到了狄更斯的早期小说。
在抒发情怀的同时，跨越了生死阴阳。平铺直叙的
质朴叙写，似闲话家常一般，直入灵界。听来不像
讲梦境、说寓言，似乎在讲述一段真实经历，颇有
博尔赫斯的笔触。让人不由得心生惶惑：去阴间见
已故的父母，如何抵达？步行？骑马？做梦？这是
一种想当然的、大肆张扬的浪漫主义笔触。当然，
这样的心绪，在《那片土地》的下卷里，还有多次
的呈现。】

那边田渠坝埂上的你，在想什么呢？其实，你也有像
她的地方，不过，你比她多了些凄冷，像今晚这月亮。

有时我真想约母亲坐下来，重新谈一谈。我父亲的家
族多属于理性，母亲的家族应该多属于感性。我没见过母

亲的父母，也就是说，我没见过外祖父外祖母。只是听说外祖母个子不高，是个很强悍的人，外祖父是唱戏的，多扮坤角，扮相不错。如果我多些像我父亲的家族，我应该思考多于行动，可有时候，我又是行动多于思考。不顺畅的事冒出来，大概是因为一些不着边际的念头吧。我常常假想，如果没有什么《送药》剧本，会有我后来在那片土地上的跋涉吗？如果我在大学校园里度过少女时代，那一定也会在该享受月光的时候享受月光了……

讨债！

冤有头，债有主，我的债主会是谁呢？这般地不依不饶呀，几十年的讨要，没完没了的讨要，令人毛骨悚然。但愿这一次长途之旅，能结束这一切的追索讨要！

没有异样的信息从那边田渠坝埂上传过来，我知道，现在的你心平如镜，你安静了，你也想通了。那我们等到九伯就一起回去，吃上一顿狗肉，再听九伯天南地北聊上一阵子，你重归于不着边际的梦中，一切也就了结了。

突然间，你销声匿迹了。我觉得皮肉在抽搐，躯壳的空荡感让我左右寻找，你在哪里呢？

水声，水声，"哗哗哗——"喷涌着的水柱是从天上泼下来的吗？

我向西移动，不是移动，有人拎着我的头发往西走，那是一片叫聂家五十路的土地，那片田池足有一百亩，那是产量最高的一片。靠近北头有一截高出地面的水渠，一个铁砣一般的怪物就蹲在那里，水从那怪物的嘴里喷出来。满管，一尺二的管，满管的水，这一眼井就能控制一二百亩稻田。那个叫吕师傅的人笑得依旧像个妇人，静静地站在井头边上，伸手去摸水管里的水，水花四溅，把他自己稀疏的头发都弄湿了，他的嘴一直没闭上，也没有笑出声。他在这片土地上打井的几十天里，我没听他出声笑过。他总是安安静静的，我以为，这个出水的晚上，他会出声笑一回，会说出那么一句话："别管换几回钻机，总算是打出井来了！"可他什么也没说，他的目光和我的目光的交会点是矗立在原地的钻井机——"小三百"，能抹帮的钻机。心里说的话差不多，亏得这台机器，不然，这里得发生人吃人的事件。

农人们的豁达乐观，不服气不行。人们沸腾起来的样子如喷满管的水花，兴奋时淌在脸上的幸福是真幸福。那是个满月的夜晚，八爷都来了，"哗哗"的水声将他那口头禅"那讲话嘞，那讲话嘞"都淹没了。只有九伯不买他的账，"那讲话个鸡巴，哪儿少了他！就会往自己脸上抹粉儿。"九伯故意躲开凑上来的笑脸，到水花喷不着的地方蹲下身来，卷纸烟，用一面衣襟挡着，用打火机打着火，点着烟，狠命地吸了两口，然后斜过脸来重去看那喷得远、喷得足的地下水，那水花喷出的蒙蒙的细丝让他头发上有了一层雾气。

【批注：此处展现的是农人的特定动作，定格在《那片土地》里二号人物九伯身上。卷烟、点烟、吸烟、挡住风、蹲下身，这一系列的动作，如此细切生动一丝不落，作者行云流水一般书写下来，并以此展示人物的内心，满足、服气、赞许，等等，尽在其中。农人是极少用语言表达内心的，即便偶一为之，也常和当下的内心感受不契合，甚至南辕北辙。但他们的行为举止，却毫不掩饰地直达内心。其内心的反应和举手投足，二者简直是上好的双簧，配合得天衣无缝。此处如此展现，足见作家的功力之深厚。】

"这丫头，行！"他心里这么说着的时候，眼睛里应该有一种满足感。他的那种神情只有你能注解。

池二姥爷追着你，笑着说："这回，没问题了，水田的事绝对成功了。有了这口井咱啥也不怕了。"他把喂死枣红马的事忘了，你也早就不与他纠结了。几个月里，池二姥爷绕着弯走，不敢见你，又几多回想凑上来搭讪几句话却终像没看见一样躲过走开，让你也觉得可怜。今晚，这个明亮而朦胧的有月光的夜晚，池二姥爷的话如这满管的井水一样响亮而明媚。你从九伯那儿取了两条纸、一撮烟丝递过去，池二姥爷和九伯一起卷纸烟，笑呵呵地聊起来。

这些人，像亲人。

那天晚上，应该请台大戏，可肚子还在咕咕叫呀，上哪儿弄钱请戏班子。那天晚上应该好好吃顿饭呀，几十人吃一顿，生产队库房里饱满的籽粒不多了。平完了地，打完了井，那两大车粮食剩得不多了。粮食用那么一堆折子荬着，谁敢动？还有插秧那一关呢。库房里能拿出来做馍的只有上面拨下来的救济粮麦麸子了……

对不起，对不起这些连夜奋战的庄稼人，连顿饭都管不起。月光并没有遮住你涨红的脸，那个满管水喷涌的晚上，你也满怀了对这些人的歉意。你只能在心里默默地安慰自己："等着，秋天，收了稻子，第一场打下的稻子，碾成米，先在生产队大锅里做上一顿白米饭，干活的不干活的人，全队七八十户，家家户户，老老少少，有多少算多少，都到生产队来，饱饱地餐上一顿，实在走不动来不了的，派人去送，向老天宣告，这里不吃帽高粱了，这里挨饿的日子结束了。"

【批注：个人认为，这是作者一针见血地对贫困的直白呈现，不夸张，不写意，不形容，不象征，不修饰。清晰，准确，明了，细致，而且掷地有声，颇具质感。尤其值得一提的是"纯粹"而不含杂质。两次用到"一"。前面是管不起一顿饭，后面是饱餐一顿。这里的"一"，仅仅是"一"，绝对不是虚数。】

围着水管欢呼着、交谈着的人，多半饿着肚子，晚饭没吃。他们的心被幸福浇灌着。

你在水花喷洒的地方走了好几遭，不知说句什么才好，那个晚上，你的话没多少，当人们都散去的时候，你一个人在不为人发现的暗影里蹲了很久。

【批注：细节的魅力是锋利，颇像中医的针灸。"走"、"蹲"两个动作，细腻而准确地展示了人物的内心。实际上，引发这种无法言表的内心激越的，是一个喷水的龙头。现在，这物件儿哪家都有若干个，包括那种大口径的喷水龙头，在城市、在乡村都是寻常之物了。可是在《那片土地》里，在《那片土地》的那个时代，喷水龙头和喷出来的水，是天堂里才有的东西，是幸福的源泉。读到此处，真想叮嘱一句：珍惜吧，生活在现实中的人们。】

今晚的月光应该像那天晚上的月光，这月光又与你的魂灵做交易。

我快追赶上的时候，发现你确实在铁砧一样的井头旁站立，发呆。母亲对自己生养的儿女的珍爱是永远的。几十年的生命"流程"里，最让人摸得着、看得见而且是用血汗凝结的东西就是这片土地了。几多回思念，几多回留恋，其中情分，之外的人无法体会。

用行为写出来的也是书，而且是更耐读的书。

【批注：虽未征得作者的同意，我也想在此处做一点儿改动。只改动一个字，把文中的"也"改为"才"。那样，句子就成了这个模样：用行为写出来的才是书。孔子与苏格拉底终生未著一字，述而不作。但他们依然要"述"，此行为与"写"类似，或者说是用嘴巴"写"。用行为著述，见经传者，只有《那片土地》里的聂平。是在小说《那片土地》里，不是在现实生活中。在现实生活中，似乎尚未出现过聂平这样的人。也许，若干年后，会有那么几个人或一个人，依聂平的"行状"，用行为写下一本书。】

我觉出了脚下土坝的颤抖，而且是阵发性的颤抖。我往前迈步时感觉到了阻力，大地像是要立起来，这条土坝像是要立起来……

实在无法再迈出一步，我想原地站住，可站不住，大坝立起来，还要向我倾斜。不再有别的办法，索性眯上眼睛，什么也不想，连"地震"这个词，也对它不作反应。空白，眼前空白，脑子空白，心里一片空白。历史被隔绝了，昨天以前，我是谁？在哪里？干什么了？这片土地有何来龙去脉？无从想起。

沉睡，没有；清晰，也没有。我被搁置起来。

"你做对了，好好感谢这片土地，好好祭奠土地上的一切，你知道吗，你的祖爷聂晋宇跟掌管土地的老神仙有交情，才让这片土地跟你结缘，对这片土地，你要记一辈子，谢一辈子。"

母亲像是缩小版的孙悟空，从一个隧道形状的地方走出来，偶然闪现突起的眉骨，笑了笑，笑得让人感到如芒在背。当我向她走过去，伸出手让她拉住手指的时候，她重新幻化成孙悟空，一忽便不见了。然后是一声接一声的巨响……

【批注：很明显，这是幻象。梦境切入了现实，而且虚实交织，相互融合，你中有我，我中有你，虚中有实，实中有虚，让人难以分辨。心灵的世界与自然的世界，在某一时空里完全贯通。美好与幸福在特定环境里赫然凸显。作家在此处的此举超越了人们的现实经验和心灵经验，开拓了一个崭新的世

160

界。使得人们通常感受到的满足、峰值体验等都黯然失色。似乎，在人类可体验到的世界之外，还有一个世界存在着，那里有别一种的、真正的幸福和快乐。】

我下意识地捂住耳朵，横卧在土坝上，倾斜的土坝慢慢地下斜，俯身，慢慢地恢复原状。

接着，是风雨大作，卷起、打旋儿的是稻粒金石一般的旋涡雨，而后汇成翻卷的金色波涛，我被裹在其中，伸出手，每个指头粘连着的都是金豆一般的颗粒。

我想喊："九伯，救我！"可是我喊不出，明明是醒着的啊！身后不远处聂家树林子被风吹起的声音还能听得见，下河滩的水声也越来越清晰。

我想快些离开这片土坝，听说有一种叫魔的东西很可怕，在这儿逡巡的时间太久，怕会让魔领进陷阱，我对着你呼喊："快，快，结束你的胡思乱想赶紧逃走吧！"我向西边的田渠坝埂搜寻，可是看不见你，你也逃遁了。

你逃到哪里去了？我又身处何方？四周空洞洞的，只听见什么人启动柴油机的声音。

"二十号进水渠，对，那边，拨开——"

浇水员交接班了。选择夜里浇水，是为缩小水与田的温差，北方清水稻的成功秘诀之一是给秧苗上水的时间。

水，清冽，带着从地心冲出来的神秘向我流淌过来，我想快些靠近流淌过来的水，想一轱辘滚进水里洗个澡赶紧清醒过来。

一切都像神话传说一样。冥冥之中，上苍为人安排的事一点儿不会多，一点儿不会少，绝对像神话传说一样。

我没想到，或者根本不可能想到，你这个把做梦当主粮的聂家女书虫子会成了庄稼人的头脑，在这片土地上做了一件亘古未有的轰轰烈烈的事，在这场轰轰烈烈中你变成了另一个人——一个会做梦的庄稼人。

今晚，我想记录下你此刻所有的细节。记录下你藏在心底的所有真实。我知道我这是冲动之下的吹大话！很少有人能托出心灵深处的真实，当人们一定要说"真的，我真这么想"的时候，说出来的话已经和心底的完全不一样了。文学艺术大家之所以被人所喜欢所崇拜，主要是人家像变魔术一样，让笔下人物全裸，让在自己眼前经过的人裸奔，他们是那样从容地托出藏在心灵深处的真实。

"真实，何谓真实？"我问你，你笑了。你头摇得拨浪鼓一般。

你说："种出水稻，人们吃上大米，人们赞美我，说我是年轻人中的优秀分子，有奉献之心，这是真的吧？是真的。可这是'真的'吗？我是为奉献而来的吗？我是为解救劳苦大众填饱辘辘饥肠而蹚泥水的吗？你知道，我知道。但我确实蹚了泥水，受了非人一般的罪，确实让大家吃上了白米饭，不是让一个生产队七八十户人家，而是让全村上千户人家不挨饿，吃上了白米饭，这是真实的吧，是真实的。"

【批注：真实的思辨，思辨的真实。在这里，明摆着的是小说主人公聂平的心声，也是作者本人对生活、对自我的认知。读之，分明感受到思辨的行为已然成了心理的真实，而思辨的结果是一种近乎物理的现实。这才是真实世界的本身。可以说，真实的思辨是一种艺术，而思辨的真实（即结果）则化为勇气和胆量。将勇气、胆量与艺术合一，是艺术的升华，是人格的艺术化。一个个体生命上升到艺术境界，并且呈现了纯粹的艺术性表达，是小说创作的一个新境界。】

无论如何，就在今夜，我不再去考虑平日里那些"房客"的说法做法，不再模仿，不再去受大师们的折磨。我想托出一种人，一类人，不，一个人在一小段历史中，不，在那么极短暂的时间里的内心世界。希望能拨开纷繁的行为方式去瞧一瞧人物内心的实际想法。那么一点点愿望，一点点心愿的实现要绕那么长的进水渠，又要流泻那么长的排水渠。其间衍生出的伟大与卑贱早与当事人没有必然的关系了。

命运之神，什么叫命运之神，命运之神在哪里？上苍，上苍又是谁？你是谁，我是谁？和我有什么关系？你和你，我和我，什么和什么呀？

假若你认为我托出的这一点真实"可认同"或"不可认同"，那么在世界上另一个地方、另一种人群里又是"可认同"还是"不可认同"？

我知道你在田渠坝埂上寻找什么，寻找你认为最可宝贵的真迹，你的新鞋掉到阴阳池里了，你的的确良上衣溅满泥点，这是真实的；你背着喷雾器在稻池里"巡游"洒药，这是真实的；你让水稻亩产千斤以上，人们吃饱了肚子，这也是真实的。可什么是不真实的，别人不知道。你说给他们听，说那不是你当时的真实，他们不了解，只认为你是个好青年，谦虚质朴，不飘浮不虚妄……

这片土地上显现出的真实就是真实，两年的时间，把一个拍定的目标或者说一个意念变为存在的真实，让人看得见，认同或不认同。然而，有一种你想托出来的真实，却用二十年，甚至比这更久远的时间都不能或者说根本没办法呈现出其本来模样。不能像稻粒本身一样，哪粒是饱满的，哪粒是秕谷不饱满的，一目了然。

心的容量远大于这片土地的容量。

【批注: 这是一句格言,和雨果的那句千古流传的格言相似,但比雨果的那句简短。雨果说比大地广阔的是海洋,比海洋广阔的是天空,比天空广阔的是人的心灵。而在小说《那片土地》里,只撷取"心的容量大于土地"一句,合乎了中华民族、龙的传人、炎黄子孙的普遍认知和审美情趣。一个面朝黄土背朝天的、胼手胝足于土地上的农耕民族,把心灵和大地(尤其是农田)加以比照,亲切自然,无比熨帖。】

如果说,你在那片土地上受苦受累是为了实现你的愿望的话,那么今天,你的愿望在他人看来应该是实现了的。难道你觉得今日所受苦累超过他日所受苦累若干倍吗?请回答。你又一次摇头。头摇得拨浪鼓一般。

你是否说了这样的话:"早知今日,何必当初?"

晚风吹进我耳朵里的是什么样的一句话?田渠坝埂上的日子并不比今日驰骋心田的历程更苦。心田里没有边际,你想找出一个标准化边际,标出人性共同的颜色或形状,大概又是在做梦,而且是大梦一场。

月亮对你很不客气,狠命地瞪了你几眼,你继续往北走。在你的记忆中,水田之前,靠河滩的一块高出碱滩的方田上种过麦子，是这个村唯一的一片绿油油的地方。后来也就不种麦子了，那边改成稻池子后反倒让人很受累，渗水快，浇水时费劲，化肥也需要得多，产量却不高。

你的脚步太快，心也混乱了，你自己对自己说："我在干啥，我到底在想啥？"此时的你怕看见那些道地的庄户人，他们会说你饱饭撑的。即使你再真实，你告诉他们你此时在做什么、想什么，他们也听不明白，他们只能说："当年那个小丫头变了。"或者会在心里骂一句："吃几顿饱饭，狂的！"

你情不自禁地笑出声，笑得乌鸦也挪动脚爪飞到一棵相邻的树上去了。

乌鸦做邻居也并不那么让人害怕，一直以来，跟你做邻居的人实在可怕，他们的话说得高深，他们太高瞻远瞩，他们怪模怪样从不同的巢穴中走出来。有时，他们中有人把一把柴草扔到你面前，让你不敢生出任何一种属于你自己的念头。

你在田渠坝埂上走，突然明白，尽管这里面貌依旧，可这片田渠坝埂依然不同于那片。这些田渠边的草坯子都有你熟悉的印痕。把自己当作一片田渠坝埂，只不过是要画出一条印痕罢了。要哭就哭吧，要笑就笑吧，在北京哭和在巴黎哭会有什么不一样吗？在纽约笑和在西安笑使用的器官不相同吗？

迷惑感、迷离感是什么呢？

后退是前进，这不是谬论，你信吗？我信。这是一种劳动方式，插秧，在稻田地里插秧，就是后退着前进的。

吃粗粮种旱田的人，第一次插秧觉得新奇、神秘，劳作惯了的人反倒突然不习惯做农活了，技术员为每两个女社员准备两根线绳，池子的这一边插两根木头橛，两根木头橛之间的距离是秧苗落地的行距，两根线绳上系的一个一个的红布条，显示秧苗的株距。

旱田改为水田，这群社员如我一样，个个是新手。要让人手把手地教，像是进了一所关于农作物栽培的大学。

倒着走路的感觉挺别致，未知却平稳，只是撅着腚、低着头的感觉让血压高的人吃不消。

行距确定了，株距确定了，傻子都会插秧了吗？错了！有着一种模糊数学，不好计算，靠着心和手的协调把控，当你将右手伸向左手去捏那几棵秧苗的时候，要准，要快，是"三、四、五"呢，还是"五、六、七"呢，这个时候技术员教的可就没办法说准看准了，你无法往本本上记了。这里面有插秧人对这块地肥沃还是贫瘠的把握，有插秧人手捏秧时的准确度，还有责任心，甚至涉及个体人的性格。如果天生叛逆，你让我"三、四、五"，我就不，随便掰下两三棵就往泥里栽。这里面也仍然有艺术想象力、创造思维在起作用。

【批注：写的是水稻插秧。插秧是种植水稻这种农耕劳作的一项大活计，现在已用机器来完成了。可以这样讲，此一段里，作者并没有正面直接描摹和再现农田耕作的实际行为，但从"当你将右手伸向左手去捏那几棵秧苗的时候，要准，要快"这一句来看，小说已抓住了主脉，切中了命门。而后，作者笔锋一转，宕开一笔，就洋洋洒洒地叙写人的心灵了。却原来，这样一场上好的农活，是用"心"来完成的。手和脚，在这部小说里，在作者眼里心里，只不过是"心"的工具而已，是心灵活动简单的、粗线条的外显。是不是可以这样判断？只有中华民族的农人的后裔用"心"来做农活，而不仅仅靠手靠脚，才会在农田劳作中加入那么缜密的心机和那么细腻的情感。如果将插秧比作在上好的织锦上刺绣，也不过分。】

读书人的可怕之处在于设置能力，你重又拿出日记本，在池埂上走，除了记下谁人在哪个池子插秧外，你琢磨出一个绝招，让还没有想到要少插垄行多记工分这一层面的妇女劳动力们自然而然地"格式化"了。

"把每个秧池插满之后,要由技术员查每个池子的垄数,按垄记工分取粮……"你在池埂上足足转了十数圈,认真甚至苛刻地看着自己的女社员们在田池里劳作。她们呈现出听话驯顺的样子,平日里让人讨厌的泼妇也没话说,你很得意。当你下池检查偶尔发现棵数太少时,你的心打起了褶皱,特别是看见有的用力不均,盲目追求垄数和工分,而造成秧苗被泥浆埋到"五杈骨"时,你的心愤怒了一下。即便一天都插完,可秧苗不能返青、活不了,前面的事也一样泡汤。你将腿拔出来,在池埂里转圈,想找什么人合计一下,可是有什么人可合计呢?谁会生下来就带着办法呢?何况大家都是头一回种水稻。

当一个人把种田当作抚养十世单传的婴儿时,当你有不成功便成仁的想法时,你的想法甚至举措有时是残酷的。休息时,你向大家宣布了一个决定。

"插秧按垄记工分,秧苗返青后发粮食,如秧苗不返青,个人赔偿应为亩产的百分之五十,年底从口粮上扣除。"

【批注:俗话说,慈不掌兵,义不行商。还有一个成语,应用颇为广泛,叫作"人心叵测"。人性的恶劣与冥顽,时时处处都在显现。聂平不仅要当好这个生产队队长,还需成为人性的观察者(有点儿像狄更斯小说《匹克威克外传》中的匹克威克先生）和品行的治理者。由治理土壤的碱害，转向治理人性的凶顽，是一个巨大的转变和跳跃。小说至此走向深入和广阔。由显而隐，由物及人，由表及里，由单一到多元，由平行铺排到纵向深掘，由物质到精神。世界上的奇绝凶险，一重接一重。这是小说与现实的高度密合处，是艺术表现的精湛处。】

"呀！"

"啊！"

激愤之情跃然脸上，甚至还有一两句低骂的声音："骚 ×，一天一个鬼主意！"

池二姥爷、九伯、池家二丫头完全明白你的心思，便挨个儿池子向辛苦的劳作者解释。"大家留心注意，不要让泥浆埋了秧杈，少两棵，多两棵的。留心把控还是能做到的。要是让泥埋住秧的五杈骨，苗活不了，以前咱们受的那些累不就白受了嘛！这是最后一道难关，都是为了咱自己的一口饭，多注意些啊！"

"聂队长不容易，理解那丫头！"

"聂队长一口唾沫一个钉，说话算数，连包队干部她都敢顶，谁要真跟她作对，秋天的口粮真没地方要去，她是'新生事物'，到中央也没用……"

后边的话是九伯说的，有时他是很狡猾的，他了解这些没见识的妇女，有时不听邪。不拿出有用的话吓唬拍打住了，让泥浆盖住秧权的事是肯定会出的。

这个聂队长喝儒家墨水出身，仁爱之心出来作怪，看大家插秧格外仔细，三天以后，每日中午按每天实有工分先发了一半粮食，等秧苗返青之后再发另一半粮食。

对于你，这种体验，这种感受，这种学习，哪一本教科书都无法给予。

【批注：教育界早就有此争论：该不该有教科书这种事物？一派主张必须有，另一派则主张不需要。聂平"拍板"了：不需要。教科书永远解决不了纷繁现实里的复杂问题。教科书是昨天的经验，而人类面对的困境永远是全新的。聂平不是思想家，《那片土地》的作者，也只是一个写小说的而非哲人。但是，他们却心照不宣地一锤定音了知识经验与智慧的分野，而且，此种结论，绝不是空穴来风，而是从"那片土地"上得来的真实感悟。】

那一年，你做了一件事情，你竟对着如林的管理高手说了这样的一句话："管理是什么，坐在窗前去数，一辆吊车到底吊了多少筐土。"你这个本来跟管理无缘的人身上的管理才能也是那片土地教的，那片土地教了你很多。在那片土地上你读到的是真经，来的是真事。关乎吃饭，关乎饿死人的事，谁能不来真的。无论什么动机，进了新房的新娘没法不来真的。

月夜里，女社员们的嬉笑声，说粗话时没有遮拦的样子，音犹在耳，状犹在眼，叫"二舅母"的那妇女真是太辣了，竟然把跟她开玩笑的绰号"活龙"的大老爷们扯下池田，硬是喊人按着他往他嘴里塞奶头，让他叫妈，不叫出声来不饶他。服气她，是那样潇洒自如，毫无卑怯邪佞之气。中年妇女们甩着手上的泥点子为她叫好，挨饿的日子还没结束，白花花的大米还在想象中，人们就已经高兴成这样了。为什么吃着白大米，穿着时装，住着高楼大厦的人们，却没有这纵情一笑，却没有这满足的神情呢？他们就是如你一样的人，脑子不闲着，思考的范围没边际。为吃饱肚子思考，远比获得真愉悦、真和谐容易得多。

【批注：此处写了一个流行于乡间的、常见的、略显粗俗的游戏。一般盛行于成年男女之间。可以说，把乡风民俗挪移到小说里，并不是一件难事，许多小说都有过这样的描写和记叙。但是，游戏之后的那句话即"挨饿的日子还没结束，白花花的大米还在想象中，人们就已经高兴成这样了"，与简要叙写一个游戏拉开了距离。这么一来，这一桥段就显出了《那片土地》的不凡，它不是对某种文化现象的一种简单呈现，而是使游戏由行为进入心灵，由现实进入文化。此处尤其强调"挨饿"等字样，言辞锋利无比，如月光下的钢刀，诧人耳目。这部小说适时地、不失时机地深掘，足以显出作者的思想力度之强劲和文笔之犀利。】

其实，你是个怪物，我突然这么想，不必捆绑了那么多使命感，也不必非向潜意识要灵感，或许，你根本没必要承担什么使命感，根本没必要在乎什么灵感。就像你在那片土地上行走，你做着一种让人瞠目的奉献，也圆了自己上大学的梦，这不是很好吗？为何一定要苦苦地思考如何托出心里的真实呢？我已解释不清楚，我想的是如何与你做最彻底的分离……

有多少次，我都做着与你彻底分离的努力，大致算一下，到现在，也有四万八千多次了。但到底还是无法分离。世上说不清的事，自不必说清。把一些说不清的事当西洋景来看，也不错。像今晚，这月色很好的夜晚，你在田渠坝埂上搜寻的样子，比西洋景还耐看。

假若太阳出来了，庄户人家出来赶羊，捡粪，说不定会捡到一坨人粪。但没有人能知道是你在这里搜寻时留下的遗迹，因为没有人知道你会夜巡山野，因为他们找不出夜巡的理由，又不好说你得了夜游症，夜行一万八千里故地搜寻。

你开始为搜寻工作作结，还是太寂寥了。你问我："相信命运这东西吗？"我说有时不得不信。你又笑了，这次的笑纯属嘲弄式的笑。你攻击我说："其实你根本不相信叫命运的这个东西，否则，你早就不抗争了。"我无言，主要是我跟你对话的次数太多，都腻烦了。论述，争辩，并无结论。没意思。你搜寻你的，我考虑我的，两不相干。真的两不相干吗？你逼问我，逼我到墙角时，我只能说："命运这东西，还不是像你一样的人反复较量之后赋予某种生命经验的一个代名词？"信与不信，毫无意义。如果你受了命运的摒弃，没办法，造化使然，或者是因为你太执着、太简单、太固执，如果你没有被命运所胁迫，那说明你游刃有余，用我们中国人的话说，"修行得好""有和无的关系找得好，超脱得早"。你突然止住笑声，不无鄙夷地"哼"了一声。你说我混淆文化界限，又给我上了一堂政治课，说东方人写作，或者说，中国人写作之所以难于突破，是没有左右西方文化，或者左右世界文化的东西，无法跨越文化。我一听还真蒙了，被你击中了，还真的有点信服了。望着又远离我到田渠坝埂上搜寻的你的背影，我开始了低喊："喂，别又自以为是了。"确实，我们这些人之所以成其为人，都是因为犯了自以为是的毛病。

我在这长长的土坝上徜徉。我们的文化，别人的文化，哪个民族都有自己的文化，人们一直按着自己的某种文化方式生活，不都是以美丽独特的姿态存在于人类森林里的风景吗？"夫唯不争，故天下莫能与之争"，做个谦谦君子，这种文化不好吗？

你若说我很假，不真，我永远无法承认，我对谁都很真，对自己也很真。如果说不真，那便是难于触及、藏得很深的那块领地，真比金子都贵重。为什么触及不到？不敢，还是不能？是因为艺术功力还是别的？

"什么也不是，是文化的习惯力量。"

你的吼叫总是让我很烦，我总觉得我浑身融通着一种温文尔雅的美妙，我在很美的文化中生活。你说我说的还是远古的事情，你的嘲笑带着一种前所未有的犀利。我喜欢敏锐，但讨厌你那种咄咄逼人的气息，这恰恰暴露了你的短见，显出了你智慧产生前的强横。一个人，偶尔看到海水中映出了一道红色，便说大海是红的，永远不是真理，只能作为挖掘潜意识之后的发狂的诗句。亏你从前还是一个种过田的人，亏得上苍强按牛头喝脏水，让你在泥窝里受洗，不然，你的牛蹄子早都翘到天上去了，不会质朴。质朴不了的人，是什么人？不勇敢的人，不明白事的人。

别狂了！我把这信号传输给你了。一个人顺土坝往北走，会会九伯，看他回没回。潜意识里是想看那片早就落叶的杨树林里有没有我大弟弟。他是在爬树偷懒贪玩，还是在用耙子搂树叶子？按我的旨意在这片林子的外圈一搂，先留出印痕，然后每天加固，形成一圈叶坝。风一吹，叶子再飘落，让叶坝变宽。再搂，一条弯弯曲曲的叶坝将林子圈起来，里面的叶子都是我家的了，谁也不去动，不想动了，我们费的工时有限，收获的烧火柴可是多得没法再多了。

我大弟弟胖，白胖，虎虎生威，长得英俊，很机灵的样子。可是后来，我发现他智慧不足，有时并不按我的主意将叶子搂成印痕，也不在林子中这一堆那一堆地占地盘，我料定他将来做不了称霸世界的事。可是夕阳西下时，他就变成了一个有称霸能力的人，大声呼喊："快往一块儿攒，攒成大堆树叶。""干吗？""咱爹快来挑树叶了。"没多时，爹来了。挑着一副柳条编的细密的挑筐，挑筐底座是用红柳条编的细密的筐状的篮子，这篮子向外撇，篮子四周有四根比拇指还粗的细柳做的柱，这柱用灶里的热灰烤过后，弯成一个弧度，分别穿过筐底。爹一到，弟弟就活跃起来，滔滔不绝，显摆他搂树叶时的感受，还比比画画地说这片林子的树叶谁也不敢动，都是自家的了。当然，他说爬上树掏了三个鸟蛋时，爹笑了，嘴角上那抹笑无疑是在说："你小子甭显摆，还是你姐搂得多，你小子才有闲心掏鸟蛋。"

弟弟手舞足蹈，快乐极了。我还在思考夜里会不会有风，风大的话，叶子落得快，满林子的叶子都落光，我们三下五下把叶拾掇回去就不用再来了。房后的树叶摞成垛，一冬一春有柴烧，日子好过了。

爹不声不语，挥臂举耙，将叶子聚拢，拍打。一片褐黄色里偶尔夹杂着一两片奶黄的叶，偶尔还有搂出根根儿来的几棵野草跳到叶子上面来。经过爹手中耙的一番操作，那些叶堆变成了正方形、平行四边形。一堆一堆，一片一片，不，一层一层地被爹抱起来，举起来，又小心翼翼地放进挑筐里，两只筐成了两座小山，一前一后挑在了爹的肩上……

【批注：这是典型的乡村生活图景，是经由远古留存到当下的中国记忆，被小说《那片土地》细心地完整地珍藏，成为永恒的一瞬。乡间生活中，收获的快乐已染透了诗情画意，"一夜连枷响到明"即是。此处虽然只表现收获烧火柴的场景，却已把农人的快乐表达得极细切、极明朗。在贫困、饥饿以及严酷无情的自然条件的背景下，此处炫目的一抹为小说增添了一道七色彩虹。美妙存于朴素的生活里，正如同罗丹的名言：生活中不缺少美，缺少的是发现美的眼睛。《那片土地》的作者，给现实生活中的人们提供了这样一双发现美的眼睛。】

爹负重前行，速度很快，弟弟和我一前一后，跟随着两座山一样的筐。记忆中，有一种感觉，很安全。天快黑了，跟爹一块儿回家，啥事也不怕，谁也不敢动我们，安全。弟弟的快乐在嘴上、眉眼间，在那重重的眉毛上。我感觉他有一种英雄感。他也会是一位父亲，而且是更为英雄的父亲，那一瞬，我又觉得他是有智慧的。在那片林子里，我是一待大半天，他也是大半天，除了搂叶子，他还玩耍了，他耙回的快乐不少。爹没有话语上的流露，但那眼神，分明是给他鼓劲的。几十年后，爹去天国前，跟大弟弟生活过一段时间。确实，爹是更喜欢他的。他下班回家，还常陪爹摸几回小牌，让病中的爹少些苦痛。弟弟的孝行来得顺当，不僵硬，不是"百善孝为先"理论指导下的纲要路线。弟弟是孝顺的，也是智慧的。

陈芝麻烂谷子的事一溜烟融进脑子里，早把你的高深忘了。

正在我胡思乱想的时候，我听到"洋炮"（长式木枪）的声音，扑棱棱，不知是麻雀还是乌鸦，从我头上飞过。

土坝的那边好像有一堆黑乎乎的东西，这团东西是从聂家树林南面的猪场滚过来的，滚到土坝上不动了，像是人在拉屎。

离那东西很近的时候，我突然觉得恶心，那个人在吃自己刚拉下来的屎。又近了一步才发现，她是陈家的女疯子。哦，她怪怪地看着我，白牙很显眼，两腮上染的是黑色的胭脂。她突然"嗷"的一声大喊，竟喊出了我的小名。不是幻听，确定，她喊了我的小名。她都疯了二十多年了，怎么会记起我？我抱头鼠窜，一口气跑到土坝的东边。我蹲下来就吐，把肠子都快吐出来了。太恶心了！

疯子吃屎。人，吃屎，吃自己拉下来的屎。土坝东边的一片池田里突然闪过绿油油的身影，水稻分蘖时会有声音，池家二丫头往池田里扬化肥、尿素。她竟跑到池田去了。

"轻点，别踩断根！"

我去拦她，也掉到池田里了，失去平衡地摔倒下去，扑乱了一片秧苗。池家二丫头把我拉到坝埂上时，我手里还握着一棵秧苗，白花花的新生根，根上缀着一个羊粪蛋，像是人肚子里拉出来的蛔虫。我把绿苗塞进嘴里，连粪蛋也进嘴里了……

【批注：略一动脑子，便能辨识出来，这一段肯定是夸张。但猛然读来，却如春风化雨一般平易，如同发生在眼前的事实，其顺畅自然似一呼一吸一般。扑倒在稻田里，抓了一棵稻秧，扬着白生生的根，把那秧塞进嘴里咽下去——顺带着还吞下了一粒羊粪蛋儿。对于一棵秧苗的爱，竟达如此，亦真亦幻。这不可能不是夸张，但似乎又不是夸张。让人想起了《三国演义》里的英雄夏侯惇。他眼睛上中了一箭，拔箭时带出了眼珠。他竟把滴血的眼珠塞入口中，嚼碎吞了下去。一千多年的时光已然逝去，生活却复盘了对生命体的那种极致钟爱。历史虽不一定重演，但历史绝不会失忆。】

我吃屎了。你不能嗤笑，你也吃屎，哪棵庄稼根上没有粪，没有人粪？我们都是吃屎长大的，这不可笑，可笑的是有些人不是为填饱肚子而吃屎，吃起来没够。比如你，比如像你一样一定要写出点什么作品的一类人，充其量是把一些经历过、体验过、认知过的玩意儿，通过回忆咀嚼加工制作成什么其他好看的"粪球"给别人看，让别人"吃"。那不是"吃屎"，吃自己拉出来的"屎"吗？和陈家疯子一样吃屎吃粪吗？臭味越浓越有满足感……

回去吧，走，别闲扯了。我对你下了命令，不再等九伯。对于你，他没用，以前管用，现在不管用，像陈家女疯子，病入膏肓，几十年医不好，就是医不好了。恕不奉陪，走了，回家了。去找弟弟，爬树，掏鸟蛋。谁给你的权力？辜负生活，引导人思考跟粪球有关的事，讨厌，恶心。

我义无反顾，想越过这条土坝，回到村子里去。可左脚好不容易迈出了，右脚却说什么也迈不出，有钢筋把我给绊住了拉住了。我无法离开原地，我便往高里跳，钢筋也往上移动，而且钢丝悬在空中，越变越粗。我成了杂技演员，我在走钢丝，手上还有个挂棍一样的东西，我想停下来。我知道，停下来就得摔下去跌个粉碎。可怕，这好像是云南的野象谷。野象谷里，野象不见踪影，不要低头往下看，摔碎脑袋不是好玩的，还是抬起头，调整两肩，两肩放平，希望快些到达终点，逃个活命是真。

【批注：毫无疑问，这是关于灵魂活动的描写。很显然，灵魂此时脱离了肉体，至少也是完全控制了肉体。因为作者明明白白地告诉我们，她没在幻觉里，而在真实的感觉中，在现实生活中。比如走钢丝、野象谷，就是明证。灵魂如此大胆示众，灵魂将其原貌大白于天下，是胆识，是勇气，更是干干净净纯纯粹粹的不染凡尘——尽管此时正身处红尘世界里。此一举，堪比《红楼梦》里的林黛玉的本性。质本洁来，永葆纯洁。世间，唯有一个"洁"字了得。】

我已被吓出了一身冷汗，秋风紧，风吹脊梁，直通肺腑，咳嗽，一声接一声震得树梢上的残叶吱吱作响："轻点咳吧，别把我震下去呀，我要守护家门，别把我震下去呀……"

深呼吸，控制，不能再咳。这是祖传，到了这季节，就该咳了，没有控制它的秘方。甭理它，该咳就咳，不用理睬医生，随便一页处方，不管用。这种有根底的病，医生治不好。随它去，甭理它，该好就好了，该不好也就不好了，该怎么样就怎么样。

我不再控制咳嗽，把眼睛闭紧，当作天地间什么也没有，无天，无地，无田渠坝埂，无我，无女疯子，更无吃人屎的事。

一空万事空，等我重新睁开眼的时候，皓月当空，旷野如洗。我不再招呼你。似乎你也无从存在。我只是觉得太冷，都是因为无霜期太短，刚灌浆的稻粒很有可能夭折。这时的我，不能不相信你关于命运的说法。无霜期短是百年不遇的，百年不遇的灾害硬是让你遇上，幸哉？不幸也！

想象力，创造力，这东西应该是存在的。有派上用场的时候，它就存在了。

天马行空的你，神经一受刺激，就开始兴奋，一兴奋起来，创造力便前无古人，后无来者。

排水渠、进水渠渠口处，宽一点的坝埂交错处，浓烟滚滚。

"醉里挑灯看剑，梦回吹角连营。八百里分麾下炙，五十弦翻塞外声，沙场秋点兵。"这里不是辛弃疾笔下的营垒，却响起了胜似营垒的号角。

【批注:《那片土地》里，多处多次引用古诗词，也引用过其他文学、哲学著作。但在此处，我们却隐隐地感受到了别一种意味：不是一个小说家在写小说讲故事，而是一个诗人在行小说家之职。他的左眼注视着诗，右眼却纳入了故事。他双手运笔，一只手写诗，一只手写小说。他有两颗心，一颗心被诗情澎湃着，一颗心被故事浸润着。在此，不仅小说《那片土地》跨界——横贯了诗歌、散文、小说三种文体，我们还完全有理由认为，作者本人，也游移于多种角色之间——小说家、诗人、游吟者、

思考者、哲人和先知。】

夕阳刚刚枕在山脊处，拢聚在一起的柴草就被人点着了。烟雾腾空缭绕之时，你的诗意不知在哪里藏身了。西天边粉、黄、红，猩红、嫣红、殷红的光、霞，把你的脸也涂抹出英姿飒爽般的韵味，死到临头不认输的气韵是从无霜期短的那年秋天诞生的。

【批注：人与自然的联系是由人的日常生活和生产活动来体现的，既不是诗情，也不是哲思，更不是口号和金句。《那片土地》里，当早霜欲夺走人们可能获取的劳动果实时，聂平带领农民们采用了最温和、最柔婉也是最决绝的方式来保护自己的可能的财富。他们点火生烟——这是不是有点儿像佛像前的香火？不，这是比香火更虔诚的一种供奉，是淳朴情感的淳朴外溢，是人类善良天性对自然的真切理解和真诚的沟通。如果细品，仿佛觉得，聂平和一群人，已幻化为那片土地了。从本质上考证，他们和那片土地，应该属于同一类物质。】

想用烟雾与悄悄到来的霜短兵相接！奇怪的是，那些只知吃饭睡觉的庄稼人也跟你一起染上了狂想症，陪着你、跟随你守在田池边，八点，九点，十点，十一点……梦在烟霜交融的兵法中演绎着。

你这反对权威的人竟让别人把你当成了权威,你虽然没说"你们太落后了"那句话,庄稼人也没把你当成世间的那个小丑,可是,在那个烟雾缭绕的傍晚,沉默的你成了权威,成了七八十户人有令必行的权威……

你的话越来越少。该想的事不敢想了,该说的话不敢说了。什么大学校园的林荫路,对你来说,只能作天方夜谭处理。现在,只能是和庄稼人一起,手挽手每日跟早到的霜对决,从魔鬼的口里往回夺吃的。稻子大半灌浆,有的已快硬浆,哪怕要回一半饱满的籽粒,收割打场时,能管上社员一顿白米饭,也算没白忙乎一春一夏加半秋呀……

科技是生产力,对吧?有一天,公社农机站突然来了一个背喷雾器的人,他说那是增产灵,有作用,能催籽粒早熟。只能死马当活马医了,这,对于好幻想的你来说,管用,用不着说服。夜幕中,你第一个背起喷雾器,光着脚丫在田渠间奔跑。娇惯的你也无法去在乎女人常有的例假期,只能吟着诗,唱着自己谱的曲子,在稻秧间穿行了。脚下的根在呻吟,每个池子里都有无情的脚作孽,断根影响灌浆。任谁也没法寻找到完美,更何况这是大灾宠幸之时。无霜期提前到来,咬紧牙关喷雾要紧。雾染秀发,雾染林梢,雾染清清灵灵的渠水。雾也染白了人屎。

你和池家二丫都拉肚子了，顾不上寻找合适的地方，四周皆水皆秧皆人头，何处寻找，你俩把屎拉在了同一条渠里，化为肥料流到稻田里，促成籽粒……

【批注：又是一种与自然灾害——早霜的对抗方式——喷增产灵。田间白雾弥漫。这是常见的一种农田耕作，但此处却成了吟诗唱曲。由此即可判断，《那片土地》绝不是一部简简单单的乡土小说，也不仅仅局限于书写农事农时农人农村，而是一首抒情诗，是弥散在纯粹大自然里的诗情画意。她大幅度地秉承了自宋朝以来山水田园诗派的风韵。可以断言，把农事农时幻化为诗，又演变为小说，是由《那片土地》完成的一项重大使命。她跨越千年，直接连通了范成大和杨万里，使得大宋王朝的诗意与当下的小说息息相通血脉相连，甚至，两类文学的灵魂得以在当下对话。】

平心而论，我们花费了很多没用的心思，也做了些有用的事，如果把没用的心思都用在有用的事上，那不是对生命价值最有效的利用吗？

你只是笑，这次笑得很轻，把笑衍化成语言，是"对牛弹琴"，是"秀才遇到兵，有理说不清"。其实，我想把攻击你的话修饰到一定程度，一股脑说给你听，你总是以为你自己很有用，还以为自己超凡脱俗，超啥凡？脱啥俗？你也是个吃谷子的人，怎么会不"俗"？

其实，并没有其他什么人想攻击你。因为认识你的人很少，你想认识的人更少。当然，要是有很多人产生了热情，幸运之神就光顾你了。大概是天有些凉，我失去了陪伴的热情。我知道，攻击也无济于事，我对你的攻击并不影响你痴迷地搜寻。说穿了，没啥可搜寻的，就是因为你在这片土地上存留的时间短，如果你一辈子居留这里，靠这片土地的籽粒活着，苦累终日缠绕你，你还有啥可搜寻的。所以，你选择有月亮的夜晚在这里上演恋旧哑剧就对了，如果光天化日之下，那些和你并肩战斗过两年却并不理解你的二大爷三大娘，肯定骂你穷讲究，显身价。

但，我又可怜你，或者说，有点明白你。你在搜寻自己的过失，你在评判人的好坏。好吧，放开你，好不容易这么尽情，这么无所羁绊，舍命陪君子。一是盼九伯早些回，一是盼你能早一点刀枪入库，或金盆洗手，我们都可以从此得解放。

我想起来了，土坝的东边有一片像岛屿一样大约有一亩半大小的稻池，不知是何模样了？我想去那里逛逛。想起来，庄稼人最懂哲学了，他们也知道做事想成功先挑最简单的做。那个像岛屿一样的靠近沙包地的稻池，当年谁也不想要，谁也不想平整那样的土地，抓阄抓到手也都扔了出来。尽管"地主羔子"、八爷、九伯、池二姥爷等技术组的人一致把工分提到九百分乃至一千五百分，也没有人揭榜，记得，泡池子拖池子开始时，那个小岛还在那儿耸立着。后来包产到户，就像《农事》里描述的联产承包责任制时也没有人要这片小岛吗？那座"公岛"，带有国际性了。

往"国际小岛"那边走去的时候，我突然被《农事》里的故事吸引了。主人公温全臻是典型的中国人，典型的庄稼把式，或许把他研究明白了，就应该懂一点事了。他给儿女择定婚配的事挺值得研究。大女儿的公公是个经商的，二女儿的未婚夫是子承父业的木匠，没过门的儿媳是长了龅牙的丑女子，住婆家时就抢淘大粪的活，能挣钱，有技术，吃苦能干没二心。小女儿与小戏班班主之妻情义浓浓，是因为看上了班主的儿子——唱小生的汤武。这倒让温全臻颇费思量，辗转反侧不得安宁。原因是唱戏不能当饭吃……

庄稼人来得真，来得准。

几多回，我都遐想，如果二姥爷的什么侄子有很高的权位，我会托人推举一下你，说你是个奇人。你做事有提前量，总是在国家政策颁布之前就开始行动。比如"毒草"《送药》吧，学校里继"文化大革命"以后又闹开门办学不上课的"反潮流"，学校里你分管文宣工作，便写了剧本《送药》，作品中学生"反潮流"不上学，掏雀蛋摔折了腿，被批的班主任夜过冰川给学生买药，学生感动，涕泪纵横地扑在老师怀里，说悔改了，不再"反潮流"。于是《送药》被定为"反反潮流"、跟"中央"对着干的"毒草"剧本，害得你这样连做梦都想上大学的人从此在政治上有了污点，失去了被推荐上大学的机会。命运总是牵着你的中枢神经让你大梦不醒，你曲线救国，又开始做梦，到盐碱滩上来做梦，在吃大锅饭的这片地里，在这群人当中，你把田地横纵切割之后，插木橛，抓阄，按工分分粮，哪一项举措不是"走资本主义道路"？如不是有"新生事物"这顶桂冠遮下的阴凉，会怎么样？可没过几年，农村联产承包责任制与你的定额到人的农事管理是一模一样的！你的大脑袋里装的都是些什么呀？总是比人提前一步想出来、做出来。因不合时宜而受伤害，因不合时宜而成为种梦专家。

我没有特别充分的理由中伤你，但我有理由不喜欢你。你把我的生活搞得零乱，不安定。你把我和我自己，和别人乃至和存在着的生存方式孤立了起来，而且没日没夜，没完没了，这块心的领地永无宁日。谁能买你的账？只有我买你的账，想买也得买，不想买也得买。今日里随你前来也是我自己愿意的，是该了断的时候了。咱们清算一下往日的旧账，功过无结论，也不必论，还是对着天上的月亮说个明白，这么多年跟着你颠簸，跟着你没有边际地游走，面包是有了，该有的是有了，可我不知道哪里是安全岛。我想日薄西山时还我女儿装，跟你一刀两断，我不想再做梦了，绝不！你做梦成瘾、成癖！我累了，我想休息。我真的不想再继续下去了。等九伯回来，他迟早会回来，他是我们生命的见证人，我要告诉他，我要和你决裂。

这片土地，确实不容忽视。一缕风顺着衣领穿过脖颈的时候，我清醒了许多。攻击你的灵感在消失。

在黑魆魆的西天边沉睡着一些无法看清的东西，也是我一直想看清的东西，那堆黑魆魆的东西强烈地吸引着我。黑魆魆的东西那一边到底还有什么？等到天亮，我向地平线奔跑，看看那灰白色的线是如何一个模样，不会有人欺骗我吧？等我跑到地方，地平线依然还在别处……

我觉得今晚很好，你是个神机妙算的人。我有些怀疑了，到底是你把我骗到这片土地上来了，还是我勾引你来这里的？也许是一个叫"迷茫"的魔把红绳系在了我们的脖颈上。来这片土地，会走出迷茫。

看着月亮，它并不对我有专宠。它照旧轻悠，一副清高模样。我知道，你一定高不过它。它那副漠然的不用炫耀就高贵的神情，仿佛随时会遁去的飘忽神态，十分有魅力。自然有数不清的仰慕者。我就是其中的一个。我仰慕月亮，嫦娥拥有玄妙的美。

【**批注**：月球这个天体在《诗经》中就已然入诗，在以后的历史进程中，又入神话入文章入戏剧继而入小说，以至于成了中国历代文人的专宠。《那片土地》也不例外。在此处，月亮成了一种精神符号和美学象征，成了一种人类追求的精神境界。诚然，作者已卓有成效地对接了传统，而此处又把它丰富放大，高悬在心灵的宇宙里。】

这片土地到底给了你什么？给了我什么？

你能准确地回答出来吗？我能吗？

我摇了摇头。

这片土地从来没考问过你什么，也没让你回答过什么。然而我们都常常对着它含情脉脉，它对我们很有吸引力，我们对它有情意。确实如一册书或一幅画，每看一遍都有新意。

　　我知道，这片土地是真的属于我了。是吗？或许应该说，我属于它了。

　　月亮伸出一只手，拉了我一把，又轻轻地松了手。我便跌落在一座山的山顶上。眼前满是水，有一个冰块飞腾到我的脖颈上，顺着衣领滑下去，变成了温凉的水一直流下去，渡过一道沟变成浊流浸渍着我。

　　我无法说出藏了几十年的感受，我很想把藏了这么多年的话说出来，可说给谁都不恰当。说给头顶上的月吧，月亮太清高，我怕它不屑一顾。只有说给土地，土地如母亲，本身就具备无边际的包容性。你拉我到这里来也好，我扯着你的头发来这里也罢，我们终归来面对这片土地了，面对母亲时，卑怯感就会消失，诉一诉委屈，擦去一串泪水，心里舒服多了。我不再搜剔你的过失，你也不必评判我的好坏，一切都没有意义。

　　不知是疲惫还是太困顿，我睡着了。我是躺在土坝上睡着的，我做了一个梦，梦见我自己死了，进了炼人炉，炉中火正旺，但我看到送我进炉的母亲和弟弟，我大声地喊："娘，救我，我在这儿，拉一把我的手。"开始，她听到我的喊声时好像迷茫地寻找着什么，不一会儿，她听不见我的声音了，我也看不见她，但我看见了弟弟，他看见我的手在炉火中摇晃。他能听见我的呼喊，本可以拉我一把，把我拉回去。我快要到炉口了，弟弟的面庞是那么清晰，我能想象出他平时喝酒后的神情，一个劲儿地傻笑，还一个劲儿地说："我没醉，喝酒就像喝凉水一样，缺了水怎么行。"他笑起来的洒脱劲儿使他显得更加英俊，但他是没有主见又心太善的人，他吃了许多亏，也受过不少苦。其实他胆很大，可今天，他怎么这样害怕，他明明看见我向他伸手求救，却硬是装作没看见，扭过脸躲到别人的后面去了。

"弟弟，救我！"

我看不见他了，谁也看不见了，火焰完全淹没了我的呼喊……

醒来时，我是躺在九伯家的。九伯回来了。家里很乱，冰箱里没狗肉。他端到桌子上的是红烧野猪肉，还有红酒。他说他涉河而去不是为听戏，是为了给人买匹枣红马，顺便卖一车木头。他重操旧业，做生意弄买卖，他的谈兴很浓，我听你和他说别后这些年的事情，他说了分别后这片土地上发生的事情，说到村落里的大人孩子。我的眼皮很沉，只想睡去，但我知道你和他谈兴正浓，天南地北，海角天涯，听着，听着，就觉得有点不沾边。

九伯一直在说，你听得很入神，我已在梦中。

下　卷

◆◆◆

　　我一直在梦中。梦中，我穿越了阴阳界。灵界里，我看见了我的父亲。他不再像当年挑柳条筐为我们装树叶那般沉默，小虎牙依旧含着笑意，话比以前多了。曾祖聂晋宇告诉我，父亲做了农政司司长。

　　【批注：下卷的开头处，叙述了一个梦。梦境是灵界，也就是常说的阴间，也可能是天堂。梦里的世界是另一个世界，故去的亲人聚集在那里。这本是个心酸的话题，但在小说《那片土地》里，却抹上了几丝笑意，甚至，阳间里的普通人，竟在阴间当上了农政司司长，这似乎要比活在阳间时好出许多。这是一种浸透了苦涩的美好。不得不佩服作者的想象力，还得为其出色的搭配拼贴之能力称奇。阳世，阴间，梦里，笑意，司长，这些词让人觉得五花八门，千奇百怪，但又入情合理，顺畅自然。】

火炕上的饭桌在颤抖，红酒溢了出来，你和九伯在喝酒，你在笑。大概你也在说梦话了，说的话不着边际，断断续续地直往我的耳朵里跑。

你好像在质问我。

"你崇拜过谁？"

我应该崇拜过什么，可是，如果你现在问我，最崇拜谁，我只能说出两个字：迷茫。

其实，你早就不想问我这个问题了。

今天早晨九点左右，我突然蹦出一句话，其实我最崇拜我的母亲。你同意我的说法吗？

那是午时，初春的太阳很明亮，母亲略微佝偻一下腰，支撑着腹部的重量，默默地毫不声张地掀开高粱秸编成的炕席，堆在墙脚的略显淡黄的沙土露出来，那是奶奶十天前用铁锅炒熟的沙土，据说这种土无菌。

十二时整，我就诞生在那堆沙土旁。那堆沙土和着血水还伴着特别响亮的啼哭，成了最具历史意义的象征物；我，成为我母亲最具创造力的杰出作品。从某种程度上说，我的出生也具备诺贝尔奖的一个要素——创新性。因为我是母亲的第一个孩子，在这以前和在这以后她都不可能生出我这样的一个孩子，我不是双胞胎。在这以前和在这以后，别人也无法生出一个和我一样的孩子，因为哲学家说，世上没有两片同样的树叶。

【**批注**：只读出一个词：特别。从未见过有人如此写
小说。似乎在追忆，又似乎在思辨，即使使用了写
实这种常见的手法，但其中又不乏想象。百分之百
的混沌，而后又融合。天、地、阴、阳、土地和
人，一切一切，都呈现可交融的状态，即混合，要
么是形上的混合，要么是神上的混合。可以猜测，
作者不是在写小说，而是在描摹或再现某一宇宙里
的某一瞬间。一个生命诞生的一刹那，和由这一刹
那引来的心理的、情绪的、情感的和潜意识的变化
或波动。一个人物降世临凡，一个新世界从世界的
边缘处出现。这个世界是全新的，从哭声到思考都
是新的。】

扪心自问，我不如她，你信吗？我无法写出一部无与
伦比的书，我无法从任何一个角度认证我的创新能力，一
时又不知该最崇拜谁，那我的潜意识里便蹦出了"我最崇
拜我母亲"。

我知道，现在你这个孝女对她的思念也日渐淡了，不
能说你开始麻木了。后来我多次去过她的墓地，但环境、
时间、人物都不适合我与她对视，更不适合向她倾诉点什
么，因为不够宁静，不够孤单。

　　哪一天，我真想带你再去见见那一抔黄土，那个用几块青石垒起的坟门。不用说，坟头的那串花环早就不见了，那些被我亲手建造的花之宫殿也早已没有了痕迹，那遍布坟头的条幅，那铺满坟墓的绢花，那些全部由我扎成的大花篮，还有那绣制成的祭文幕布也都无从见证了。

　　或许你也听到了，黄土前后左右的哭声，不绝于耳的哭声。只要我临近那土坟，距离接近两米，哀哭声就从天而降，哭声幻化成雨声，淋漓滂沱。我的母亲，就是这样爱我，我就是这样面对着母亲。我眼前反复出现炕席底下那淡黄金一般的沙土，伴着无与伦比的新生儿的啼哭。

　　不知你信不信，上苍对你有恩赐。你应该是有记忆的，那是太阳刚刚落下去的时候，你在一家医院前大步疾走，追逐的目标是一个一米五七左右的老人，上衣是棕色的，短头发，身材苗条，气度不凡，腰板很直。

　　你离她越来越近，三米，两米，一米……亏得你没喊出声。当你和她并肩时，我发现，她不是母亲。可她的眼睛注意到我的眼睛，应该脸上有笑容，我像是认识她似的。

　　"回家？"我问。

　　"嗯，回家。"

　　"多大了？"

"七十三了！"老人回答。

"啊，和我母亲同岁。"

"你母亲……"

我早已走远，我坐上出租车的时候，她眉宇间那两道竖着的皱纹，和我母亲的一样。我记得你常说，晚年的她脸上有凶狠的表情，我没反对你的说法，但我不知为什么，为什么那位年轻时很婀娜秀美的女人到晚年那么凶狠，让孩子们只怀敬佩欣赏之情，却寡淡了喜欢之心。你说，是因为她的上进，因为太多的遗憾，太多的失落……

今天，想起来，你的话有深意。或许是因为我上进得还不够，努力所换来的成果来得太迟了。

愧疚，遗憾，曾经那么久地压迫着我……我确信在一个神秘的空间里有一种神秘的力量依然在演绎着点什么。你应该是有印象的，那天，我们几个人去看一处写字楼，那楼位于一条繁华大街的街角，可我们要购买的是顺着这个街角一直往北走，与一大片住宅楼相连的弯处那栋三层楼的一部分，既然几个人相信我的眼光和主意，我也很投入地步量跨度、查看洗手间的设置。要么是因为审美疲劳，要么是终于发现了这个处所的某种不适宜办公的地方，不知什么时候，我悄悄地溜出来，站在那块吸引着我的露台上。正对的是一家住宅楼的阳台，一位老伯在拉成一条线的绳上面挂"豆角丝"（把鲜嫩的豆角剪成长条，晒干后作为冬储菜用），阳台上坐着一位背对着我的老太太，不用说，她在剪豆角丝……白色的秋衣，罩着棕色的马甲，头发略显稀疏的头顶，刚毅的轮廓……

"看，你们看！"你肯定也在捂胸口，很多人都听到了我的尖叫。

没有人会说我过分夸张，你无法不承认那是母亲的再现。

也许是理性的恢复，也许是老母亲的护持，我并没有从露台上跌下去。这个露台和那个阳台的距离还是太远了，我的胳膊太短了，我的手说什么也不会摸着她的耳郭。她徐徐地站了起来，臀部有点宽，腿根处有点粗，裤子有些肥，不属于母亲苗条的身材。不用揉眼睛，鲜活的再现的母亲形象幻灭了……

你不该阻挡我，如果我下了露台，立刻去敲那栋房三楼西户的住宅门说不定我会见到她的脸，如我母亲一样的脸。如果我还能听到她说上几句像我母亲常说的话，"你们要争气呀""人活一口气……"或许就能证明在消失、变成粉末之后她重新现身了。那可能现出的母子亲情的一瞬，该多么珍贵。我没有怨过你，因为在一个黄昏时刻，我去敲过那间楼房的门，敲了很长时间，开门出来的是那位沉稳的老伯。我说我要进屋看一眼他的妻子，惊慌之情风一样掠过他左眼角处的皱纹，见他要关门，我急着说出那天露台上所见的情景和我的心之所想，他收回了他的疑虑且略带愤恨的目光，门"咣当"一声关上了。

【批注：无疑，这是真实发生的情形，却建立在虚构的基础上。聂平去寻找她的母亲（已故去），却找到了现实中的一幢房、一扇门，还有现实中的某个人。虚幻的背景与现实生活结合得天衣无缝，虽然不排除虚幻背景后面那一串母女情深的影响，但在小说里出现这般细腻、真实得不得不让人相信的情形，还是颇让人惊诧的。读者惊诧，小说中那个男性老者惊诧，抑或聂平也惊诧，甚至作者本人，在书写下上面的这个情形后，也会惊诧：哪里掳来的神来之笔呢？】

在那以后，我又去过，可我并没有敲门，我知道，上苍对我的恩赐不过如此。

我知道，只有你不说我矫情。也只有你能了解，那段日子，我疯癫一般。生活有时不公道，人总是不能在自己栽下的树参天之后享受到足够的阴凉，我母亲属于这一种。

思念和思考搅在一起，将繁衍出什么东西来，很难说清。其实，贤圣早已告诫，凡事不能执着，百善孝为先。

夜里，你曾对我这个孤独者说，这一切都源于我把"孝顺老母亲到永远"当作了将革命进行到底一样的唯一生活目标。母亲在世时你竟然在某个早晨，经人介绍去见了市长，跟市长唠嗑，问及人家和母亲的生活，走出市政府大门你还沾沾自喜，对自己说，你实现了目标，你母亲过上了类如市长母亲的生活……

【批注："执着"一词，在凡俗生活中和在佛教教义里，涂有不同的感情色彩。现实的凡俗生活将其奉为奋斗者的圭臬，在佛教徒眼中和心里，它则略呈贬义。那么，作者在"孝顺"这一行为前面加了"执着"一词，却让人不得不竖大拇指了。生命旅程中，会有多种际遇，分别出现在几十年里的不同路段上。而母亲则是第一段，也是最重要的一个际遇。那么，聂平此处对母爱之报答极致的执着，已达巅峰。在这部小说里，爱自己的母亲之甚，与从盐碱滩上种出来水稻一样，超出了人类日常的经验范畴，成为艺术想象的而又触手可及的洋溢着体温的现实。】

太执着了！

真是太执着了！

只有你这么了解我的执着。

　　我很少真正地与你见面，你也很少有机会与我静静地对视。这些年来，我们很少能扪心自问。我和你彼此眷顾的时光被什么人偷走了？心灵很难在阳光下栖息。

　　其实，也是好事。如你我常相见，常相顾，常相倾心，也许苦痛会如麻绳般将心缠紧，紧得让人痛不欲生。还是那句话，上苍赐人礼物都是有选择的，赐我忙累是爱我。

　　那天，月光很好，我静静地躺着，我对自己说，我在享受月光。虽然，我没有在春天里享受到月光。没有在春天里享受到月光的人只有我一个吗？我很少这么问，我是世上最不幸的那一位吗？不是吧！

　　那个月光很好的晚上，你的元神出行了。你飞得很远，那条界河，那片在风中作响的稻穗，还有那片颤抖着奶黄叶子的杨树林……

　　那个夜晚，你很美，很可爱。我终于发现了你可爱之处。多少次我想约你同行，去看那片稻穗，去看那片杨树林。

　　那时的你，也并没有多少笑意，你眼睛从不看别人，大概也不知道什么人看过你。你的眼神都在一个像是被你编织的什么目标上。秋风起的时候，你起得那么早，肩上扛了一个耙，直奔那片杨树林。早晨的林子并非叶子纷飞。露水很重，汇聚成滴，沿着叶子的脉络从叶尖滑下来，按着宿命的曲线掉到某棵树的根部，那便是找到了归处。你盯着那片叶，很久。你想什么呢？不知道，应该是想得很远、想得很细，是不是也把自己当成了那片叶，也在问你的归处？时隔这么久了，我的文档里没有记录下当初的真实。只是觉得你的唇抿得很紧，眉头稍皱，睫毛忽上忽下动了动，那应该属于诗情一类，那极短极神秘的一瞬若被某个空间生灵见了，应该一石激起千层浪，应该是"纤云弄巧，飞星传恨，银汉迢迢暗度。金风玉露一相逢，便胜却人间无数"。只可惜，在该呼应的时候很少会遇到呼应，不单是你。矜持的你只是拖着耙往前走，漫无目的地往前走，走到边缘处，你停下来，沿着这片林子的最西边，一耙一耙地搂叶子。一耙一耙地都留下了痕迹，像鱼鳞轻轻地向外翻卷。你搂叶的动作自如，有心无心的样子。当太阳升起的时候，你捋了一下鬓角处的短发，耙子终止了挥动，你开始沿着旧路往回走。

　　秋风起舞时，每一个东方欲晓的时刻，你都沿着旧路来到这片林子，那耙都在你的意识里重复着昨日的曲线。在这片不算大当然也不算小的杨树林的边缘，由叶子做成的花边越卷越大，慢慢地，树林四周被你筑起了围墙。秋风渐紧，叶子落得更快了，林子中央的叶子由奶黄变成了橙黄。你的目光也变了，荡漾的秋波里翻卷着些许攫取的小旋涡。

【批注：小说里缺不了心理描写。有的小说家甚至把心理描写作为主要的叙写手段。但在此处，心理描写却呈现了别致之处，即某一时刻的心理活动，与那一时刻的现实——包括自然环境、人物活动、人物外貌进行了奇妙的结合。这不是物理化学意义上的混合与化合，也不是生物学意义上的生物化学变化，而是与生命遗传与变异一般的变化。可见，作者此处的用笔，不是让人明白读懂——不是内容上的一种展现，而是标明一种存在——小说中人物的心灵与人物所处的环境、人物所运行着的行为是一种完全合一的存在。这是一种割舍了主题、抹掉了状貌的存在，与当下的流行语"神一般的存在"，似乎异曲同工。】

我的心抽紧了一下，我怕，不，我来不及怕，你手中的耙，挥动的频率更高了，林中竟然出现了分布不均匀的树叶堆。从你为这片树林筑围墙的时候，村落里就没有人再敢到这片林子里搂树叶了。秋风扫完落叶的时候，你家后院里就竖起了一垛树叶，整个冬天，明年的整个春天，乃至整个夏天，你家做饭用的烧柴都不愁了。

你一个人手中的耙远远超过了几户邻居全家老少手中的数十张耙。你在搞圈地运动。却原来，欲望是从叶子里钻出来的，你的这种扩张攫取的欲望，不知你自己意识到没有。我是一个马后客，我是在吸吮岁月足迹时才发现人的劣根性的。我想说欲望是与生俱来的，我不是哲学家，我没有必要重复这些发酸发霉的话，我只是感到惊悚。当时的你，豆蔻年华，就被自己的本性玷污了。用小小的竹耙向这个欲望的世界发起了最温柔也是最机巧、最凶猛的进攻。

【批注：所有的人，都不会否认存有向其所处的世界索取的欲望，连一只爬虫、一棵小草也不例外，但索取的方式各异。那么，一个妙龄少女，用竹耙把落叶聚拢了来，作为燃料取暖做饭，是索取吗？是进攻吗？如果是，那只能是诗化的存在，哲学意义上的存在，抑或是一个深沉热爱着世界、无比珍惜人生的人生出来的奇思妙想。果真如此，就让这个温柔的攻击来得更多、更频繁、更猛烈些吧。】

是谁差你携了耙来到这片林子的？我真想向那教唆者吼几声，让这么个弱不禁风、汗毛孔里都浸透着雅致的女孩子创造性地使用欲望之耙！我分明晓得，你的父亲，是绝不允许一个女孩子的手、眉眼变粗糙的，你母亲也不敢违拗你父亲丝毫。我是人证，知道这一切都源于母亲那张写着上进、写着不服输的脸由俊到丑的扭曲，还有那为养育八个子女而呼号的眼神。因为你是八个中的第一个。

我可以毫不犹豫地告诉你，是那张耙子蚕食着你可爱的秀发。

其实，你应该是在春天里享受到月光的人。

我没办法不中断和你的谈话，一席很好的谈话。

确切地说，我很生气，真心真意地生气了。

我想说服你，我想让你识别"遗憾"这两个字的难写和可怕。我深知你是不好说服的，因为耙始终没离开你的手。

我放弃说服你的想法了，下个月我准备去九嶷山旅行，如果能安排好，我要在那里住上半月，呼唤你的灵感，哪怕激励你的潜意识也行。

当阳光完全照射在你背上的时候，你确实开始动摇了，你已经跑到长江边上了，或者你已经考虑登上九嶷山后是否在寺庙里住上半个月……然而，你的双腿已经又在爬层楼，爬台阶的脚步固执而坚定。

这天，农历正月十五日，月明，夜浓，你情不自禁地和那位东北的老师坐在"欢乐涮"的餐台边，挑着一根根青菜开涮。嘴角有轻松的微笑，但我知道，你心不在焉，像个拥有第三者的不忠的丈夫。回家的路上，你好像发了微信："没办法，老朋友了！"

那老师，也曾是你的客户。

我没有理由鄙视你，我怕你无药可救。

当晚，你酣然而睡。次日，你早早醒来，胡乱往嘴里填些荞麦米饭，连床也顾不上收拾，下意识地合闭窗帘，打开了一册皮面的笔记本，拿起了笔，我仔细地审视过，确定是笔，而不是耙，确定你在本上写字，而不是在杨树林里搂叶，连手机都没有打开……

你终于放下了耙，拿起了笔，有时候，爱自己也不是件容易的事。举耙一经成为习惯，拿笔就笨拙。可你为何不高声宣布，从此不再拿笔，或者从此不再举耙！

"咣啷"，屋门开了。

"砰，叭"，外面有鞭炮声。

你几乎气急败坏地嚷道："别发出声音。"

于是，我想说服你去九嶷山住半个月，我会为你找到最好的工作助理，会见缝插针搭救你，领不领情，全在于你自己了。

朝圣者是严肃的。

细想，你像个朝圣者。如还年轻，我会为你顿生钦佩之心。

现在，那片土地已被淡忘得只是片土地。我知道，你始终眷恋着它。当然，你并没有想到，半个世纪走下来，剩下的最有分量的还数那片土地。

【批注：表面上看，是语言的循环，是"那片土地"的重复再现和运用。实际上，细品，是思维的重复、感情的叠加，更是世事沧桑在语言层面的表达。人类的日常生活，原本就是重复循环和叠加的，只因其日常、寻常、庸常而未被关注罢了，如果对重复、循环和叠加的频率和数量稍加留意，人们或许会大吃一惊。此处，将"那片土地"循环起来，如日月穿梭、世代轮回，造就了一个空旷辽远的意境，让人无法目及。】

那是一片怪异的土地，像个秃头歌女，上苍硬是让它成了斑秃，原本黑色的土地，被风涂上一层白霜，下雨后，地上就注起一汪酱油汤……

那是盐碱化了的土地，也是盐碱化了的时代。守着土地的人们吃不饱饭，要到粮库里去领配给的帽高粱，虽然苦涩难吃，还得带皮吃，却可以填饱肚子……

那是多么奇怪的土地，多么奇怪的人，歌声那么多，口号那么响亮，终日喊着关于"革命"的字眼，将庄稼人各户的小猪崽抓到生产队集中养，小猪们生了皮癣，一头头死去，也不能放它们生还，因为这都是刚刚被割下的"资本主义尾巴"……

我常常扪心自问，你的想法是不是也在那片盐碱地上盐碱化了。不然，意义价值一类的想法怎么会把你的脚印用一条线串起来了？

我明白又不明白，为何那片生了秃疮的土地在你的心里挥之不去？

昨夜里，我又梦见了那片土地。不是斑秃，而是阴阳头，一面是肥硕蓬勃的稻苗在分蘖，一面是岌岌可危的打了卷的萎蔫着的草一般的东西在挣扎。这是一片刚刚被你开垦出来的水稻田，暖土叠铺的地方秧苗蓬勃，阴土的一面生长艰难。

【批注：作者科普了一种人类影响自然后产生的现象，即"暖土""阴土"，也称"熟土""生土"，那是仅凭人的体力将农田的高处削平又将低处垫起来的模样。在自然面前，人类的想象和理性，分别发生着微妙和伟大的作用。此处展示的，不是精神现象，而是现实状貌。人们会认定，这一切都是真实发生的，作者在有意无意地展示如山一般的铁证，

告诉人们，必须相信，不相信是不允许的。】

你太好幻想，没错，可我没想到你敢滥用想象力，你这个肩不能担担、手不能提篮的人竟敢用想象力把碱地开出稻田，还让那些道地的庄稼把式听你指手画脚……

在那片土地上走，并没有人认识我，他们往地里一把一把扬着尿素，很忙的样子。谁也没有和我打招呼，我也不知道他们是谁。我只顾寻找，寻找着进水渠，寻找着排水沟，寻找着那个在测量线路上挥着红旗的"小八代"（一个类如侏儒的人）。在心里，我始终是佩服你的，你这个对土地一无所知的人，对水田操作知之甚少的人，竟敢凭着三点一线的办法硬是把一大片土地裁成了方块田。让我哭笑不得，是那至今依然歪斜不堪的坝埂和渠道……

【批注：据说，美国的《独立宣言》文本上，是有勾抹涂改痕迹的；万里长城，也留下了几处缺口，世界原本就不完美，完美是人类一厢情愿勾画出来的。所以，聂平那很"不中规矩"的"作业"存留了下来，直到很多年以后。此处，隐约觉得小说《那片土地》有几分或干脆绝对与大自然相象了，是大自然的一个翻版。所以，作者的无心之语，竟成就了小说的一个绝妙语境。人类和自然，竟在此处不谋而合，重合得天衣无缝。】

靠近那片杨树林的方田上，有一个戴着白手套的男人挂着锹把，微露洁白的牙齿，正在倾听一个女子说着什么，唉，我知道你也看见了，你至今还心生妒意？其实那个男人、那个女子都跟你没什么关系。

那个戴白手套的男子或许也是这片泥土地上的意义。

我像是在森林里走，前面有什么？有树，还有……不知道前面还有什么。

我要去的不是这片树林，应该是另一片更小的树林，一片更小的杨树林。

这一次，我没有专程约你，你却跟我同行，我知道你在。

我听到打夯的声音，不知道你是否听得见。树枝繁茂，绿荫蔽日。依稀看见一群人在田野中间建城堡——欧洲风格的城堡。我没有去过欧洲，只有书籍、图片、视频、影像资料传导的印象。

我捏了一下自己的小腿，怕又是幻觉，疼痛感是有的。这回，绝对不是幻觉，是真的，上苍有时会在某个早晨来兑现你的期望。老实话说，我一直认为，这片土地上应该有一座这样的城堡。其实，为了这座城堡的蓝图，我奔走过，不知拜访过多少设计专家。可是，都没让我有勇气把哪张蓝图挪移到这片土地上来。因为这片土地很神圣，这片土地上的人很厚道，那座城堡对这些人到底意味着什么，我一时把控不了。构想蓝图，只不过是我这种人因某一念头闪过而留下的痕迹。为了把想法兑现成现实，我竟忘记这片土地曾经肥沃过。荒凉瘠薄、盐碱化是近些年的事，想盖一座城堡，到底要做什么，我知道我一时还不明晰。然而，在这座城堡的事上我花费的心思太多了，记得，从有图纸到动工到打好地基，我这个外行几乎变成了内行。

后来是什么原因，我离开了那片泥土地，又是什么原因，荒废了那半座城堡。有时岁月会模糊记忆，更会模糊荒唐的记录。

【批注：引入了城堡的意象。在中国的历史上，在中国的这片土地上，从来没有过城堡，也就是说，中国人不会建筑也不能建筑城堡。城堡是欧洲中世纪的产物。那么，聂平在"那片土地"上建筑一座城堡——而不仅仅种植水稻，是一种超凡脱俗的想象。大概，只有聂平这样的人，才会产生这样的念头，也只有聂平这样的人，才配得上改造这片土地。细细品味，小说中的聂平，像极了神话中的仙人。抬手一指，陆地幻化为大海；又抬手一指，大

海幻化为高山。《那片土地》在此处浸渍了神性，

而且，这种浸渍，是在不知不觉中完成的。】

我百思不得其解，那片泥土地的主人竟然允许一个荒唐人在宝贵的土地上挥洒荒唐的脚印。

我知道，你不会同意我的说法，你一直认为，那是你一生中最可宝贵的记忆，一幅最有价值的帘幕。我倒是相信，你挥洒的汗水是真实的，那座城堡侵蚀了你的青春也是真实的。

卷扬机，吊车，好像都在动作，建城堡的现场传出来的鼎沸之声，足见激情昂扬。

我不可能阻止你的脚步，你奔向建城堡现场的潜在热情，都在我的预料之中。你去吧，我不会阻止你，我们都有足够的选择权。其实，我倒为自己高兴，有机会了解一下你的真实意向。

虽然，这座城堡还在你当年建城堡的地方，然而，建城堡的人早已不再熟悉你。他们无暇顾及你这位外乡客，他们在搭建自己的理想。

"唉，这里的尺寸不够对称。"

"停，停下，地基偏斜，地基与城堡高度的比例……"

"她是谁？"

"你哪里来的？"

【批注：对标唐代诗人贺知章的七绝《回乡偶书》。"少小离家老大回，乡音无改鬓毛衰。儿童相见不相识，笑问客从何处来。"这首流传千余年的诗作，一直被人们称颂不绝，但都限于口头上或在诗文中引用。在小说中精准对标，尚属首次。《那片土地》与《回乡偶书》，一为小说一为诗歌，同写故土、同见故人、同发乡音、同抒乡情，却隔了一千多年的时光。可以猜度，此举并非作者有意为之，若是有心之举，不会如此入情合理顺畅自然。这定是上苍有意安排两颗人类精神因子在千年后碰撞并闪耀火花。所有的读者，读至此处，必记起《回乡偶书》，必记起贺知章，必引发怀乡的心绪。《那片土地》里的"那片土地"，以当代小说版《回乡偶书》的形式，承袭了中国历史文化的精华。】

建城堡的人群里没有人回答你，也没有人可能产生回答的愿望，他们像避开蚊虫一样避开了你的目光。

你竟然石柱一般立在那里，没有泪水流出来，因为你流不出眼泪已有十多年了。我绝对不会劝你，甚至一丝温婉的举动都不会有。我了解你，当河水奔腾不息的声音传过来的时候，当小溪不停流淌的时候，你自然会离开建城堡的现场。

河水奔腾，老哈河的水像演奏家，拨动起了古弦乐，深厚而悦耳。我突然看见你重又钻进了这片林子。因为天光没有完全暗淡，还能看见你那痴迷的神情。你满林子里寻，寻找从前那林边的叶子做成的花边，寻找那握耙的人，还是寻找林子西边那个白色的身影？

见你如此梦幻，我的心轻松了一些，总比你情不自禁地去叠上层楼要美妙得多。

那边有一个十几岁的小男孩朝林子走过来，你竟痴痴地抓住他的手问了句：

"为什么建那座城堡？"

"说是纪念一位叫聂平的女人！"

"聂平？聂平？"

"是聂平带领我们种成了水稻，让这里的人吃上了白米饭，不再挨饿。"

【批注：真乎？幻乎？一时难以定论。这里又出现了风行数百年的"哈姆雷特"现象，即每个读者都会形成自己的判断。认定其为真实者，理由充分；判断其为虚幻者，当仁不让。此时，即便把作者请到现场，蒙上她的双眼，把文中"聂平"二字换成随便哪个名字，而后把这一段读给她，怕她也会表现出惊诧，说这是其平生第一次见到此文此意，尔后

便亦真亦幻。这种纷繁的判断和解读，方为小说的深层魅力所在。】

聂平正存在着，这些建城堡的人早已把聂平视为昨天的存在，聂平早已不再是聂平，这些建城堡的人只是为了一个符号，聂平也只是一个虚妄的符号。

或许是，那片泥土地造就了一个叫聂平的符号。

【批注：不得不再回到贺知章和《回乡偶书》。《回乡偶书》里，乡人早已不记得贺氏知章，而在《那片土地》中，人们依然记得聂平，只不过是以符号的形式及"聂平"两个字和两个音符在大脑里存储下的。

那么，可不可以这样认定：《那片土地》——聂平——聂平回乡，对标《回乡偶书》而又"超标"了《回乡偶书》。想必一千多年前，大诗人贺知章也没想到后人在一个朴素平凡的故事里，引入了他的诗意，并且拓展了他的诗思，使乡音乡情和世事沧桑多了几分哲思的味道。】

洪水猛兽。说得不错，我目睹过发洪水的事。吐着白沫，从庄稼地探出头，像蛇芯子。我形容得不准，也来不及形容，洪水就来到人们的面前。那一次，我参加了抗洪

活动，确切点说，我指挥了那次抗洪活动。那时的老百姓
为什么心那么齐，一声呼喊，甚至叫不上什么呼喊，只是
一阵口哨，一场保卫三百亩稻田的抗洪活动就像电影般
生动。

【批注：实录一场水患。这是《那片土地》里记录
下的唯一一次洪灾。也许是神来之笔，也许作者早
已骨鲠在喉不吐不快，猛然间，一场水患横空出
世，猝不及防地降临在小说里，横亘在故事中。"洪
水猛兽"，此处以这四字成语揭开序幕，可以理解
为"洪水如猛兽"或"洪水即猛兽"，亦可以理解
为洪水与猛兽一并到来。中华民族是农耕先民的后
代，视洪水猛兽为第一鬼魅，亘古第一危害。作者
将其纳入小说中，与碱害，与立不住井筒的松软泥
土，与冲毁了的水稻秧床，与丧失了生存希望的、
已经懈怠下去的精神一道，向聂平率领的那群绝地
求生的人大举进犯。

此为精彩桥段之一，是古今中外小说中难得一
见的悲壮情貌。作者秉笔直书，昂然而入，以祢衡
再世之状，呈大禹回归之态，试驾一叶方舟，翩然
而至如神圣，勇赴人间第一劫难。】

有一个叫田玖常的快八十岁的老人，共产党员，与孙

儿一起抬来了几床自家的被褥，填坝堵洞用，这是我亲眼所见，我真心感谢，可没有表达谢意，也无从表达谢意。几百个劳动力举锹，在离水头几千米的地方垒坝，坝增水头近，终于，水头浮着白沫在土坝前大喘粗气，旋涡回环着，一次又一次地卷土重来。中国有一京剧样板戏，叫《龙江颂》，其中有个江水英跳进齐腰深的洪水里的情景，我在洪灾中目睹了它的现实版：那个人送"老毛驴"称号的莽汉一下跳进水里，男男女女也紧跟着先后跳进水里，无数双手接过装了泥土的草袋子，扔进水里，无数把铁锹举起又抛下，按下装了泥土的草袋子，无数锹泥土在人和人之间形成一层复坝，使刚刚垒成的新坝得以保存。

【批注：悲壮！当大自然决计与人类对峙的时候，人类肯定是弱小的一方。人类的所有劳动果实都会被它悉数夺走，甚至连生命也难以保全。但是，有一样东西，是大自然无法剥夺的，那就是这个词——"悲壮"。诚然，《那片土地》的作者，肯定是悲壮的体验者和拥有者，更是悲壮的承接者和发扬光大者。在洪水面前，尽管有千百双手，尽管有千百条血肉之躯，但都属于卑微弱小的一方。于是，"悲壮"在此时凸显了独特的伟岸和无法估量的力量，成为那一时代、那一环境下那一群人能够存在的坚

220

实根基。读到此处，欲哭，无泪；欲喊，无声；欲直视，无勇气。在浩如烟海、汗牛充栋的文学经典里，极少撞见如此单一纯粹的情状。它的出现有几分粗犷甚至粗野，突破了以前历代文学大师划定的表达边界。是不是可以这样说，《那片土地》里的抗洪，已不是一个偶发的孤立事件，而是一颗当头爆炸的精神原子弹，一束足以撼动宇宙洪荒的巨大气流，让世界停顿在人与洪水对决的一瞬。】

那一次，我也跳进水中，扎骨的凉是体验了。我相信，其中的很多年轻女子也如我一样处在月经期，这种活生生的存在，到底在向这个客观世界阐述着什么？不知哪一位哲学家能阐述清楚。那个场面，没听到任何命令，没人逼迫，人们跳水的真实行动完全是自由的……人们的意识被刷屏了？

时过境迁，往深推究一下，为了生存，改变生存现状的潜意识不约而同地被洪水调动出来了。饥饿，或许长期挨饿带来的恐慌比洪水的压迫感严重得多。

一片白花花的碱地，刮风时起白霜，下雨时垄沟里会淌出酱油汤。秋天里拇指粗细的玉米棒棒垂着几缕黑褐色的干缨。有人筑过台田也无济于事……购买的一点点返销粮根本填不饱一家老小的肚子，那时节，人口真是太多了，一个女人生七个八个孩儿不成问题。

【批注：展示物质生活的极度匮乏。可以断言，作者至少亲眼见过物质生活几乎为零的境况，所以，当她拿起笔时，方觉得无从下笔。从天到地，从草木鸟兽到人，从物质到精神，无一丰硕，几近于无。她肯定是匆促中下意识地落笔的，既无章法，也无规矩，更无美学鉴赏方面的考量，一路疾行地写了下来，展示了盐碱化的土地和嗷嗷待哺的人群。在这里，任何语言、任何声音、任何形貌的塑造，都是苍白乏力的，只有这几行不带任何修饰的文字，鞭辟入里地展示了其内在。可以这样假定，作者不是在使用语言文字，作者也不是在创作小说，作者是在用手势表情等无声的、人类通用的符号，表现一种濒于不可能存在的存在。】

或许上苍眷顾你这个无辜者，或许是你曾想过要成为传奇人物，你竟然凭着一本书在这块盐碱地上栽培了三百亩试验性稻田。"胡塞尔认为意向性是意识离开自身的运动，在对某物有意识的同时意识把自己抛入了世界当中。"近半个世纪的时间了，本来有答案的我又不止一次地推倒答案。我所见的存在，你所谓的意义为何？你现在的意识和思维活动中还剩下什么？我知道，更多的，你是一个行为主义者，你善于把你瞬间的奇思妙想变为有形的存在展示给自己。对于你，我所有的只是推断，那些演出"英雄话剧"的"英雄"之所以为保卫三百亩稻田而英勇奋斗，是因为如果水稻种植成功了，人们会不再挨饿，人们可以不必一年才吃一斤大米一斤白面，可以每日吃到玉一样洁白的大米饭。对于当时的生存者，那就是最美的梦，是让小孩听直了眼的神话故事，神话故事的魅力超出各种权力的作用，更是任何一种命令所不能及的。

我慢慢地明白你，你生来就是一个有着神话特质的人。

【批注：如果说有的小说是用笔写出来的，现在，可以肯定地这样说:《那片土地》是身心行为的产物，是胼手胝足、殚精竭虑的产物。因为，《那片土地》孕育的背景，极可能与人类早期的远古洪荒相似，或者说就是数百万年前人类四顾时望见的一切的翻版。那么，《那片土地》里萌生神话便不足为怪了。因为，神话的发端，大概也在洪荒时代。以上一段文字还微妙地透露了一个真理:即英雄本色是哪种状貌。一跃而起、背水一战、奋不顾身的英雄，就在身边，就在眼前，或者自己本身即为英雄行列中的一分子。请细品，英雄都有来处，只是我们过于粗疏，没加细究。】

说真话，对于你的英雄壮举，饿肚子的穷苦老百姓确实感谢过你，哪怕只有那么一句"多亏那姑娘了"也足够支撑你的生命不坍塌。确实，支撑过你的生命，以至于你走到了今天，成了今天这模样。因为你受上苍派遣，在那样的现实中存在过。让我不知道该认为哪一个哲学家说的才对，是萨特还是胡塞尔。你确实那样存在过，就在那个月光朦胧的夜晚，存在着。我不敢赞美你，但也绝对没理由贬斥你。

然而，我了解你，了解你的行为，更了解你思维的指向性。

那应该是一个有月亮的夜晚，云退去，云退雨歇的夜晚，月亮偶然露一下脸，在铅一样的薄薄的云层中运行，天地间一片朦胧。

对于我来说，那是一个真正的夜晚，我生命存在的一个夜晚。输得精光的赌徒，无一所剩，洪水无情地淹没了三百亩稻田，三百亩绿油油的稻田，再存几个月稻谷就可进仓的长势很旺的稻田。

一个已经成形的胎儿成为死胎。

【批注：郑重其事地宣告了洪灾的结果。绝望、绝境、绝地。此处，绝对可以使用这个"绝"字。这才是真正的灾难，是任何语言或其他符号都无法表现的本质。劳动成果丧失殆尽，希望也一扫而光，灾难的原貌尽显无余。此处，仍需强调一点，即作者不是在写小说，作者也没有使用语言文字，作者更不是在报告一件事情，描摹一种状貌，作者已如一只尚未抵达人类文明的史前动物，用大自然本身携带的简单符号作了一种简单表达，类似一阵风穿林而过，一朵云飘然远去。这种穿越了语言并弃绝了语言本身功用的、特殊的表达与传输，方具有世界本质的质感。实际上，此段文字，只消一句话就能够表达清楚，但其中已凸显的对世界本质的揭示，或者说所运用符号即为世界本质的元素，完全不需要。触目皆是，触手可及，触耳即明。】

沉重的月影下是汪洋一片，稻秧的叶尖不见，田地间没有界定的池埂，连进水渠排水渠也无法分辨。水面上漂着秧拖、木棍，还有几只布鞋，应该有一只是我的。相信你没有忘，这是新修稻田，按寸水不露泥的要求，一个田池里有一半需要垫上七八尺高的活土才能找平，而找平后的池土经水一泡，特别不禁脚。记得，在池埂上行走的我一脚踏进池田里，"噗"的一下，我的一条腿直陷到腿根，别人帮我把腿拔出来的时候，一只新的布鞋已深深地陷进去而无从找寻。

【批注：这是洪灾的面目。水，木棍，布鞋，如此干净爽利，完全背弃了常规的语言表达规则，超越了语言表达的边界。世界（灾难打击过的）简单而平静，不像刚刚经受了大自然的无情鞭挞。这是碱害、早霜、塌秧床、塌井之后的又一劫难。此处一扫以往相似情节中无法抑制的情绪冲动，为何？可以想见，在与大自然的对决中，失败的一方肯定是人类，亘古未变，而且，失败之后的人类的心境，原本应该是汹涌后的平静。可以断定，作者是大自然最忠实的学生，她从大自然的本质处窥见了人类的本性。】

即便知道布鞋沉潜在哪里，我也无法找寻，陷得太深，鞋离我太远，心情太差，还找什么布鞋。丢掉的不仅是一只布鞋，丢掉的是我自己都不敢提的一大筐子想法，丢掉的很可能是我无力自拔的刚刚冒头就被湮灭的念头。念头不在，生命就蔫了。

汪洋中高出水面的土坝上站着的只有我一个人。洪水高峰过去，死一般地宁静，连狗的叫声都听不见了。因为夜幕，村落里的炊烟是看不见的，连闻都闻不到味道。那片杨树林应该有叶子摩擦时发出的响声。还有一个少女骂粗话的声音："操！"

【批注：作者在这里提供了一个将世界简化到极致的标本。一片天，一方地，一个人，一个单音。这是小说版的《断舍离》。这里，此刻，比空还空，是一个绝对的空灵世界，佛经里强调的那个"空"的小说表达。可见，以往人们眼里、耳中、内心的空，只是一种臆想，只有此时此处，才显示了一个实在的、真正的"空"的境界，即一切都是可以抹掉、可以消遁、可以完全不存在的，而世界依旧原样存在。这个桥段中，原本应该显现的——包括狗吠、炊烟和风吹动的树叶——现在一概虚位。主人公聂平瞬间抹掉了自己、消解了自我。还世界在聂平以及聂平们出现前的状貌，或聂平和聂平们离去后的状貌。至于聂平发出的那个单音"操"，原本不在她的语言范畴内，她本身并不具备使用此音节的权利（至少在当时的年纪）。她在天高地阔中大胆昂然使用之，至少说明，聂平本人已将自己模糊了、越界了，已化作他物，类似于化蛹为蝶，或者已由创造神话者幻化成了神话。】

音贯天地，激起了一阵水声。像是从总水渠那边发出来的，如果这些积存的洪水被泄进老哈河，稻池里的淤水被疏导出去，这些稻秧或许有救，那个意向性十分明显的梦或许不会破灭。

泄水渠是向东的，水渠两边是日渐稀疏的柳林，柳林里闪着鬼火一般的亮儿，离我站着的地方很远。所见模糊，可以视为心影，可以视作潜意识里因希望生出的造影。

鬼火点多起来，看火点的大小应该是带玻璃罩的风灯。似乎还有人声，那指挥下的声音和响动，应该是民兵在行动，民兵的总指挥应该是那个戴白手套、露出洁白牙齿的男人……

我确定，那一刻钟，那一瞬间，我恋爱了。因为我哭了，眼泪汩汩流出，心道不再堵塞。我确定，我恋爱了，有人像我肚子里的蛔虫一样疏通了泄水渠的淤堵，在解救这水深火热之中的三百亩秧苗。

恋爱，是一种很动人的现象，恋爱应该是神圣的，柏拉图式的恋爱方式是存在的。

其实，在那个死一般的寂寥之夜，我并没看见鬼火，因为疏导泄水渠出口端的人离我太远，鼎沸的人声更不会进入我的耳朵。然而白手套的事、疏通淤堵的行为却是真的，是组织中的人以正式渠道告诉你的。你脸上溢出来的神秘表情中带着几分羞涩，你眼神里的宁静是镶了幸福的花边的。那种感觉，那种如生命初始一瞬的纯美就定格在我的记忆中，我永远也不能忘怀。今天，我把你拖到这片土地上，来寻那暗夜，来放大那束灯火，来体会那死一般的寂静，很希望你的意识复活。

我很想和你把这席谈话继续下去，因为这会像那片泥土，会像那个月光朦胧的有鬼火的夜晚一样支撑我后面的生命。但是，我不能撒谎，有那么一瞬，我走神了，我想到了我家的装修，那间以满墙书橱为背景的书房里，屋顶上的几根木条该如何旋转过去，以减少书橱墙的生硬，而多一些自然界的东西。然而，我还是能宁静地与你对视，继续这席对话。

我知道，你对母亲的情爱是纯正的、是自然的。很久很久以前，你也曾把那片泥土当作母亲。现在，母亲走了，你把我当作倾诉心音的母亲，我们互相依偎着，但是在这以前的一段漫长的时间，我们变得十分陌生，你太忙，忙着原本跟你不沾边你却十分喜爱且无法不追逐着的事。劳累，辛苦，疲乏，有时我能觉出你的可怜，但我始终固执地相信你那呆滞的眼神、单一麻木的举措后面有永不僵死的意向性。今天你肯跟我一起踩在这片泥土上，且是心甘情愿地来了；而我则听到了你心中的歌声，确定你已忘记了那座楼的楼梯。

在那个沉重的月光朦胧、鬼火闪烁的夜晚之后，你惝懒了好几天，你特别想看见那位"白手套"。那双"白手套"也有几次在那条堤坝上走。我还记得那一次他和你的相遇，他好像有意让人群甩下他，他落在后面而跟你面对面地站着，他开口称呼你"当老师的"，用来造句的短语不是主干，似乎没有什么主要内容，根本没提及洪水和稻秧的复活，也没给你随便说一句表示谢意的话的机会，只是多次闪烁微笑，几颗微露的洁白的牙齿比往日更显优雅，而那不动的双肩被身后的杨树林衬托得格外美妙。他像凡事能做主的样子却又一点不显居高临下，像喜欢幼稚小女孩一样，他的眼神里喷发着欣赏的光芒。我能感觉他想把你高高举过头，然后往地上轻轻一放，再拧一下你的鼻子，给你吃个"酸梨"。可这都是我演绎出来的。他并没有说什么更多的话，他好像要听你说点什么，可你的神情完全背离了你要流泪的内心，你比圣人之心还沉静，你低下了头，大脑还开了一会儿小差，想到了那次你看到的站在泥土地上与"白手套"对话的外乡女子，你的嘴角上泛起一种自嘲的笑意。

"你这家伙！"

现在看来"白手套"是个睿智的人，他像是骂了一句微乎其微的粗话，语音很含混，笑得很灿烂，喊了句"当老师的，再见"，就追赶队伍去了。

　　我了解你，了解你的全部想法，我绝对不会说你是霸道的，更不能说你对自己是残酷的。其实，你曾寻找过他的踪迹，你敲过他的家门，然而，没等有人开门，你就做贼似的溜走了。溜得对否？不知道。

　　凭着本能，你是绕过一个险滩，还是丢过一座岛屿，就连我也无法评说。我只能说你没有在春天里享受过月光，或许跟这位"白手套"的出现有关系。听说，在那十几年以后，他也寻找过。还人托人找过你的电话号码，甚至打过电话。上苍让电话线短路，你未听到他的声音，他要说什么，至今也是个谜。谜，是世界上最美的，不仅因为玄妙，还因为一方的未知保留了最大的神秘。恋爱也出于对神秘的探索。

　　这里的人不熟悉你了，这块稻田也无法听懂你的心音。我看着你坐在烂草纵横的坝埂上，脱下鞋子，把两只不再有弹性的脚放在池水里，原本胆小的你不害怕青蛙过来咬你的脚趾，你连草帽都摘下来，让阳光炙烤着，抬眼望一望远处，眼里闪出一汪幸福的光。

　　你看到的不再是正在灌浆的稻穗，而是一池正在放风的育秧床，对面打开的薄膜的洞洞里显出一张玄妙的脸，洁白的牙齿露出一丝幼稚。"啾，啾"，不知是在秧床的小黄雀发出的，还是"白手套"往这边赶黄雀时发出的。但你能确定，他已摘下白手套，你也需要那双手。然而，你又低下了头，那张笑脸没有收回，他也没有从那边的坝埂走到这边的坝埂上，中午快到了，给秧床放风的男女都走过来了。

"床上的黄雀可够好看呀？""白手套"跟这些他本来叫不上名字的农人们诙谐地打着招呼。

"都是些馋嘴雀儿，只可惜，稻籽都冒出了芽，它们吃不到了！"

在农人们的笑声中，"白手套"走远了。

太阳已经毒辣辣的，可你的屁股一动不动，因为你脚下这块田就曾是那池育秧用的床。还有什么比追忆更美更玄妙更神秘的过去更让人惬意的呢？我宁愿你在这里多做一帘幽梦。只有把你领到这片泥土上，你才会明白存在的味道，你才有可能与那些与你无法剥离的火热热的事剥离。

【批注：不是格言的格言。小说本身并非孕育格言的沃土，创作格言也不是小说家的本职工作，但在《那片土地》里，格言，还是顺时应势地成长起来了。思想火花的闪耀，会照亮心灵的一隅，许多共鸣，就是在此时震响的。】

如果生命的真意被残酷夺走了，那应该是对自己的残酷。

我敢说任何人都劝不了别人，有时连自己也劝不了，只能是劝劝而已。

我的脚伸进渠水的时候，眼睛是眯着的，眼睛眯着的时候，我看见一个不朽的女人。

"茫然而略显凝滞。"

"坟墓一座挨着一座，碑石完好。"

那女人背靠在"比她高大的白石墓柱上"。

不过，我告诉你，我看见的不是罗伯-格里耶影片里的"女人"。

我看见了你，应该是你，背影。面向那片杨树林的背影，风不大，奶黄色的叶子沾在你的短发上，从背影推断，你想得很专注，你在写真幻觉。你看到的是一对挑筐，还有那举起又落下的耙，这耙握在一个魁伟帅气又沉默的男人的手里，他把成堆的黄、褐、半黄、半灰的叶敲打成正方形、长方形、菱形，一片一片地掬起，一层一层地放在挑筐里。两只挑筐的柳木框条顺势形成弧度，将所有叶子紧紧挤压，形成山一样的固体，而后被一根木扁担挑起，稳稳地压在男人的肩上。

【批注：曾有人断言，小说写作，终归于两个支点——隐喻和象征。在此处，作者展示了一个挑起重担的男性。这是个传统的象征，意味着将使命负在肩上的人，即人们常说的"民族的脊梁"。肯定的，一个民族，一个时代，须由一些人担在肩上方能前行。作者在这里把偌大的一个象征对标到农耕生活里的一个细节上，可以说心细如发。既使其含了浓浓的烟火气，又赋予其深刻的寓意。】

落霞染红了男人的背影，更染红了你的脸。好像，不知什么时候，你对我说过，那是你平生最感安全的时刻，最感安全的感觉。

那个挑着树叶筐的是真正能担当的男人。他是你的父亲，作为词语，他把男人的含义和概念刻在你记忆的硬盘里，也刻在你的感觉里。在你的"辞海"里，男人是沉默的，男人是帅气的，尤其生了两颗虎牙似笑非笑的样子，担当时也给人潇洒的感觉。

那两颗虎牙给你的感觉引领了你，世界怎么会有那么多巧合，以至后来你又遇到了"白手套"的洁白的玄妙的牙齿……

挑着两个挑筐的男人，并不知道你是那样入迷地看着他。他走进村落的炊烟里，你在看一幅画似的看着他，其实，你想快跑几步追上他，想从他的肩上抢过扁担，担在你的肩上，你想对他说，他担当得太多，肩头太沉重了。

你在怜惜你的父亲！

父亲十一岁就没了父亲，应该是更早就没了母亲，跟了继母度日。站在高过自己几倍的扇车前，看着米从漏斗里往下滑，看着糠皮飘飞时的眼神充满了凄苦，他是从那时不会笑的，因为他要担起保护继母撑起日子的责任。

"跑几步！"

父亲身边的一个小男孩乖巧地传着大人的话。

"姐，跑几步！"

随父前行，听着弟弟稚嫩的声音，那幅画面，那种感觉让你咂着嘴，吞咽下安全幸福的滋味。

其实，你根本没有想到，你横扫南北扩大视野之后，内心会沉下这样的画面和感触：落霞染红的挑筐和无与伦比的安全幸福感。

在你的印象中，父亲的沉默是一把伞，可以让你在雨中淋不湿；父亲的双臂是武器，让恶犬不敢近身；父亲的虎牙是溪水，演绎出"叮咚叮咚"的音符。但是，你总以为世上会有比这更美更美的图画。

你曾为父亲打抱不平，他没有长寿，他吃苦不值，他没有咀嚼甜美生活的滋味就到灵界去了。你从没把一个死字给他用过，你曾在他丧服的白衬衣袖口上悄悄地绣了一朵小莲花，你怕哪一天在灵界碰面时父女不能相认，你是那样沉于想象。你跟我说，父亲他在灵界做官了，做了农政司的司长，你去看他时，他穿了祖爷聂晋宇绸缎庄的绸大褂，他没有了挑树叶筐时的尘土气，也少了那份憨实，而是添了绅士味道，他还极讲究地问你："茶，还是咖啡？"那一次，他把茉莉花茶端给你时，露着两颗虎牙生动地笑一笑，还说："用不用在这边早些占一个位置，上边能说上话。"

你被震惊了，灵界也可以走后门！

【批注：无法断定作者是不是有意地模糊了阴阳生死的界限，但其中相融合的意味还是很明显的。小说行文至此，浪漫的色彩明艳起来，那种富于质感的现实悄然隐退，代之以情感的、心绪的升腾和飞扬。阴间的存在如此细腻清晰，如同孩童投入一桩有趣的游戏。也许这是作者的别一种对世事人生的理解——世事如戏，人生如梦。只不过"戏"字加了引号，添了备注，是游戏的"戏"。】

他笑着的眼神里充满了疼爱，他说，他不知该怎么疼爱你，他不该把属于自己的挑筐压到你的肩上，让你摘下红领巾就变为成年人，让你无法在镜子里看到少女的美丽。

临别时，他又改了话头，说用不用让他托托人，在阳间给你调动一下工作，改改行，也可以捞上一官半职，也让你的生活减少些困难和苦累。

"你已经死了的人，会跟阳间有关系？"

他说他这个司长相当于省部级官，阳间也有人陆续到灵界里来，人托人，鸟托鸟，可以牵扯上关系。

你几乎笑出声，到头来却掉下了几颗泪珠，你说："爹，官，就别考虑了，我不行，我在意的不是那个。"

你满脸的忧戚之情，让父亲归于沉默，斟上最后一杯茶的时候，他连连点头："我知道，我知道。"他的叹气声让杯里的茶叶不再于水面漂浮，一下子沉到杯子底下去了。

他叫着你乳名的同时又叫了一个叫"丁字号三十五克"的秘书模样的人，他特意指定"丁字号三十五克"将你送出一道宫殿大门模样的门。你回头的一瞬，盯了一眼"丁字号三十五克"的眼睛，好熟悉，你刚想叫一声"爷"，宫殿的大门关闭了。

那个"丁字号三十五克"是绸缎庄的老板聂晋宇，是你的曾祖爷，不，是你的恋人。那一年指定你们同时托生时是你慢了半步，便小了三辈，做了聂晋宇的重孙女。

你苦苦地在人群中寻找，在暗夜中等待，却从未见过那人的影子。而聂晋宇只作为族人传说的名称灌进你的记忆，你还扩拍了他的画像，一次又一次地用白绸帕擦去照片上的尘土。父亲告诉你，家里那些白绸帕都是曾祖爷办绸缎庄时留下的物件。

树林中的鸟飞过，叶子又开始唱歌了。我并不想呼唤你从梦中醒来，你也只有这些福分了，在该做梦的地方做做梦，总比爬上层楼不断挥耙要好得多。金银碎币之风刮得人皮肤粗糙，纵横交错的目标让人心也变得粗糙，别人认不出你也就罢了，连你自己也无法认出自己，真是太不应该了。

我知道，你是为意义而来，为永不愿遗忘的遗忘而来。我呢，我是为拯救你的遗忘而来，不，现在，我已不知道我为何而来。

我知道你一直想邂逅"白手套"，应该说，我知道他还在，能够找到他，而且他一直想见到你。但我确信，即使见到了，也等于没有见到，或者说早已无法再见到那双"白手套"。一旦见到，你会立刻认识到你自己存在的遗忘。

你也是明白我的，所以，你想在这片林子里待得再晚一些，甚至过夜，希望夜里会梦见"白手套"，会找回一直不想遗忘的遗忘。

老哈河的水依然流淌，你听到的是排洪的声音，是林中排水队伍的呼声，也或许是"白手套"蓄积于心的呐喊。

重现有意义，还是遗忘有意义？我不能引导你辨识，因为我也无法说准。

其实，此刻，我们俩并没在一起，我们离得很远。你并没有在乎我的知觉，我更无法护卫你的任何思维。我不能说，在林中的我孤独到了极点还是自由到了极点。

我忘记自己的所属，忘记了跟我有关的过去，甚至想不出现实中跟我有关的人物和事件，包括那个拿着耙在这里圈叠树叶的人，她是那么鲜活，又那么不可捉摸，那么不可思议。

但是，你开始了新一轮的期待，期待林子的边缘有人走来。当然，包括那有着几颗洁白牙齿的"白手套"，朦胧而坚定地穿过树林，再含混不清地说一句"当老师的"。

我屏住呼吸，希望的是你对我的彻底遗忘，没有思维过程中的障碍，也不让你感觉到我就在这里。我能在夜色不浓的林子里看到你漆黑的眼睛，还有你眼睫毛上的露珠，体会出跟我没有任何关系的自慰感。实际上，对于人，并没有时间的逝去，虽然，时间正在你无穷的搜索中逝去。

也许，你搜索到了，那是一个穿白西装的男子，沉默地依傍着一棵杨树抑或是一棵柳树。离这棵树不算远的地方是个小木屋，小木屋里住着一个女人，这个女人眼睛里的光变幻无穷，双唇微闭，没有任何一句话。你以为那女人是男子的母亲，忽而，你又觉得是你自己。你让自己飘过去，踏着木屋里的楼梯进了阁楼，这里什么也没有，只有几个被打碎的罐罐，还有一张腐烂坍塌的床。你想躺上去，且躺了上去，闭上眼。有一件白西装飘了进来，可又飞了，飞到一个墓穴里，在土坑最底层。接着是一架木棺徐徐而下，一条白西裤也飘下去……那是一个男子殉葬的符号，他是个钟情的人。这世界可真好，有钟情的人。

【批注：一个梦，一个真实的梦。这里的"真实"，不单指梦中之事是真实的，且是指小说中的梦是一个真实的梦。小说的优劣高下，大约在于"真"与否。佳作给人的感受永远是真实的，即便描绘一个梦，也不例外。有心理学家曾指责有的作家在小说中叙述的梦不真实，不像是梦，那是因为作家没把梦当梦来写。此处，笔者认为，从飘忽的意象、杂乱的背景和不可捉摸的人物上判断，作者写下的肯定是一个真实的梦。在这里，可以断言，作者具有坚定的现实主义态度。】

呻吟声，有一种呻吟是很美的。我听到了你的呻吟，尽管你在梦里。梦里的呻吟是女人的声音，而你举着把上楼发出的声音是没有性别的声音。

我的守护是很真的。我守护着你的梦，守护着你的遗忘。

我想把你摇醒，天一亮，我就陪你去坐长途汽车，我知道这个地方，告诉你永远不想推倒的庙还在，"白手套"还在，白西服还在。只是，你或许会因为见到时的辨识以及否认而愤怒，说不定还会憎恨我，不该拎出这个不愿遗忘的遗忘，甚至会咒骂我破坏了美的完整，你不想承认他头上的斑秃，还有那堆叠下来的眼袋……你比林黛玉还刻薄，瞧不上焦大。你说现实欺骗了你。真实的你那么讨厌真实。你说你的眼睛闭上了，心里的门也关上了，你并没有看到真实，真实是最不真实的，世上本没有真实，看到的全不是真实。你掐了下手指，疼了，疼是真实的。

【批注:似乎是一种语词的循环。一直在反复"真实"二字。实际上，是小说中人物对世界的深层判断。真实是不真实的，真实是不存在的。那么，读者在此处便会不由自主地诘问：真实不存在，存在的又是什么？这就是小说中格言的魅力。与"女儿是水做的骨肉"异曲同工。笔者曾坦言，创作格言不是小说家的"本职工作"，可小说中却偏有格言呈现，一定是小说中的人物"成长"了，达到了能够口出

格言的水平。由此可以推定，小说中的聂平，已向
诗人和哲人迈出了一大步。】

我很后悔，不该带你坐这趟长途汽车，不该让你把冷
漠留给那个不该接受冷漠的"白手套"。洁白的牙齿还在，
笑时的状态充溢着幸福。或许，他并没有从你的眼神里读
出失落，读出冷漠。他送你上车时是含着温情、含着笑意
的，嘱你保重身体之后，还戏谑地叫了一句"当老师的"，
他转过脸时是否流眼泪了？车开动的一瞬，你的眼里荡漾
着泪水。这是真实的，一种真实的伤痛，像你为母亲送葬
时那种绝望的伤痛。

我不想劝你，当然也无法劝你，因为你无法尊重存在
的真实，你总是有意无意间放大了真实，放大了美，放大
了丑，我更是如此。总是过分地放大你的哀苦忧伤。或
许，本就没有什么哀苦忧伤。

一路上，沉默使我们彼此变得陌生。鄙视倒不是，唇
齿之间的一丝气息，用无奈，用嘲弄，用不屑来形容吗？

我承认，我有一两秒钟是瞧不起你的，你瞧不起我的
时间要比这长得多。

我后悔，不该认识你，不该与你共处这么久。我不想
再想你的过去，不再关注你的失落，不再帮你找寻根本不
值得找寻的遗忘。我是可笑的，做无用功是可笑的！

现在想起来，凡是拥有的东西早都流逝掉了，凡是经历过的好像都无足轻重。可是，有谁不固执地扎根在自己经历过的宝藏里呢？一觉醒来，发现那些宝藏一钱不值，像食物变成垃圾毫无用处，那是什么——空白。

我本是想哭一场的，但已经没有眼泪，只有那片泥土，那片林木，用手一寸一寸地抚摸，用心一寸一寸地抚摸。我追逐着的，一直用心追逐着的，都随着嘴的咀嚼变成养料融在这片泥土里了。这片泥土昭示着我的生命，这片林木一直在卖弄着情窦初开的浪漫。

"太爱了，会活成一座美丽的孤岛。"也许是幻觉，也许是真实，我分明听到你在唱，在蓬头垢面地唱，唱得让人心疼。

我想为你记录下几个音符，却又很难记录，变幻太快。不应该衍生成像人一样的生命，不该衍生为生命。有几个人能说服自己别再衍生为人呢！

"轰隆隆"，雷声是这样让人感到恐怖，天地间一片黑云翻滚，这是张家界吗？竟然像是拍电视剧《西游记》的地方。好像妖魔鬼怪在黑雾中翻腾。等我睁开眼睛的时候，我早已坐在我父亲的面前。这个灵界里的农政司司长在泡茶，白茶。这一次，他重又恢复到半个世纪前为人父时的模样。严肃，眼里喷出炯炯的光，像要把我烧成灰烬。

这一次的相见，言语间少了父女之间的关心，也没有再说在阳间托人找官位什么什么的话，只是很无奈地说了一句："以后别再往这边跑了。"

【批注：已明确地标注出是阴间，但语词间表现出来的，却是让人能感觉到日常生活的细节。这是一种反转，是作家用心营造出来的极大的反差，似在墨一般黑的暗夜里倏地闪过一道光。也许，作者想借此言明，世界本来就是一体的，阴阳、生死、过去、未来等有差别的认识，都是人类的一厢情愿的认知。此处，看似在叙述小说中人物的日常生活，实际上更像哲学家在哲学著作里讲了故事。是哲学化了的小说或小说化了的哲学。】

他的话让我顿时生出委屈，但是我没有擦眼泪。也许他看见了我的眼泪，便站起身，和身边的工作人员说了几句什么，就出去了。刹那间，这间像是没有门也没有窗、似乎无从进来也无从出去的被白雾萦绕的房间里不再有什么人物和什么动静。我担心自己会飘起来，但并没有飘起来，我还没有失重的感觉。

静，缥缈无涯的空寂。到底过了多久，无从描述，也无从记载。有一位身着长棉袍的老者从我头的上方飘过来，应该是在云雾中匿身了一会儿。白胡须挡住了双唇，看不清他的笑容。眼神中有一点目空一切。这种眼神应该让人讨厌，可这一次，我并没有生出讨厌的感觉。

对视着，那种孩童对眼样的游戏，较量耐力？我和这位老者较量什么？智慧，穿透力？

"你是固执的！"

"你是霸道的！"

第一轮对话之后，我怀了几分更为霸气的心思盯着他的眼睛。

"如果不那么固执，就会幸福多了。"

"如果那一次，你再慢几步，我就会幸福了。"

"虚无，只想上天，不想入地！"

我刚想回敬他，他甩了一下手中的蝇甩便两脚踏雾，从这白房子里飞走了。

"太爱了，会活成一座美丽的孤岛……失去了自我，其实我很难过，这种伤心，你不会知道。"

【批注：把这几句聂平和灵魂的对话单独提取出来，一行行地排列下来，抹去标点符号，抽空夹杂在中间的过渡和说明，就成了一首诗。这是一首关于灵魂的诗，与现实无关，与未来无关，与过去似乎也无关，只与心灵某一瞬间无来由的波动有关。可以理解为，心灵正在认定某种失误和偏差，亦可以判断成灵魂正自我放逐，也许干脆就是作者对小说中人物进行一系列反诘。聂平作为小说的主人公，已从故事中游离出来，独立于小说之外，独立于人世间，与世人——当然也包括作者，处于同一层级上。到此处，也许可以认定，灵魂是独立的，它拥有自己的自由。】

雾气缭绕着歌声。

我很后悔跟他顶嘴，我想跟他讨教些问题，可他已弃我而去。我不会认错，他是绸缎庄老板聂晋宇。一生活过三回的智慧老头，我叫他曾祖爷。

他是来看我，还是来教训我，还是显魂显灵给我以启示？

对这次相见，我只有不尽的委屈，不尽的惆怅。

我想快些离开，可屁股像是被钉子钉住了，我无法离开那把农政司司长坐过的椅子。

"既然来了，就别忙着回去。"

话音落处，一位白衣少年从天而降，就在离我几十厘米的地方坐下了。绅士风度还在，风流倜傥令人生羡，我的眼睛被注入了特殊的液体，身心被荷尔蒙充盈，心跳得我下意识地要用手去捂。记得，这位绅士上次送过我，没来得及有只言片语，宫门就将我们隔离在阴阳两界。

我低下头，只觉得两颊一阵阵发烫。我低下头之后，没了意识，只觉周身酥软，躺在云里雾里，躺在了无边的水面上。我听不到任何声音，只感觉芭蕉掩映的秦淮河，悠悠然的画舫上有才子佳人的笑声。

"你太累了，来，倚下。"

白衣少年用白绸手帕轻轻擦拭我的眼角，将一块冰片放入我的嘴里，冰片融化入胃，顿觉眼角处皱纹舒展，眼睛越睁越大，可看不见人的脸，只听得他吟了李清照的词"帘卷西风，人比黄花瘦"。

像是面膜一样的东西敷在我的脸上。一只手顺着肩头滑到我的背上，轻拍后背的触动之感，哄孩童入睡时的轻柔之声，摆动摇篮时的动荡之状，还有讲故事的动听尾韵之流露……一时间，坠入仙乡琼阁之中。

我在欲睡的甜美的期盼中，又在睡意来临却拒绝睡去的煎熬中，寻找更进一步的爱抚，寻找一双手，寻找一副唇，寻找海绵般柔软又比手臂还坚挺的物体……

后来，意识模糊，只有眼泪流到嘴里的感觉还算清晰，只有那比山还沉重的叹气声还算真实。

"唉——唉——唉——"

缠缠绵绵，反反复复的是叹气声。

缠缠绵绵，反反复复，都像来自别处。

遗忘，等待……遗忘是等待的结果，等待是另一种遗忘。

孩子，没有任何一个人再有别的等待的结果。

我被曾祖爷抱紧，我抚摸了他的胡须，他不断地拍之，呜之，天荒地老，在无法中止的等待中的爱抚随着一声巨响变成了蓝天白云。

此刻，我在山林里的这片墓地。对着坟墓冰冷的石门，品尝着亘古不变的爱抚。

"在言语深处穷尽了无法穷尽的遗忘。"

"等待便是所有要到来的在它未来中留下的静默。"

我是在呓语中醒来的，我在那边见到了曾祖爷聂晋宇，你见到了莫里斯·布朗肖，他突然闯进了你的遗忘。

你想跟我说什么？不想说什么，其实，我已经听到你在说什么。

"假如那一次托生转世之路，你没有被抛下，跟那位祖先同行，而且走到了一起，你确定他是你的圆满？"

"确定！"

"No！"

"为啥？"

"因为你无法确定可否长时间厮守，长时间厮磨带给你的真实是否就是你期待的圆满完美。"

"一样，你也无法判定不曾体验过的那段空白是不是遗憾。"

我带给你的和你带给我的一样——沉默，亿万年的沉默。

我知道你从未中断过你的寻觅，对曾祖爷和如曾祖爷一样的人的寻觅。寻觅构成了你生活的主旋律。无论尘土飞扬的田野，还是书声琅琅的圣地，从没有阻止过你的幻想、你的寻觅，从没影响过你穿越时空的寻觅式的思考。

"结束一词被不停地重复。"只是所在的地方，没有什么是你能够要、你想要的东西。

我压低了对你的类乎审判的声音：

"你是怎样使你自己变成愚蠢的行尸走肉的？"

"什么？"

"终日辛劳，没有尽头的辛劳？"

"上苍所赐，神圣地生活每一天！"

林荫蔽日，我努力控制自己，不想再到那边去了。那位做了农政司司长的父亲已经用特殊手段补偿了我、警示了我。那位曾祖爷也用温柔作了决绝的告别。

那天，阴阳相隔的夹皮墙下，布朗肖却悄声地问："那你痛苦吗？"

我也只能用他的话回答他了："以后，许久之后，我可能会痛苦。"

当然，我们都把属于自己的经历和体验看得太神圣、太神秘了。

"你还能回来吗？还能捡回父母之躯所赐给你的那种美妙吗？"

我没有权力考问你，太残酷。你是一个永远没有答案的人，你会将等待拖到超出等待的范畴。坠入无底深渊的不止你一个。

你从没有发现，你拼命寻找的其实早已坠入一种遗忘。将位置让给更本质的事物吧！

你最相信我的是，我总是在你最需要的时候揣摩到你的真实意思。我多么盼望你的寻觅变为现实，不论灵界还是阳间，你能得到靠着想象力营造的空间，那就是一种成功，那就不是空耗生命。

终于，我发现了，你的寻觅早已成为一种久远的遗忘，可你却把这遗忘当作寻觅的始点。但是，这一次同行，这一次的灵魂游走，我们不再陌生。

夜越发深沉的时候，我又听到了你对自己的质询："该遗忘的都遗忘了，记忆从何开始呢？最本质的事物是什么呢？"

我不愿去思考有关生命终止的问题，不想闻死亡的味道。

或许，我不该做这段行程的导游。不该让你亲眼看到这座"卡夫卡桥"，谁都无法不再当这座桥，尽管"这座桥"无法承担拐杖戳碰桥板的"笃笃"声。既已为桥，只能为桥，你载着从这里路过的人从你的脊骨上走过去，哪怕只有一个人，哪怕两只脚刚刚着地，你就听到桥的断裂之声。你"为桥"的事已很古旧了，你等了多年了。终于，有人偶然发现荒山野谷之间的这座桥，并且毫不犹豫地信任了你，在桥上步履蹒跚。

你见我弓身为桥的憔悴的面容，几乎声嘶力竭地对着空谷喊："为什么一定要将故事撕成碎片？"

我有些语塞。有几分胆怯地在心里说："谁有能力再将故事讲完讲到头？很难再将故事继续啊！"

【批注：虽是在小说里，虽然在写小说，却发出了对小说本体论变迁的诘问。如果谁——指当下现实中的一个人，能够讲完一个有头有尾逻辑鲜明的故事，那故事一定是木乃伊或博物馆里的一件文物，或干脆就是一桩毫无价值的逸闻。我们承认，小说中的人物聂平，其本质是诗人、是哲人，也是作家，但这都不足凭信。她一直在寻找梦的变现路径，她一直在质感鲜明的现实中孤身前行，她一直肩扛着对人生而言是特殊使命的旗帜在探索。所以，当她发出"很难再将故事继续"的慨叹时，《那片土地》这部熔诗性、散文化、哲思于一炉的小说，似乎找到了出处与来路。】

这一次，我和你相携，磕磕绊绊，本是想寻到故事的头和故事的尾，讲完一个只属于自己的简单的小故事。可是，没讲完，讲不完，我们自己几乎都将故事忘了，不用再看林中那间木屋，也别再依偎那黄叶筑起的箩筐。"白手套"永远会在结局中开始，老哈河河水的奔腾，白牙齿闪烁间的含蓄，永远在诗句中微笑。虽然那些空谷深音般的片段无法再属于你和我，更无法以一个看得见的符号属于哪个记忆容器，可是，很多无涯的缥缈都曾装点过天空。

你终于有了些许的笑意，我知道你想移动脚步。我听见你又学莫里斯·布朗肖的腔调："为了死去，必须写作——终点！为了它，一直写到最后。"

如果真有来生，我要做你爷，做你曾祖爷——绸缎庄老板聂晋宇。或许，在我说这话时，我已成了一个骗子，到时候，不知是你迟走几步，还是我迟走几步，我失去了呵护你的资格。毕竟生命的链条脆弱，三生难寻……

如果，这一次我们能彼此静默，彼此相守，听懂彼此的那份诉说，能从一个石缝里读到几句人间箴言，那么，这段旅行一定值得珍爱了。

我说了空洞的话，你发了思古之幽情，我们就满足了吧！

我知道，以后的日子我还是发问比较好，我不是为了考你，也不是难为。可是起床围着房间瞎转几圈之后，我还是忍不住拿出来说一下。为什么我费了牛劲才明白的我认为很重要、很创新的真理，却早于我很多时日就已经被别人认知实践过了呢？并且为什么偏偏在我认知后才发现？

"可恶！太可恶！"我不但没必要羡慕嫉妒恨那位先知，更没必要无声地扇自己嘴巴，因为谁也无法知道从哪里下刀才算创新。说到底，我还是崇拜我母亲。她没有故意创新，更没有绞尽脑汁做先驱，但她还是成功地创新了。她生了我——永远不同于任何其他人的我。她的创新，没法不服。

已经很久没见到她了，她不来入梦，她很不喜欢一条道跑到黑的笨人，她更不喜欢离开人堆耍清高的人。好像，她并不喜欢书里编的故事，她总是说，人群中出的事，周边有的事，比哪个门类的书都写得有意思。整天抠着书是走迷了。

【批注："近来始觉古人书，信著全无是处"的小说版；"纸上得来终觉浅，绝知此事要躬行"的现代汉语版；成语"身体力行"的行为版。也许小说《那片土地》至此，已不再是小说，也不是艺术，而是浸透着烟火气的、淌着汗水的、汹涌着激情和梦想的生活。她甚至连行为艺术都不屑于沾染，只作为一桩发生于人世间的、活生生的、水灵灵的、充溢着强劲生命力的、完全展示真相的事实。在此处，作者道出了小说的真谛：它和生活之间，没有边界，没有高下，甚至，没有任何区别。】

她总是比一些人聪慧，并且知道，对于我，她只有鼓励，却无法引领。尽管我对她最孝顺，用真心孝顺，用生命孝顺，可她总是唉一声叹一声地说："我要是你，我一定知道怎么活，活出个样儿来。不大事小事一根筋。"

她对我好，信任我，但她不喜欢我；她常以我为骄傲，但她常常认为我是一种压力。不过她很少说服我如何如何，她是个聪明的人。那次，去看父亲，那个农政司的司长，为什么没让父亲带着我去见见她？在那边他们还做夫妻吗？我没能问出来。时间不允许，总得选最渴望的事做。主要是见曾祖爷聂晋宇考问灵魂，母亲自然就排在后面了。人们做的事和想的事，面包的事和听音乐的事，哪个更重要？看来有时说不清。

其实，很多地方，你还是很像她，语言，说话，滔滔不绝，以幻想性的创造力描述真相，似乎让人觉不出丝毫的以真乱假、以假乱真。所以，你固守写作这件事，一定要玩语言艺术，这个应该遗传自她。她父亲、你外祖父是个戏子，也是玩艺术的，艺术这个名词挺好，令很多灵秀的人一生追逐。

其实，你母亲应该是天生的小说家，是个真实的撒谎者，不，是一个天天说真故事但哪个故事都不真的人。如今，她不在这边了，我倒想问，她为什么不成为艺术家？而且她从来没羡慕过作家，别看她文化没多少，但她从没为谁能编出些故事而由衷地夸赞过几句。虽然她没打击过我的写作，可她也从没以我会写书而骄傲过。也许，她天天说书，要么广场，要么林荫路，有人群的地方她都在说，她随意说些什么，听众都高兴、都认同。有一回，一个退休的大学教授路过听她唠嗑，回家赶紧给老伴说："常去找找那位老姐姐唠嗑，比说书都好听，说的全是真话，听了，你没办法不高兴，常听她唠，就不再有什么惆怅了。"

　　她那也是艺术？应该是，应该是比艺术还艺术。可孤独到极点才是艺术，你远离人群，终日形单影只的，你才是日夜拥抱着艺术呀，娘这算怎么回事呢。

　　"她孤独，比我们更孤独！你不孝，你不了解她！"

　　我不孝，说来，我不孝，我并没有把事情办好，被"五马分尸"终日时间匮乏的我，我的孝不是活的艺术，我是个概念化的孝子，我只是做了别人看得到、感知得到的孝。可是，我只是单一地做孝顺的事，我并不知道她这位内心世界极其丰富的艺术家其实很孤独。

　　我把你引领到这片林子里来，把你带进泥土的梦幻中来，我并不是想让你来忧伤的。我只是想让你扔掉手上的耙，别再去搂叶子，爹也不再用你替他担挑筐，娘也不希望你王小波（历史人物，起义英雄）式的均贫富了。我只是希望你能从此认识到，你是一个只属于你自己的人，你之外的任何人，哪怕同床共枕的人，都是别人，你听到的声音多半都是从别处飘来的。如果来这个有声音有动静的人的世界上走一回，却连"你永远是你"的简单的道理都没认清，那么你还在那究其一生地创新，有意义吗？我不能再说，再说你会崩溃！我不能说你不真实，更不能说你虚无，也不能说你做着的梦怎么怎么没有意义，我只是想说你若能获得一回解放，重新做人，最好能像杜丽娘那样死一回再活过来，重生、彻底决裂点啥，是不是更好呢？

从这一刻开始，我应该闭上嘴，因为你已进入了空前的苦闷，你开始自我挥舞什么了，你正在走向幽深的峡谷，或许你闻到了香味，去找那株兰草，还有那带"白鼻梁"（山体空狭处的一条白沙带）的架子山。爬上去，滑下来，端午节的粽子鸡蛋从包里蹦出来被沙土掩埋而后滑蹦到山石中去了。你的小筐篮里装了山花椒、马兰花，还有能治病的绿枝小紫花远志。

你永远不会摆脱未成年态，年幼无知的童年太垂青你。

你忘了火一样的宗旨，我是为呵护而来。

我不再与你理论。在我突然转身的一瞬，发现你正倚着大架山山顶的铁三脚架读布朗肖的《那没有伴着我的一个》，你读出了声。

"是使命，却无法捉摸；是要求，却虚无缥缈，但又是致命的、毁灭性的，尽管如此它还是使命、是责任、是义务。"

我承认，我又活了一段，活了曾经几乎遗忘的一段，像完成了一段使命一样，重新擦抹了一段。这样，好像放心了一些，你压在心头的事总算少了一些。其实，都算不了什么。人们总是把属于自己的记忆夸张为意义，或称其有意义，这大概是你坚信天赋很好并坚持写作的原因吧。

现在看，也不知是我拖了你来这里，还是你早就梦牵魂绕要来这里。这里的黄叶，这里的一渠清水，还有那叫不上是城堡的城堡，都是你生命的影像。

我想，到底有啥不一样，你和我和他（她、它）到底有啥不一样？差别感，认同感上的差别，构成了神秘感，非如此不可的体验欲。假若，你本身就是那片叶子，绿了黄，黄了绿；生了灭，灭了生，是不是更好呢？

以前，我不知道有个布朗肖，现在我听见了这个名字，其实我根本不知道谁是布朗肖。这个饶舌的人好像早于我知道他而知道了我。读了一些他那饶舌的话，我感觉他了解我的心，他把我绕了进去，一个一定要解开怪圈之谜的人，其实他把我领进了新的缥缈无涯的暗夜。

有时，暗夜包抄过来的片刻是最惬意的。你的思维长了脚，连细节都构想好了，符号是如何一步一步地向前移动、面目不清地向你靠近。此刻你只在乎某个部位，呼唤的是某种感觉。当然，你很担心，甚至上升为恐惧。靠近之后的符号会不会消除所有的欲望。当然，还好，这一次，你没有赋予欲望以各种罪名。这一次，我是怂恿者，我了解那个移动在记忆中的符号，想象那个部位，应该是可以填补空白的一个新鲜玩意儿。"让它走近吗？""走近吧！"你开始谋划走进的细节，你走进了新时代，开始面对欲望，开始赤裸地喜欢身体的某些部位，开始承认自己是和别人一样的物件。暗夜里的空想属于任何一个人，因为它在不触及法律、不问津伦理的时空中运行，它是把奴隶解放为自由人最不需要付出成本的时空。

林子里的叶发出哨音，稻禾之穗也开始摩擦。此时，没有"白手套"，没有白衣身影，曾祖爷也安宁地在那边的宫门里面，在遗忘的流程中。

对，你"属于渴望和虚无的方面，在这一方面，未发生的事因为未发生一遍一遍地重复，没有开头也没有休止。"（布朗肖《那没有伴着我的一个》）

"于是，我更加明白了。为什么这就是写作……它比我想象中的苛求更多。当然，它需要的并不是我的力量，更不是我，而是我无能为力到达此刻。"我认为写作应该就是使自己接近"此刻"。"写作可能不会让我控制它，但是，它会通过一个我不了解的举动，将此刻赋予我。很长一段时间以来我都接近此刻，却从未抵达此刻——远离此处却仍在此处。"（布朗肖《那没有伴着我的一个》）

我沿着树林的边缘走，我不希望有人跟随。此刻，我想找一找一个真正的我，我不在这片林子里，我的周围没有其他人，没有任何一种如影相随的幻觉中的人和意识。

其实，你已经意识到了，你不在我的意识中喧嚣。我倚着一棵粗大的树干，望着天空，想像儿时那样数星星。星星数不成了，天上出现了一块很大很大的黑板，这是我读小学时挂在走廊上的板报，在那写板报的人手指冻红了，我顺着他粉笔的移动阅读——"迎新春"，读着读着，盈眶的泪水把我拉进感动中。忆苦思甜的文字一定会让很多人感动，写作者还是个五年级的小学生，她是如何知道过去的苦的呢？又是如何把对自己来说特别陌生的生活写得让人顿生情意？这个小学生有催动某种情怀的动力。突然，我的眼睛被我自己的名字刺激了。却原来，我是这篇文章的作者，却原来，是我自己打动了我自己。如果连自己都不能打动还指望打动谁？难道每一个拿笔写作的人都是为了打动自己？此刻，我最想身边站着一位最伟大的作家，我想问问他，写作者为什么要写作？写作前有没有考虑甚至设定自己的读者？那些顶尖级的作家的作品只是写给写作者的，或者正准备写作的人的吗？……

　　我这种思考是不是太小儿科了？但是，在广袤无边的文学这个戈壁滩上，这确实令人伤神，有多少人耗尽一生也没有实现或者真正实现自己的文学梦啊。

　　还好，这个晚上，你一直没有打扰我，缠着我去追索"白手套""白西服"之类，让我的心归于宁静，心灵有机会在月光下栖息，偷闲享受幸福。

　　月亮始终在走，移动得很慢，我在很小很小的一座石桥上看见了一位师者。他在拉二胡，我离他近了，更近了，曲子拉得很美，是我熟悉的。我便哼出了歌词："从五指山哟，到兴安岭哟！"

　　"你什么时候学习唱歌的呀？"他始终拉琴，只是顺便问了我一句。我说："不知道从什么时候，我成了三栖明星，会唱歌，会写词，还会谱曲。"他笑了，但一直没收琴。不知什么时候他甩出了一句十分久远的话，"爱菊更胜陶渊明。"我的心轰然震动了一下。少时接受他的教育，读他抄在黑板上的古诗，关于陶渊明题咏菊花的诗，我读了不少，他摇头晃脑在学生课桌中间徜徉咏诗时的样子，无法从我脑海中抹去，他是个爱诗的人，他是一个真正意义的诗人。

　　他不是去天国了吗？我没有怪他没通知我。他的家人告诉我已是以后的事了，我没有怪自己没去祭他。沉甸甸的情义是压在灵魂深处的，一个人的历史由很多人帮其写成。那位会拉二胡懂诗的师者帮我写过我的成长史，而且，是挺重要的一笔，他和一位叫苏先生的一样，有几分清高，"命运多舛，却保留着蹭蹬的元气"。在这个有月光的夜晚，我和他邂逅，重睹他的容颜，意在何处？嘱我不改旧志，还是劝我早日下山，别再盯着顶峰出神？不管怎么说，能在这座石桥上见到他，心情一下干净了许多，装的东西一下子少了许多。月光下的山影也有几分超脱，这条土石路竟无一人走过，只有石桥和石桥上的师者。我知道他是用生命写诗的人，但他没有一首发表过的诗作，他也是一位儒贝尔那样的作家，没有著作的作家。但我们曾在黑板上抄写过他写的诗："庶儿又出陶渊明……"

怀念这位诗人使我一时身轻如燕，我飞上了庐山顶峰，在那里，我看见陶渊明正顺着小溪荷锄而归，炊烟袅袅，他走得很从容，不知这一天他有没有在房前房后篱笆左右捡拾菊花！也不知他又是如何品菊花茶做菊花肉的。这位爱菊花到极点，打着赤脚在田园里行走的人，知不知道我的老师是他的追随者？

打住吧，止住潮水一般的思想，两腮挂着泪水。人为何要出生啊，又为何要死去！

一转眼，亲人不见了，师者不见了，朋友也走了。

我千方百计地想避开你和你的"白手套""白西服"。我真的想像初来世间那么干净、那么清爽，趁着这个有月光的夜晚，趁着这个极好的晚上，做点什么，想点什么，可是为什么做不了想不出呀？今晚上，我想摒弃我不喜欢的所有，包括你，我只剩下我，一个我最愿意看见的我。

【批注：这也许是对"自由"最明确最简洁的定义，是拒绝了普遍性和理性的最个性化的表达。自由在于自我，而不由或不全由外物所决定。《那片土地》这部小说，正向人性的最幽僻处蜗行摸索，作者正在展示一个更遥远更深邃的世界。】

我很庆幸，我能有一个这样的晚上，能干干净净清清爽爽地独有这个月夜。连你也不出来胡缠。你可知道，此时，我在拥有爱和幸福，这种奢侈品能拥有那么一霎两霎的短暂也就够了，无数个短暂或许就构成了永恒，"短暂的永恒，永恒的短暂"。

我不想有困意，便重寻那座石桥，只可惜师者早已隐身。我微闭双眼，沉心小坐，忽现一盆昙花，不，一片昙花如云一样在我眼前徘徊，这朵刚刚绽放，那朵就收颜缩水开始凋零。花瓣像一片轻盈的鸟羽，落在了一个人的脚边。我的心动了一下，眼睛睁开时发现他正在看我，而且递给我一页短笺，诗行上面题着"昙花"二字，短暂的永恒，永恒的短暂。他在哀叹着什么，还是在歌咏着什么，他看我的神情并没有像他心里那样火辣辣的，矜持，顾左右而言他。我想问，中国文化和西方文化有什么不同。但我没有问，我只能从云雾一般的野花瓣中读出"含蓄"二字。含蓄，有如京剧青衣一挥水袖将脸遮住，就是哭泣悲伤泪流满面了。这种种举措演绎足可以让你听到西方人在喊"I love you"了，或者可以在床上看到两情相悦的男女了。

这位酷爱昙花的人今在何处？或许就近在咫尺，有几多回，想去访一访他，喝茶叙旧闲聊，然而，几多想法，并没有聚成行为。我还是相信，昙花永远比赞咏昙花的人更耐人寻味。昙花给人留下了空的所在、空的去处。而人，难免携带过旧皮囊，坏了永恒的瞬间。

月光下，山投下的黑影使夜幕下一片沉寂，我枕着山影小憩。

你不该搅扰我的好梦，硬是推醒我吵着要讨论叫作"意义"的东西。我本想说你又要小儿科了，可是我换了说法，叫你去看路边绽开的满天星，去看蝴蝶兰，去看鸽子花……或者你转过杨树林去那片果园，看一看那鹌鹑蛋大小的绿苹果，或许它们能阐述清楚。

【批注：读博尔赫斯的小说，有人这样惊叹：小说还能这样写？读了《那片土地》里的这一节文字，忍不住反诘：小说怎么可以这样写？作者在此处毫不犹豫地把哲思引入小说，还理直气壮地当作主要成分、核心要素，是小说中的聂平历经沧海桑田、尝遍世间百味、倍感世事冷暖之后的一句戏言。无轻重、无来处、无意义、无功用。信口一说，便灿若莲花；不经意的一言，就力透纸背，横贯千古。小说将其主人公锻造成了哲人。我们不知道，小说在什么时候拥有了这般功用？】

我俩对视良久，无话可说，觉得没趣。沉默，像黎明前的黑暗一样充满了死寂。

接连不断的咳嗽声。那个农政司的司长老毛病又犯了。

你和我相伴又到那边去了。去见见那位司长，随便攀谈点什么。可是迎接我的是那位白衣少年，叫聂晋宇的曾祖爷，他说司长出庭打一场关于土地的官司。晚些时候回，让他陪我们。

他带我们进一间会客兼用餐的房间，宽敞气派，东墙挂着一幅《仕女图》——《红楼梦》里的金陵十二钗。图中情态早已把我带进大观园，我想走进那"凤尾森森、龙吟细细"的潇湘馆，去会一会那位"多情应笑我"的情痴林黛玉。说实在话，我又怕她外出去葬花不在家。这时，我倒听见了你和曾祖爷的一番谈话。

"爷，这十二钗里你喜欢谁？"

爷只回以微笑。

"是林黛玉还是薛宝钗，还是……"

他最拿手的把戏是顾左右而言他。他说："在你们阳间，在你们目前的商品时代，王熙凤那女子应该是蛮吃得开，活得潇洒。"

"要是此时你也在人间，你会娶王熙凤回家做压寨夫人吗？"

爷的笑声我都听见了。"潇湘馆里的诗稿确实摄人心魄，然，可卿姣美、平儿柔淑也是让世人艳羡不已的……"

"难怪，难怪……"

我的插话引起了爷的彷徨，他追问我："难怪什么，难怪什么？"我便学着他的音调抛了几句过去："难怪爷依傍着《民风报》总编余淑兰纵谈国事民事又揽着文娣姑姑笑语盈盈，还娶了一个愁绪满怀情结不移的女书童甄梓童了……爷，艳福不浅……"

爷不再作声。少顷，便出门去了。

【批注：人和人对话，不陌生；鬼和鬼交谈，偶有所闻，但将信将疑；至于人和鬼对话，已属旷古奇闻。此种轶事在《那片土地》里已出现了好几次，但此处最为奇妙。二人交谈的内容，涉及爱情和婚姻以及婚外情等男女情事。从中，我们似乎瞥见了鬼心中的人性和人心里的鬼影。阴阳交叠，人鬼同体，茫茫人世，原来竟如此神妙。其间，阴间房中悬挂金陵十二钗，又有着述说不尽、笔力不及的深意。众所周知，贾家的荣宁二府及府中的大观园，最是人世间富贵风流的去处，是极"阳间"的阳间，却偏为阴间鬼魂所钟爱。人鬼原系一体，在此处可见一斑。再则，与鬼魂讨论男欢女爱，岂不是千古以来最奇的奇谈？也许是《那片土地》里的聂平——也许是《那片土地》的作者——或瞥见或料到了阴间阳世的深层奥妙，便将人示于鬼，而后又将鬼示于人，让二者对男欢女爱、风流富贵和功名利禄等俗世生活高谈阔论一番。除了让人惊诧，还会引人深思。早就听人说"世事茫茫难自料"，不知其因为何，现在，通过《那片土地》，方知可能是鬼魅时时穿行于其间胡乱搅扰之故。此一举，经由小说以故事的形式讲出来，醍醐灌顶，恍然大悟。什么

是人？什么是鬼？抑或人不人鬼不鬼？这样的说法论断，全是假语村言，不足为信，但又是货真价实的真理，千古不易。】

农政司司长约我们去吃早餐。这次的茶无色，白茶？桌上的云饼以前没吃过。无色，确实是白面没错，饼的中心有一枚黑色的果，我盯着那枚果不错眼。父亲了解我，他一连从十张饼里挖出十个果放在我盘子里，连自己盘中饼的果也没有了，这让我想起了从前。从前，奶奶总是给我们煮咸鸭蛋（每人一个），我爱吃。那一次，我回得晚，我发现，留给我的是一个加一个，我刚想问奶奶，奶奶用手指压住我的唇，又向里屋一指，父亲歪在炕沿处。我知道，父亲的一个留给了我。以后的日子里，这样的事时有发生，我从那暴躁的秉性中悟出了一种东西，深沉的父爱……正是这份父爱，让我接了他担在肩上的挑筐，时至今日而不悔。

我像儿时一样顽皮，一边用筷子戳着黑色的果实，一边露出得意之色，大口大口地吞咽着，连果核都吞下去了。

【批注：读至此处，不觉热泪盈眶。我相信，所有的人，只要触及这样的文字，都会被打动、被感染。可以想见，作者对故去亲人的挂念过甚，不仅超出了人们的日常经验，甚至也超出了想象的边界。她竟然私设了一处"阴间"。那里，有早餐，有无色的茶，有无色的饼，还有厚实得让人足以忘忧的父爱。那里是不是阴间？是，一定是，因为故去的亲人，分明居留在那里。再问，那里是不是阴间？似乎，又会有一个相反的答案出现在耳边。不，那里不是阴间，那里分明是人间阳世，分明有竹篱茅舍，分明有犬吠鸡鸣，分明展示着一幅乡间农家的安乐图。】

这一次，我终于把多少次想问的话问出了口："我娘呢，她来你这边时间不长，她过得还好吗？"他努力地张了张嘴，笑意不见了。我把十二枚果实吃完他才说道："从那边到这边，有的缘分就断了，比如你娘，和我就不再为夫妻了。像那个白衣少年，他只是丁字号三十五克，是我的事务秘书，但他还是你的曾祖。我之所以还是你爹，那是缘分太深，你为我挑的担子太沉，挑得太久了……"

他说的太多的话，我听不下去，有的很难明白，只觉得心里很酸，很难过。

他见我难过便告诉我，稍晚一些，大家都睡去时，他带我去看娘。他说："你要有准备，你娘已经不再和你有什么母女关系，她来这边以后跟一位尹氏军官做了夫妻。"

父亲还说，娘过得比较舒心，这个军官是他挑选出来介绍给她的。"你怎么这么傻呀，把自己妻子给别人。"父亲说，他和娘缘分已断，娘中意的人并不是他，嫌他语言拙朴，交流少快感，也嫌他不会处理人际关系，社会生活中抓不住机会。我说："你现在身为农政司司长，娘还不认可吗？"

父亲笑了笑："地位变化了，但男女之间的欢爱交流以及性格禀赋很难改变。你娘跟我一生确有委屈，她辛苦，把你们一干儿女拉扯成人实属不易，来这边要得到更多的补偿。"

我说我父亲厚道，真是说得准确，阴阳两界衡量人的标准没变。我挽起父亲的胳膊，很想安慰他几句什么，可他的小虎牙伸出来，一副很愉悦的样子。我突然问他："你把娘全忘了吗？""那哪能呢，我会找时间去看她，她在一家物流中心当总经理，我常暗中调配事情给她，她也常把一些经营的事说给我。我们的交情倒比做夫妻时更笃厚了些。"

"婚外情吗？"我没问出口，但我有些明白有些糊涂，我的父亲变成了另一个人。

忽然，有人喊："抓住她，快，抓住她！"迎面跳过来的是一个披头散发的女人。

父亲放开我胳膊，大声叫道："丁字号三十五克，按警报器，组织警察……"

因为公务，娘没看成。父亲告诉我疯跑出来的女人叫包伶，是我的好朋友，好朋友包伶到这边来了。

一年前她就来了，父亲说，她跟男朋友分手后和一个出国的博士生混在一起，这个博士生当时还没有离婚。他们是在一场舞会上认识的，包伶是沈阳舞蹈学院的高才生，与博士生一见钟情，便缠缠绵绵地在国内度过了好长一段幸福的日子。博士生说有办法把包伶带出去，可是迟迟没有兑现。有一次，包伶在一个大商场里见到了这位博士生，手里拎着大包小包，身边跟着一个很有风度的夫人，事后包伶发作并且追问，博士生告诉她那夫人是未离婚的妻子，没办法。

办理出国未妥，又亲见其夫人，再加上包伶已怀身孕，博士生关于办妥离婚手续与包伶结婚之事遥遥无期。那个晚上，黑得伸手不见五指的晚上，包伶与博士生做爱之后，趁博士生酣睡之机用匕首捅开他的动脉，亲眼看着博士生流完最后一滴血便拿着刀进了公安局自首。

包伶生下女儿之后便自己撞死在产房里。那天，她到这边来时，脸上全是血。

父亲说完连声长叹："可怜，可怜！"

父亲下意识地偏过头，拢住我的肩，拍了一下我的背，连连说："你很好，很好。"父亲又说："你不用担心，我会关照包伶，她过来不到一个月，我就知道她是你的朋友，我安排她为'口舌狱'的人洗衣服，活轻，也少有人欺侮她。应该是活轻，自思自忖的时候太多，她便得了精神分裂症，经常披头散发地去找博士生的下落，她问过我，我说他不归我们这片管，其实是欺瞒了她，那位博士生早有归宿，他们俩就断了缘分。我自知无法说清，也就胡乱遮掩，这孩子，可怜，可怜！"

这一次是父亲送我到宫门，并一再嘱我，别再往这边跑。

你睡了，我没睡着。我在想，这一次把你拖出来，拖到这片土地上，拖到这片树林里来，应该是很好很对的一件事。你明白了，不，你知道了些什么。你终于相信你的一切都没有白做，你做的一切都有用途，当然，你做和没做在意义上根本不一样。

看着你酣睡的样子，我心中宁静。突然，天上的月把写着"可怜，可怜"的光抛给我。我只觉得饿，饿得散了架子，饿得有气无力。

我远离你，也远离了这片土地、这片林子。

　　应该不是河，是海，是渤海。是在天津塘沽的一片海，渤海，这一片海水很浑，波浪不似黄河，你赤身裸体奔向大海，游泳。很自信的样子。一个面色黝黑的男孩挽住你的胳膊，他只穿了一条蓝色的三角裤衩，他将你的手拉扯得很紧，不知是他想阻止你前行，还是要陪你一起去游泳。你没有看他，有几分紧张和羞涩，你后悔没套上泳衣，分明，他在看你的性器官。你在努力平息心跳，可胸部在长大，你想伸出胳膊搅住他的臂膀，又怕坚挺的乳房触碰着他。你好像知道这半大小伙子是谁，又一时不敢确定。如果此时，海浪涌过来，最好是涨潮，你便可抓住岸边延伸下来的铁链，把头埋在白色的浪头底下，把小伙子的脑袋按下去。接下来发生什么都很对，都很好。自然，自然里没有丑美。

　　想着，劈头盖脸的浪头真的涌了过来。不是你按下了他的头，而是他按住了你的头，不知是否说了"憋住气"，总之你是憋着气的。你的乳头被咬住，被包裹在一张方正的嘴里，然而没有吸吮，其他的部位都有被冲撞的感觉。这时候，你只有一个念头，你的乳头就这样永远镶嵌在那张方嘴里。

　　白浪头伏下去，退潮的一瞬，你和那小伙子紧紧地抱在一起，像雕像一般，岸上有人看你们，可你什么也没看见，连快涌上来的海浪你也没在意。你并不知道黄昏的光在海上的波动有多么好看，也无从知道拥紧的躯体从何方而来，只知道这是一个十分年轻的生命，一个搅得各种器官都在蓬勃的生命。你希望这里是一间房，还有一张床，然而，这里只有海水，浑浊一片。要么，夜幕立刻降临，你把那个感觉中极硕大的东西抓过来，抢过来，像虫子一样蠕进去。

潮水依着它自己的规律涌起，退下。小伙子没有松开乳头，你的手最终也没有碰触到你最想碰触的东西。

潮水完全退去之后，天黑了，你一个人独坐沙滩。耳朵里满是涛声，震耳欲聋，我也听到了，这涛声是从你的胸腔里发出来的。

你独自一遍又一遍地体味着蠕动、涌起、吸吮、抽紧的感觉。这里离那座华贵的宾馆十几米之遥，那里有一个神秘的房间，有一双如洪水猛兽般的眼睛，有一个你最需要的东西，更有一颗蓬勃跳动着的心脏在哭泣，他对因你生硬地推搡险些跌入滔天白浪深处而悲伤不已，他在哭，泪水一串一串地往下掉，灯光下，写着委屈的珍珠被串起来。他的哭声一点不比海浪的声音小，一种孩子抓挠着小手找妈妈的任性，一种茫然不知所措地要要要的蛮暴，一种柔弱又霸气的满含了自以为是状态的挥发……

人，层次最深、纯度最高的挥发就是这样的。我没有看错，这哭声大一阵小一阵，变成涛声揉搓着你的耳朵，碰撞着你最敏感的部位，你在享受着这种折磨。这种折磨是一种唤醒人启迪人的激素，我不明白，是什么力量阻挡了你的脚步，是什么力量使你只能这样沉浸在涛声中。

从前，我对你有点了解，在精神王国中，你有点自我，有点自私，你怕往天平上多放一点筹码，天平倾斜，会失去尊严。你把自己的位置虚妄地抬高到泰山顶上了，你觉得世界上灵净纯洁的土地只在你的心脏里。赤裸一点说，你的精神田园因过分理性而荒芜，田园门口的招牌上，不知谁给你挂了两个字——自私。

海滩上只有你一个，天上的黑云渐渐消退，大海归于沉寂。月亮露出一点脸，不是白玉盘。今晚，在这个海滩上，你没有享受到月光。只有浑身的鼓胀，你一直在寻找最美的月光，夏末秋初的月光虽有些凉意，然而却更是月光，清冽澄澈，比溪水还清灵。就在今天，七月七日，月朗，风凉，这是最好的月光，可是你又错过了。不，你在死一般沉寂的海滩上以只有你自己明白的方式领略了月光，享受了月光，而且很美。事实上，你在煎熬中是那样残酷地煎熬了月光。

【批注：是诗歌？是独白？是哲思？是对生活的提炼、反思和总结？由那片盐碱地转移到海滩，由向吝啬贫瘠的大自然"讨"得一口饭食到独自领略海边美妙的月夜，大自然的两副面孔带来的感受是两个字，而且相同，即"煎熬"。聂平是份原生材料，有点儿像从天而降的陨石，先由寸草不生的盐碱地熔炼、锻造，而后又由海浪月光和沙滩来打磨、雕饰，坚硬与柔软、残酷与温情、粗糙与细腻，对于《那片土地》的主人公聂平来说，都是一种敲骨见髓式的陶冶。或许，作者本人对磨砺情有独钟，或许，对一个肩负重大使命的人来说，世界的本质，就是对推动时代、改变世界者施加反作用。所以，无论世界以哪种面目展现，它的本质都是一成不变一以贯之的。至少，在《那片土地》里，是如此。】

周围的一切都很宽松，虫鸣也好听，幕布一般的天空却将你的羞涩遮得严丝合缝，你为何那般愚拙，有时，藏在内心深处的虚伪是被镶了金边的。

这一晚，你没有洗漱，和衣躺下，连灯都没有开，你想让自己睡去，看看有没有梦。然而你睡不成，在黑暗中，一个人在导演着独幕剧，你安慰了那孩子，可那孩子不领情，因为他没有拿到青苹果。

一切挥去之后，你吐了唾沫，想让浓浓的睡意将一切魔一般的念头冲刷得一干二净。然而，睡意比空想模拟更折磨人。你问自己，为什么一定要在秋天里享受一次月光？挥之不去的一定是那缕皎洁的月光吗？一定要在春天里享受那缕月光吗？脑子发热，再也分不清月光不月光的事。

树林里，风吹叶子飒飒响，你在梦中的干号吓坏了我。我不得不推醒你，不知是不是惊了你的好梦。

天快亮时，你告诉我，梦中你去了渤海，还去了南戴河。话音中有不尽的懈怠和慵懒之感，我装作浑然不觉，没说什么，你翻过身又去寻旧梦的时候，我不无嘲讽地嘟囔了一句："天快亮了，不会再有月光！"

【批注："天快亮了，不会再有月光！"这是诗，内含真情，亦含真理。时间是一只无情的巨手，它会带来一切，也会带走一切，包括生命、激情与梦想。当时光不再慷慨的时候，连梦想这种极美丽又极虚无的事物，也会一挥手就收拢了去。聂平在盐碱地上种出了水稻，却没法让自己的年华和梦想长久驻留，可见自然的力量伟大、无穷而奇妙。此处，我们不由得赞叹作者之感悟的纵向、深刻而幽微。想见，一个人，曾经有过梦想，也为梦想激越过、抗争过，甚至奋不顾身地拼搏过。但有那么一天，却发现梦想已悄然逝去，荡然无存，不仅难见踪迹，甚至连它是否存在过，都让人起疑。也许，这是《那片土地》的另一层深意。世界如此，生命亦然。】

应该回去了吧？你像是没有丝毫的归意。提醒就是惊扰，我命令自己忘却。放下耙的你很可爱，如果你忘记了那张耙，只贪恋于叶子，应该是对生命的奖赏。

"啥时回来的？"

"多住几天吧！"

你只管走自己的，路两边的稻穗开始磨出声音，你对它们笑，好像觉得它们在嘲笑你，也好像听它们在劝你："该做什么就做什么，想做什么就做什么，跟谁过不去，也别跟自己过不去。"你哼了一声，也笑了一声。

猛抬头，看到一个年轻女子，正在端详你，你认不出她是哪家的姑娘，只觉得她的脸有些大，略显长，腿很粗，你的眼睛将她上下打量了一番，不知为什么，你突然觉得不快。那姑娘嘴唇嚅动两下，可是招呼没打出来。擦肩而过之后，你又回过头狠狠地盯了人家两眼。你在与一些你熟悉的人家对接时细细地琢磨，要尽量测出她是哪家

的姑娘，爹是谁，娘是谁。没测出来，倒满肚子都是气
了。你说这姑娘憨拙，肠子里装的全是用俗气做的食料，
你还说她不孝顺、不通情、不通理。

　　我看不过眼，便提醒你，她没找你算命，你也没收她
算命钱，你跟她不认识，少管闲事。可你一上午都在为她
生气。赌气离开了这条路坝，离开了这片稻地。你硬是去
爬那座架子山，在有沙子堆叠的"白鼻梁"上几次被冲滑
下来，你好像跟谁赌气似的弓着腰拼命前行，海拔不算
高，没用多长时间就攀上了山顶，直奔那个航标——大铁
架子。你下意识地摸了摸兜，没摸到咸鸡蛋。因为今天不
是端午节，这一次来爬山，不为采山花椒，所以，手上连
个篮子都没有。你倚住铁架，望着远去的老哈河，这条
河，水少了，也不那么宽了。小时候，老师领着爬山，指
导大家观察，说什么一条舞动的白练，可今天，你什么也
看不出。还是那条河，倒让你想起了那个领人夜战、排水
疏淤的"白手套"。

　　现如今这家伙在哪里？还活着，孙子多大了？听人说
他住的地方离这儿不远，找谁细打听，再去见一见？可到
哪儿见？直接去他的家，为啥？啥也不为，看看这人过得
好不好，手上还有没有白手套。还是不去的好，不要去看
他的斑秃老态，留下一个悲悯丑残的记忆的结，不得开心

颜……还是让那个帅气的会说话的形象日萦夜绕，偶尔地回肠荡气一番吧！粮食会变成粪便，花朵会幻成泥污，谁也没办法。还是空留一个瞎琢磨，酿出一点点美感来才好。

你这个人，一切毁于瞎琢磨，瞎琢磨时你脸上有花开放。我听见你对我嗤笑，对我说："你逼我出宫不就是让我瞎琢磨吗？手中没耙，只有瞎琢磨。唉，我这人挺自律的，你别往死里整我了，如果我连你都讨厌都忍不下去了，我干啥？跳楼，这又没楼；跳崖，这山又不高，摔不死，残个胳膊腿啥的给你添苦添痛。"

我明白你，了解你，还是别惹你，想琢磨啥就琢磨啥吧，又不犯法。这大半天，你都在琢磨那个方脸粗腿大屁股的姑娘，你说她是俗到不能再俗的人了。她可能会害人，会给人带来大痛苦。你竟然把那个携着你臂膀钻进白浪头的男孩跟她联系在一起，你说得想办法做点什么，避开那个男孩的厄运。你的脑子编织着一套战略战术，然后去找那个男孩，教他如何引领这蠢笨而又俗透顶的姑娘。

我怕了，你会不会抑郁？会不会精神分裂？我后悔不该把你这样一个病人领出来，应该让你手上永远握着那张耙，搂金树叶，搂金龟蛙，搂天上砸下来的金豆子。我知道，我买了车票也没用，你没有过足瘾。我听见你梦里说的一些话，这回，老虎出笼子，不撒够野，很难归山。却原来，那金耙子握在你手上的作用很大，可以圈住你魔一般的头脑。

你走下架子山，顺着白沙"白鼻梁"往下滑的时候，像城里孩子在滑雪场一样，紧张，充满了新奇感。

你在山谷里徜徉，左顾右盼，寻找得很动情。崖石突然往外渗一丝丝水，山根下是一片浓密的草，你蹲在那里，用手拨弄来拨弄去的。

"寻什么呢？"

"这应该是山百合！"

周围的鸟都笑了，这是一片萋萋荒草，哪儿来的山百合。

有只大山雀落在你的头顶上，你并没有轰它，它的语速越来越慢，翻译过来："精神病，精神病！"

我拉你起身时，你满面泪水，还有哽咽之声，受了多大的委屈一样，到底是什么让你呈如此悲怜之状？

山谷里一片哭声，海滩上一片哭声，树林里一片哭声。

哪里来的导演，有如此大手笔！

只有你没听到那哭声，因为你的哭声更大，你用手在草滩上抠，往下抠，指甲都在往外渗血，你一会儿说这是百合，一会儿说这是幽谷兰草，你要把这兰草挖到家里去。你还哭着唱歌："一日看三回，看得花时过，兰花却依然，苞也无一个……"

【批注：伤感，是文学的核心品质之一。小说中的极品人物，常常是忧伤的。比如《红楼梦》里的林黛玉，比如《少年维特之烦恼》里的维特。此处的聂平，已伤感至极，到达了一种特定的、无人能及的境界——听不见别人哭——只因为自己的哭声更大，同时兼以歌吟："兰花却依然，苞也无一个……"这个逆境中的强者——这个临危受命的将军——这个肩负重大使命的开拓者——聂平，向世界展示了她的柔肠。从某种程度上说，这才是一个深刻、具体而全面的人，是一个由世界滋养而又改造了世界的人。《那片土地》行文至此，聂平已经显现了文化性格——从中可依稀瞥见数千年来中外文学典籍中包蕴的精神内核。一般说来，文学经典，会与生活中的某人或某人的某一特质对标。但小说里人物这样有意无意地披露某种文化，却是作者对典籍深层领略的无意外显。边哭、边寻、边唱，似乎正暗合了伤感的品质，并将其悉数展现。】

为何起得这么早？你有意躲开甩掉我，独自坐在土坝上。现在农人们还没有上工。

只是我无法被你甩掉了。其实，我早想与你分离，去重新过一种日子。我想快乐，想尝尝真正的快乐。

你的神经系统并没有出故障。你的眼前满是欲望凝固的发紫的血水，玉米秧根扎在血水里，秧苗的三分之一部分都是紫色的。快到收割的季节了，秧苗还是拇指般粗细，看不到裂开嘴的玉米棒，只有一缕干涩的褐色的玉米缨。

你的心变成了脚，在沙漠里跋涉，连驼铃声都听不见啊！

从泥沼地里往外挣扎，需要一双翅膀，这时的人无心欣赏飞行中的天鹅在峻岭前变队形，你想伸手钩住雄鹰的脚爪……你没想到，土坝的两边是不断涌起的盐碱滩。

为何要与这片无边的滩涂相遇啊，本来是与你扯不上关系的呀！我也为你思考多年。我忽地想到《红楼梦》里的林黛玉，真实到刻薄的程度，纯洁到令人却步的状态，到头来孤苦而去；妙玉，仍是无法"质本洁来还洁去"。有个朋友曾这样对我说："《红楼梦》说来道去，是本好人不得好报、坏人也没有好下场的书。"听后骇然。

你是个好人还是坏人？我知道你从来没用这个没有弹性的词评价过自己。可是我，百思不得其解，"林黛玉"为何走进焦大的世界，你为何要面对那片盐碱滩呀！"林黛玉"怎么会对焦大生出一丝怜惜之意呢？

现在的我，在心里偷着说，人，在年轻时不能说嘴，不能说自己特别不喜欢什么什么……不能不顾一切地耍清高，上苍想教育你的时候，是绝对不会留情面的。摘一片菜叶都会说它是蜻蜓的翅膀、握在手上神想半日才入口的人，却想涂一身泥巴滚一身疮痍去为百姓糊口之事而振臂一呼？这道数学题，你奶奶解不开，你母亲也解不开了。即使去找陈景润也没有办法。所以，说这个世界上谁了解谁、谁懂得谁，我不信。可是，我有些了解你，也因为了解你而懂得一个我不齿于懂得的道理：天下熙熙，皆为利来；天下攘攘，皆为利往。

"冤枉啊！"

我也会为你叫屈。说你跳进盐碱滩是为名而来？"冤枉呀！"近四十年光景，看着你挣扎，越挣扎离初心越远，我为你求解找答案，不经意间，这一回，你迎着太阳时的神情，你睡梦里喊出一句含糊的声音，让我明白了 $a^2 - b^2 = (a+b) \times (a-b)$，你也是一条逃不出渔网、没避开鱼钩的鱼。

其实，我明白，现在的你最讨厌的是我，你千方百计地躲避，甚至希望我灰飞烟灭别再留一点痕迹，因为我的思维一活跃，你就被挤在墙脚无法阔步甚至挪移。其实，我也早就不想与你为伍，没办法的事。今天，离你回去没多久了，我还是仗着胆子高呼一声：

"为了名？为了利？"

今天一早，你坐在土坝上的神情倒是一个例外，你已经脱了人形，变成了最初你喜欢的那种类型，我也放过了你，离你远些，让你更自由些。

你的眼神痴痴地望着靠东的那一片土地。

玉米秧感觉到了煎熬，刚下过一场小雨，地上荡起的陈血样的"酱油汤"浸渍着它的心脏，它在心绞痛。肩不能担担的人有办法让水位下降？你有狂想症，这也是独我所知的，当时的你都狂想了些什么？筑起一块块台田，垫高土地的同时垫高自己。然而整个土地盐碱化的趋势绝对性地毁灭了你的狂想，甚至毁灭了你小试牛刀的事实。

如果说你有什么好，如果说是什么支使你有益于了他人，也有益于了社会甚至有益于了自己，我也可在蓝天下赞美你一句：

"狂想症！——"

"创造力，创新念头……"

其实，即使跟随你遭罪颠簸，我也一直在赞美你，只是为这句赞美付出的成本太高。

你常常小视真实的客观性，你竟然那么自以为是、胆大妄为。为了更姓正名，你竟敢在那片盐碱滩头上写小说、写剧本。不管怎么说，一亩地打五十斤粮也是粮，这是老百姓吃饭的地方，你竟敢胡作非为。

四十多年了，我才敢把赞美的话挪移到唇边，我不知道你这个弱不禁风、一心想把爱情事业进行到底的浪漫符号是如何在搬土坷垃时唱起了歌，又是如何演变成挥着耙搂金树叶的变形金刚的？

你是第一只狐狸，我是第二只狐狸，你在心底找路，遇到陷阱一闪身躲了过去，我一直尾随着你，却掉进了陷阱，虽然我被猎人放生，但我的一条腿瘸了。"人生的所有胜景，只会留给善于独辟蹊径的人。"我接受了你对我的教育，"心中无路，任何一点小小的困境，都可能成为弱者的绝境。"

跟着你，我学会了在心中找路，你也百炼成钢，不再是弱者。可是，你失败了，我也没圆满。因为你离初衷越来越远，你的心不再柔软，不再多情，也就百求不得佛心。你看，阳光折射处你耳边的竖皱，你那洒满脸庞的微笑都是刚毅的，对于一个女人，这种笑，比哭还难看。你每时每刻惨遭着一个人如影相随的攻击。因为她常偷听你梦中的话语。

【批注：作者在干什么？作者也许是在教我们如何阅读小说，进而阅读世界（包括自然和社会），以至于阅读生命和自我。读《那片土地》至此，我们已深知，主人公聂平已历尽磨难在盐碱滩上种出了水稻，忍饥挨饿的乡民吃上了白米饭。只自此一个维度上看，她已大获全胜。可小说在这里却直言"你失败了"。作者由写小说转而为亮哲思，研究起了心理学、社会学以至于自然科学，研究人"活着"这门无所不包、答案纷繁的大学问。却原来，梦想也是杀手，至少是一柄凶器，它与自然、时代、时间联手，在给予你一个彩霞满天、五彩缤纷的未来的同时，也挥动那柄利刃，冷酷、熟练甚至精确地将你千刀万剐。当你走完这段荆棘之路，抚摸着属于自己的果实时，那支由梦想、岁月、自然组成的联军，也铩羽而归，也大获全胜，胜败皆在其中。点评至此，不得不再次赞叹：作者不仅睿智，不仅博学，而且厚道，如大地般淳厚。】

今天，我收起我的双唇，不再说什么，你当年那让人笑昏头脑的举措的深层目的是什么，这个谜底我先不揭开，但我要你付出的代价是，收回你的耙。

我开始讨厌自己：多事！

风刮起来，耳际的乱发遮住了你的眼睛，这一瞬，你突然现出了一丝原形——多情——你的多情。对眼前的稻禾，一串串在蘖杈间往下低头的谷粒以及其在风中磨砺所发出的声音，是那么让你留恋。

挽起裤管，捋一下飘飞的头发，踩进稻田中"咯吱——嚓""嚓嚓"的声音，你的脚下意识地往上翘，怕踩断根影响水稻灌浆，你不再往里走，捋起一穗，查查谷粒，娴熟地数稻粒，计算亩产。"一千七百多斤，没问题。"你嘴角微微上翘了一下，眼睛眯起时的惬意，眉宇间舒展时的曼妙，与那绿中带黄的稻禾的叶片一样舒展。

【批注：水稻丰收在望的景象，终于在小说里亮相了。在盐碱、饥饿、磨难、绝望的背景下，这一抹亮色，刷新了一个时代。聂平入池中，聂平数稻粒，聂评估产，聂平欢愉。可是，这已是四十多年后的聂平，离塌秧床、平稻池、钻井、抗洪的聂平，隔了四十多个春夏秋冬。当年的聂平，定经历过如此情景：赤脚，挽裤管，立于稻禾间捋稻穗。这一幕，与四十多年后重返故里的聂平的同一举止，在同一环境下重合。四十余个春秋，刹那间化作一缕轻烟，倏然远去。世事沧桑，恍如昨天，也许比昨天还近，只在几秒钟之前。细琢磨，原来，这就是人生。作者有意重叠再现这幅图景，意在呼唤生命的诗意与柔和。和豪言壮语相比较，"诗和远方"更美妙、更动人。只是，当被岁月压榨得只余生命本身的人们，即便一次或多次抵达"诗和远方"也无法辨出。那已不是"诗和远方"的"诗和远方"了。对此，是否该有这样的情怀？已经逝去的一切，都该珍惜。】

"嚓，咔嚓"，在微信里拍照，我定格了你瞬间的形象。

那个早晨应该有点凉，你依然如雕像一般坐在土坝上。一整夜都在这里吗？太阳的光逐渐温煦起来。你告诉我昨晚你母亲来找你，和你谈了许久，她说看你太孤单，便来陪陪你。听她说了那么多话，你觉得她像个哲人。我想告诉你，人活过八十岁，死后重新再活，一般都会比从前明白许多，其中有的或许会成为伟人。

你从兜里掏出一张小纸片递给我，你说那是母亲夜里跟你说的话，你都记在那张纸上了。

"空气在天地间有，又没有，你抓不住。属于你的只有呼吸，心情好的时候呼吸，心情不好的时候也要呼吸。"

"谁走到你的跟前，谁和你结伴而行，甚至谁和你一声招呼，都是偶然的巧合。有时像天上的云一样散去，有时又以另一种方式聚合而来。天地间这么多人，为何他们是你的父母，他们是你的手足，何时何事是你说了算的？碰到啥是啥，碰到什么样的人，都要尽全力爱护、帮助。到了那一边，还是父子兄弟吗？不一定，赶紧珍惜，想做啥就做啥，能做啥就做啥。世间一切皆变幻、皆虚妄、皆空空如也！"

母亲依然衣着讲究，身段窈窕。皮肤比从前细腻了许多。听她的意思，她和父亲确实已不再是夫妻，这让人惋惜。那个做了农政司司长的父亲比从前多了许多儒雅，很绅士，如果继续做夫妻，母亲会少许多奔波和操劳。为什么不再牵手？母亲说这个自然又不是谁说了算的事。她说，本意上说，她也不愿与父亲再做夫妻了，他们的想法不同，思维方式不同，性格不同，无法说到一块儿、想到一块儿……

哦……

她说，父亲常在暗地里帮她，也去看过她，但老毛病依然，耿直得很，连她居住的院子都没进过，只是隔着栅栏瞧望，巡视一圈，然后派人送了许多东西过去。

她说，她这才确信，从前的几十年，父亲对她的感情是真的，并且很深。他的情感表达都在举手投足间，都在事上，很少流于语言。记得做夫妻时，她得了重病，他要在门帘外静坐，不让邻里亲族进房探视，因为母亲爱说话，怕她劳心。

确实，父亲是个用心很真、用心很诚的人。说来，母亲的命不错，她这一次回来，悄悄看望了她以前所有的孩子，孩子们过得殷实，她便没有惊动任何一个，连梦里也没去。只是不放心你，才连夜赶来。

我拉了你的衣角，呼喊你从梦魇中走出来，可是你却木呆呆地望着远方。稻田的坝埂上走来一个扛锄头的农人，像是直奔这里而来。我认出了他，他是这个村落里的穆三叔，有人送他绰号"弯弯绕"，据我所知，这不完全是贬义。穆三叔胸有文墨，知道的事比村里人多，说话不像村落里的人粗声大嗓直来直去，他的话说得适当，中听。他是个真正的厚道人。

"侄女丫头，听说你回来了……"

穆三叔走过来，你满脸的喜悦，迎过去时两双手就握在了一起。穆三叔说了一些家长里短之后，便说了你走后村里发生的一些事。多半内容都跟种水稻有关，他说现在水井被个人承包了，有的人家因为钱、也因为人单势孤被人欺凌，稻田有时不能及时浇上水，还举了一个叫冈东的人的例子，有时在水稻灌浆的日子，他的田会好长时间浇不上水。

"走，三叔！"你拉着穆三叔的手往村委会走，穆三叔拦住了你的脚步，说去也没用了，又如何如何说了一通话，你便跟着穆三叔去了他的家。一进门，两间屋里坐了几个男孩，一个像是坐在轮椅里，正鼓捣着木桌上的一堆收音机和电视机的烂零件，这是穆三叔的大儿子，得了肌能亢进病，不能下地劳动，只能靠着揽点修理电器的零活过日月。其后的四兄弟，一到十二三岁，也现出"肌能亢进"的毛病，走路肌无力，髋部往一边斜，肚子往前挺，肢体改变了形状，肌肉逐渐衰弱收缩。

满屋一片狼藉，被破败和凄凉笼罩着。但是和穆三叔唠起嗑来，他和你都被一种叫作使命感的东西激发了。穆三叔说现在的村干部如何如何不在意庄稼人的生产生活问题，无心为百姓谋前途，只为自己牟私利……你听了觉得此话耳熟又陌生。你想说："三叔，以后别再为这事劳神了。"可话到嘴边，你还是咽下去了。临出他家门时，你把包里的八百元钞票全放在他家做炕席用的人造革底下，告别时你告诉了三叔。三叔生拉硬拖地要你回去带上钱，直到见你眼里有泪花，三叔才没再推让。

292

【**批注：**变化的和没变化的，都在小说《那片土地》里展现出来了。盐碱滩被改变了，变成了肥沃的水乡，甚至，已有农民尝试着在稻田里养鱼养蟹。这是天翻地覆的变化。可是，那种破败和贫寒仍未改变。只是此时，让百姓堕入困窘的，不再是天灾，而是人祸。大自然大发慈悲，不再与平常百姓作对了，社会却对普通人痛下杀手。苦痛与苦难，从"楚河"移至"汉界"，继续敲打着人们的神经。或许，作者让聂平耳闻目睹这个卷土重来的恶魔，是想告诉她，看世界，须眼硬心硬，须披上钢盔铁甲。但聂平，却不按作者的"蓄意"行事，她依旧诗意地、温情地、孩子气地、天真地面对眼前的一切。四十几个春秋——大半个人生，让她历尽世事，也让她更加明亮地映照了世界。也许，那种超越想象边界的磨难背后，仍预留了一方和暖明媚的世界，供美好的灵魂歇脚。】

"再多待几天，明天这个时间我去找你，咱爷俩该唠的还没唠呢！"

面对智慧和能力不比自己差的穆三叔，自己过着衣食无忧的日子，却还为不着边际的<u>丝丝缕缕</u>忧伤不已，你突然觉得一时手足无措，觉得自己欠了穆三叔，欠了很多人。你生在这个村落，这个村落里的那段辛劳磨砺了你、垫高了你；你又从这个村落里走了出去，你身后依然有贫困不堪的痕迹，可你已经离这里越来越远了。

呼的一阵风，一阵旋风转着圈，将你卷起，我呼喊着拽你的衣角，可我却无法将你拉回来，你被旋上天空，擦过白杨林的树梢，又被狠狠地摔在那条土坝上。我听到你的哭声，像是什么人死了的号丧之声。爹一声妈一声地哭号之声，让整个村子都颤动起来，狗开始狂吠，猪、鸡也追逐着汇到街上来，整个村落一片哭声。

【批注：极致的忧伤。忧伤是人类甚至人与动物都具有的一种品质，文艺理论家黄药眠曾说，文学里，蕴含着一种美，叫忧伤美，李清照便是这种美的身体力行者。但将人类这种携带着美的标签的忧伤推向顶峰抵达极致，形成独一无二峰值体验的，还数《那片土地》。实际上，作者在聂平离开故乡多年又重返故里时点燃忧伤，并以此作为一种文学风格和美学标本，绝对有着深层次的考量。很明显，这种放大了的忧伤，转而影响了小环境，即一种本属于极个体的、阶段性的感受，对同类以及接近同类，甚至不属于生命的非生命物都发生影响，并且打上了烙印，这就是文学的力量，这也是小说社会

功能的独特外显。】

有人来劝你，穆三叔也来劝你，可谁也没有劝住你的哭声。突然，铅一样的云将整个天都遮得严丝合缝，天要下雨，不，还夹杂着细碎到几乎看不见的晶莹，降雪了吗？

雪没降，霜期早早地来了。这是上百年来第一个无霜期短的灾年，暮霭遮住了整个田野，我看到了年轻靓丽的你。你背着喷雾器，和健壮的男劳力一起在稻田里、坝埂上跋涉，在给稻秧喷增产灵，抵制霜期，促成灌浆早熟，尽可能提高产量。

地头渠边纷纷燃起了篝火，以驱走雾气，赶走提前降落的白霜。你的想象力竟然在面对严酷的现实问题时也丝毫没有减弱，你竟然把意志、意念用在了所有的角落里，你在挑战极限，你在征服世界的同时征服自己，大概，你就是在那种时候变成了非人。

【批注：一般说来，小说中人物的总体价值评估和品质判断，都交由读者和文学批评家（也是一类读者）。但也有例外，比如《红楼梦》里，作者就曾断言贾宝玉"腹内原来草莽"。在《那片土地》里，聂平站出来，公然指着自己的脑门，进行自我判断、自我评价、自我批判……一切都是自己面对自己进行的，与常见小说中由他人（指作品中的）或小说作者对人物进行评判不同，此举有种"化身为神"或"天神临凡"或"神灵附体"的味道。众所周知，人类最匮乏的，就是自我认知能力。古今中外的先哲，都谆谆教导人们"认识你自己"。但芸芸众生——也包括活在小说里的男女老少，对此都不曾产生过具体的、有价值的行为。《那片土地》里的这个桥段，其自我评判赫然在目，鞭辟入里，敲骨见髓，令人触目惊心。】

从那以后，我逐渐觉出了你的陌生。那一年，稻谷入仓的时候，我竭尽全力劝你早些收手，去干你该干的事情。因为那一年的稻谷产量没有如愿，你说什么也不肯离开那片土地，固执的病根就扎在那片土地上了。

昨天夜里，母亲问你为何对这片土地如此眷恋，这么放不下，你说，这片粥状的泥土里曾陷下你的一只新鞋，这片土地真真实实地让你踩过。除了母亲，再没有谁比这片土地更能教会你点什么。这片土地给了你另一种生活方式和思维方式。每个生命来到世上都是偶然的现象，偶然的生命现象又遇到独属于自己的偶然的经历。你的脚从这片土地拔出去了，但你的心没有拔出去，你始终被雾一般云一般的东西裹挟着，比乡愁还浓的东西调都调不开。

我觉得你体内像大地一般在复苏，虽然此刻不是春天。你的眼睛看到了该看到的东西，心里也想到了该想到的东西。夜里，我听你喊着"面包"两个字。我确信，你是真懂得了面包的意义。

【批注：很明显，小说作者在书写此段文字时，已化身为哲人。在对自然、社会、人生进行根源性探究和判断时，到底看到了什么，作者没有直言，面包到底有什么意义，作者也没有明说。作者在哲学层面上，用哲人特有的方式，揭示了小说中的人物的内心世界和文化渊源。确切地说，这不是发议论，它不为某种观点而来，而是在叙述和告知小说中的某个人物的思维世界里、精神时空中，那个纯粹个人的、个体的、隐秘的、幽微的世界里，到底发生了什么？产生了什么？这个桥段，姑且叫它"哲学的样本"吧。读此处，我们算是见到了"哲学之父"与"文学之母"孕育的后代的模样。】

这几天，我没有打扰你，我下定决心把月光的宁静铺在这条土坝上，你不是来时的你，也不是这片泥土地上往昔的你，你应该是一个真正的你。

你和母亲在一起，和父亲在一起，虽然一直沉默。你说，你想写一本书，写写家，写写家里的人，写写父母兄弟姐妹。这个时候写这些，你认为你能写好？你的心是想写这些吗？你说，其实很简单，人，充其量，就属于那几个人物构筑的圈子，但眼早已飞到地球之外，心也早已将世界匝上了三圈。

其实，我和你一样，特别喜欢趴在被窝里，看着母亲用麻绳纳鞋底，听太姥姥讲蛤蟆儿的故事。天虽然冷了，可是一丝风也听不见，只听见"嗞嗞"拽麻绳的声音，大针穿过锥子扎过的眼，麻绳绕在锥子把上几匝，母亲的手使劲转动，勒上几圈，让麻绳拽得更紧一些，鞋底更结实些。这种锔子看长了，这种动作看长了，便不觉得有意思，心思早已随着太姥姥的蛤蟆儿飞走了。现在想起来，太姥姥那多皱的双唇张合翕动、两腮向没牙的口腔内收缩时的样子很鲜活，她的那些从莫须有的年代根本没有文字可考的地方搜寻出来又不断经过穿凿的故事，或许是你不着边际的胡思乱想的渊源。现在的人，大概也在重复着太姥姥的做法吧，只不过，她们讲的故事都有据可考了，《格林童话》呀，《意大利童话》呀……童话是带翅膀的玩意儿，载着不成熟的人类不着边际地飞，飞出了想象力和创造力。可是，像你这样，泥土的浸泡、荣华的濡染依然未能使你褪去胎毛，实在是罕见。事到如今，你依然这么不着边际地活在童话世界里。我知道，你被穆三叔嘴里流出来的现实唤醒，可你却始终不能忘怀太姥姥的"蛤蟆儿"。

我最想知道的是，到底有多少人像你这样一直活在"蛤蟆儿"的世界里，当然，我也一直在想，今后的你，怎么活才是有效率的，才是对的，才是应该的。

我不愿意遭你嗤笑，当然，我也不想看着你像现在这样。在我看来，你似乎并没有什么实在意义地活着。我总觉得有一种更有意义的活法存在着。你常在梦中笑醒，人生根本没有什么意义，可是你又每时每刻不放弃你的那种没影没形的意义。其实，我没必要在乎你，追随就更没必要，很累，太累。

"书已经读得太多了，话也说得太多了。""空话，空话！尽是些空话！"（马丁·杜·加尔《蒂博一家》）

你不该再忧郁，你不该再感到压抑，你应该像个成熟的人才对。

责怪你时，我感到茫然，甚至见到人性中的懦弱。不，是感到了活过的那些时光中的盲目和不幸运，所有的不幸都是不世俗造成的，所有的不幸运又在于不知道什么地方为你准备了光环。

我没想到，说什么也没想到，但能够理解。这条土坝，这片泥土地成为你的一个结，成为你人格结构的一个结，成为能解开任何结的结。

以前，你常往这里跑，生发出各种理由往这地方跑，匆匆的。我没在乎，只不过是恋旧、思乡，乃至乡愁而已。这一次，我硬是鼓捣事端，拖你到这里来，大概我认识到了这个"结"成为"结"的缘由，然而，我又无法真知道。因为我说不清楚。这条土坝，这片泥土地在你的生命中只占了不算长，或者说很短的一截呀！

如果说荣耀、浮华掩不住泥土，那是因为泥土是沉实的。

看见，不，感受到你满眼洗去凄凉的忧伤，依偎着你情意深重的肩背，我觉出了我对你的敬畏，你活在了情怀中。

突然，电闪雷鸣，暴雨来得狂烈，你站在了一大截深陷泥土中的水泥井管边，像尊雕塑，我觉得呈均衡坡度状的人工打井旧址在缓缓地下陷，局部地震？眼见着你缓缓下陷，我是拉了你的衣襟的，可是，我手的力量太虚弱了，我听到了一片嘈杂。

"，二，三——嘿！"

"一，二，三——嘿！"

足有一两百人分布在两条大绳的两边，将一个几吨重的大铁锤往上调度着。汽灯，一两只靠着电瓶发电的小电灯泡，还有几盏从农民家里拿来的风灯，将放着打井工具的工棚的帆布照得雪亮。矮小瘦弱的吕师傅进出工棚找工具器械的身影，一张张喊着号子仰着头看那升起又降下的大锤时发黄的面庞，神圣而不真实。

大绳右边最后的那张脸是你的。清晰而无表情，斜贴耳边的几根头发沾着泥，嘴角上有土痕。酱色的确良上衣的小兜盖上有分布不均匀的泥点子，此刻没人能有什么办法描述和衡量一个少女的丑俊。

【批注：这种精确的、直白的、不加任何修饰的描写，剥离了情绪、思想、文化甚至理性，清晰细切地展现一个人物，让读者无需想象、无需推理、无需评判便以近乎视觉和触觉的手段获取了一切。这应该是小说创作中的珍品，极难一见。如此展现某一特定情形中的某个人物，类似于人类中的某一个，见到了撞入眼帘的一朵花、一片云，在不扰动理性和情感的前提下形成的对所见之物的印象。这个印象，应该叫真相，或许也可以叫它本相，与世界的本质直接连通，也可以说它是世界本质的形象外显。尤其那几处赫然的"泥点子"和"土"等词

汇，原始，古朴，本色，不可改动丝毫，也不用改
动丝毫。】

没有表情，火急火燎的焦躁被少女的鲜活遮掩得很恰
当，凝固在眸子里的只有一个词——希望。能成，明天能
成，明天会好！

这个被很多哲人伟人平凡人用烂了的词一直埋在那片
泥土里，埋在一个纤弱灵秀的女孩子的心里，而且一直支
撑着这个平凡脱俗的生命往前走啊！

一个年轻的小伙子拎着一个锤向你走来，他是想把你
换下去，他的手拽住了那截粗重的油绳，他像是知道你的
固执，当时的你或许感到了一丝人应该感到的幸福，你松
开手，看见他攥住绳子的一霎后，你又挨在他后边重新攥
住另一截粗粗的油绳。灯光闪烁处，那张朝气蓬勃的英俊
的脸像闪电一般划着完美的弧，在你的眼前厮磨着、缠绵
着……

"去工棚歇一会儿！"

声音含混却有力。

你离开了那条粗黑的油绳，朝那边早已停止运行的电
焊机走去，这电焊机应该还留着那小伙子的体温，小伙子
是打井队派来送电焊机焊井头的小师傅。谁知道，这架
"大三百"型钻机钻井时不会抹帮，当钻头钻到二十五米

深时，井壁坍塌，第三次钻井又一次宣告失败。小师傅焊接井头的工作成为多余。

看着这无法挽救的败局，像炸沸了的油一般的东西流进了日夜奋战、挨饿挨怕了的农人们的心里。几百亩水稻秧床已经做好，稻种已开始催芽，粒粒稻种像迈进新房与新娘拥抱的新郎，再也无法抵制欲火，只有伸长，只有蓬勃，神也没有力量抑制它，使它停止生长。

我真无法相信，人竟然有那么一种想象力，当然，我更不能明白作为一个门外汉的你是如何鼓动那么多庄稼把式在一瞬间把你当作了英雄，竟然一字一句都不违逆你的主意。深更半夜凑足了各种家伙什儿，要在最后一次机械打井废弃的坑里用水泥管作材料开始人工打井，机械辅助跟进。中国古代圣贤说过，书里有黄金，你这个自幼钻在故纸堆里奇奇怪怪的女孩为何会生出这么有实操性的想法？

"世界上什么力量最大？"有人说是狮子，有人说是金刚，"结果，这一切答案完全不对。世界上力气最大的，是植物的种子。一粒种子可以显现出来的力，简直是超越一切。"

希望如一粒种子般蓬勃起来，有人说，叫作命运的东西早就操在命运之神的手里。那个大雨瓢泼的夜晚，那个各种灯火交织在一起的夜晚，那个文明和荒蛮一起被泥水埋住的夜晚，上百张被火烧红的原本呆滞的脸充满了艺术的想象力，在被一个幼稚天真的女孩叫希望的力量的鼓动下，在一条千方百计改变命运的船只的颠簸中，空前绝后地激动地呐喊起来。

"一，二，三——嘿！"

"一，二，三——嘿！"

【批注：这个劳动号子已不是第一次在小说中出现了，"一，二，三——嘿"。众所周知，劳动号子是为群体劳动设置的。一个人独个儿耕种耪割，无需喊号子。人们在各种信息介质上见过群体劳动，但没人见过连带着根系、贯通着精神的群体劳动。即便见到，那根系和精神，也是推想、猜测甚至想象出来的。唯有在《那片土地》里人力钻井时，方才见到这种综合性的、整体性的劳动。虽只选定漫长劳动过程中的一个瞬间、一个节点，最多一个片段，却让读者遍览了人类劳动的全部，包括可见的和不可见的。最为珍贵的是形体、声音之外的那种原本不可见的部分，在这个桥段里，让人耳闻目睹。精神的力量纤毫毕现，历历在目，令人诡异。】

这不是《诗经》中最早的劳动号子，也不是任何一部艺术影片中的镜头，是被一种不为人知也无法让自己诠释的失去理智的狂妄的叫喊。叫喊得那么真实，叫喊得那么歇斯底里。

【批注：真实的知识。我指的是上一桥段中人们的呼喊。难道呼喊还有假的？有！比如影视剧里、舞台上的表演，比如网络上的那么多作秀，都属于无病呻吟，甚至文学经典里的个别桥段，也未必保真。只有此处的劳动号子，方是一种可以走出小说、走入其他艺术形式——比如音乐、绘画等的内容。当然，这样的信息，也能顺理成章地融入平常人的日常生活——比如从事体力劳动的人们。这种跨界感受，亦称知识（为了区别见识），才是真实的知识。也许，"不为人知也无法让自己诠释""失去理智"和"狂妄"等几个短语和词汇，冠在"叫喊"前面，已如史前艺术一般，粗拙而质朴、而原始、而真诚地再现了人性，委婉地表现了世界的本质。这可是拂除了科学、艺术、文化、道德之后，源自文明原点处的真实表达呀。】

用诗来形容的话，那是一种来自生命初始的美。不，这，太文弱。那是人的声音，是一种人自发自愿的声音。一种希望，一种愿望，一种巴望，一旦被什么人的什么力量，不，一旦被一种代表最大多数人利益的冲动、一种勇往直前的热情所鼓动，就会汹涌，就会澎湃。

对一个个体生命而言，如果说曾经那么汹涌过澎湃过，甚至可以说，曾有一个个体的力量出于必要的动机不经意地鼓动起那么一种汹涌和澎湃，那么，这种记忆，这种汹涌澎湃的模式、状态、过程和结果都绝对会与其承受的磨难一起刻入骨髓，任后来什么学说什么教育什么力量也无法改变。

那一次的汹涌，会或成功或真实地改变你活着的方式。不，不论成功还是失败，不论是好还是坏，那一次汹涌，如上帝之手推着坐在木盆里的人，在大河大海里漂游了很久之后，你上了河的第三条岸。对，你上了河的第三条岸……

【批注：小说《那片土地》到此结束。它不太像某个故事的结局，也不像某个人人生的终点，更像一部大戏新启的一幕。"时光已然逝去，生活却要继续"，最多，呈现出来的是"生活在别处"（米兰·昆德拉语）而已。对于习惯于探究某事某人终结时怎么样的读者，这里只提供了一种暗示，至多隐约地传递了一种隐喻和象征。但对于小说《那片土地》而言，它是个不折不扣的结尾，一个富有质感的、真实可信的了局。细究，作者在结束《那片土地》时，可能怀有几分不情愿，几分不舍，几分遗憾。故事未曾讲完，至少遗漏了两年里治碱害种水稻的许多细节；情意尚未挥洒殆尽——这是显而易见的，还有，呐喊仍在持续，比如"一，二，三——嘿"。但是，作者猝然住笔，不是没得写，而是须写进来的太多太多，无法简要表达。】

【**全书总批**：一部小说是一段历史，这是不争的结论。但是，有的小说是纯粹虚构的，"历史"只是被误用而已；有的小说是无中生有的纪实，历史竟被玩弄了；只有《那片土地》里展现的历史，从事件的始末、人物的成长、哲思与艺术的交叠等多个侧面，真切地定义了作为某种"历史"的小说。

表面上看，《那片土地》里展现的事实——治理碱害试种水稻——已属于过去，但是，细究，很容易发现，主人公聂平在小说中获得了成长。当然，不单指年龄、体重和身高的变化，而是心智与人格的发展。其核心表现是对世界本质的认知。原本，她的出现，只是一时心血来潮的误入——突发奇想般带领农人治理一大片不毛之地，还想种出水稻来。这颇似醉汉酒后的狂言。很容易就让人想起《伊索寓言》里那个醉酒后扬言喝干大海的人，也很容易让人想到非要用铁锹和锄头挖走太行、王屋二山的愚公。可是，聂平堂吉诃德式的举动，偏偏梦想成真，偏偏奇迹乍现，偏偏乾坤倒转。使得聂平在这场人与自然之间复杂的、艰苦的、决绝的较量中，窥见了生命的本源和世界的本质，而恍然大悟，继而大彻大悟，最后实现了人生的飞升——成功地融合了神、鬼、人三性。她乘了一只由上帝之手推拥着的大木盆，过河渡海，远涉未来。】

图书在版编目（CIP）数据

李直评 那片土地 / 刘景侠著；李直评点 .—北京：
作家出版社，2021.3

ISBN 978-7-5212-1336-2

Ⅰ.①李…　Ⅱ.①李…②刘　Ⅲ.①长篇小说－中国－
当代　Ⅳ.① I247.5

中国版本图书馆 CIP 数据核字（2021）第 016411 号

李直评 那片土地

原　　著：刘景侠
评　　点：李　直
责任编辑：向　萍
装帧设计：琥珀视觉
出版发行：作家出版社有限公司
社　　址：北京农展馆南里 10 号　　邮　　编：100125
电话传真：86-10-65067186（发行中心及邮购部）
　　　　　86-10-65004079（总编室）
E-mail:zuojia @ zuojia.net.cn
http://www.zuojiachubanshe.com
印　　刷：中煤（北京）印务有限公司
成品尺寸：133×210
字　　数：164 千
印　　张：10
版　　次：2021 年 3 月第 1 版
印　　次：2021 年 3 月第 1 次印刷
ISBN 978-7-5212-1336-2
定　　价：52.00 元